AF762573

www.ingramcontent.com/pod-product-compliance
Lightning Source LLC
LaVergne TN
LVHW010820051026
849532LV00007B/2588

* 9 7 8 9 3 6 9 0 8 5 1 4 9 *

منتخب عصری افسانے

(حصہ : 6)

(سہ ماہی 'ثالث' کے شماروں سے منتخب افسانے)

مرتب:

اقبال حسن آزاد

Muntakhab Asri Afsane - 6 *(Short Stories Anthology)*
by: Eqbal Hasan Azad
Edition: March '2025
Publisher :
Taemeer Publications LLC (Michigan, USA / Hyderabad, India)

ISBN 978-93-6908-514-9

کتاب	:	**منتخب عصری افسانے (حصہ :6)**
مرتب	:	**اقبال حسن آزاد**
صنف	:	فکشن
ناشر	:	تعمیر پبلی کیشنز (حیدرآباد، انڈیا)
سالِ اشاعت	:	۲۰۲۵ء
صفحات	:	۱۱۶
سرورق ڈیزائن	:	تعمیر ویب ڈیزائن

فہرست

● اقبال حسن خان

ڈھکنے

ابا جی نے زور سے کھنکھار کے تھوک صحن کے بیچوں بیچ گزرتی نالی میں پھینکا اور پتہ نہیں اُس طرف چند لمحوں تک غور سے کیوں دیکھا اور شانے پر پڑے پرنے سے ہونٹوں کے گوشے پونچھ کر اپنی وہ گفتگو پھر جاری کر دی جس کے ختم ہونے کے لئے میں مرا جا رہا تھا۔ اس بار ابا کی مخاطب اماں تھیں جو سفید دوپٹہ پورے سر سے اوڑھے حسب دستور خاموش کھڑی تھیں۔

''زندگی بن جائے گی اس کمینے کی......ساجدہ کے تین بھائی ولیت میں کاروبار کرتے ہیں......اپنا ہوٹل چلاتے ہیں...... پانچ میمیں کام کرتی ہیں وہاں......''

یہ پہلی بار نہیں تھا کہ ابا جی نے مجھے ساجدہ کے تینوں بھائیوں کی دولت اور بریڈفورڈ میں واقع پاکستانی ریسٹورنٹ کا قصہ سنایا تھا۔ ابا جی شاید مجھے بیرون ملک شادی کرنے کو نہ کہتے اگر میں ایم اے کرنے کے بعد ریلوے میں کلرک بھرتی ہو جاتا یا پھر اُن کے ساتھ خشک سبزیوں کی آڑھت کا کاروبار سنبھال لیتا۔ ابا جی کے نزدیک ریلوے میں نوکری کا سب سے بڑا فائدہ یہ تھا کہ پاس بننے پر آدمی طویل سے طویل سفر تقریباً مفت کر لیتا تھا۔ ابا جی کے بچپن میں اُن کے کوئی ماموں ریلوے میں ملازم تھے اور اس سہولت سے ناجائز فائدہ اُٹھانے میں مشاق بھی کیونکہ وہ پورے خاندان کو مختلف حیلوں حربوں سے مفت سفر کروایا کرتے تھے۔ یا پھر ابا جی مجھے اپنے ساتھ آڑھت میں لگانا چاہتے تھے۔ میں شاید ریلوے میں تو بھرتی ہو بھی جاتا لیکن آڑھت کے کاروبار سے خود کو منسلک کرنا میرے بس کی بات نہیں تھی۔ ابا جی جب شام ڈھلے گھر آتے تھے تو گلی کے نکڑ سے ہی لوگ بتانا شروع کر دیتے تھے کہ لو جی سراج دین واپس آ گیا ہے اس لئے کہ اُن کا تعارف کراتی، پیاز لہسن کی ملی جُلی بُو اُن سے دس قدم آگے چلا کرتی تھی۔

''ناں......تُو آخر چاہتا کیا ہے؟ شادی کیوں نئیں کرتا یا پھر اپنے مامے کی طرح رنڈی بازی کرے گا ساری حیاتی؟'' ابا جی دھوتی سنبھال کر اس احتیاط سے بیٹھے کہ ستر پوشی برقرار رہے۔ ابا جب بھی یوں بیٹھتے تھے میں سمجھ جاتا تھا کہ اب یہ سیشن تا دیر چلے گا اور تب تک چلے گا جب تک اُن کا واحد جگری یار سلطان کلچہ فروش اپنے بیٹوں کو دکان پہ بٹھا کے اُن سے ملنے نہیں آ جاتا۔ اماں اپنے بھائی کے بارے میں ابا کی حقیقت پر مبنی بات سن کے قدرے تیزی سے بولیں۔

''حیا کرو...... بچے کے سامنے ایسی باتیں کیوں کرتے ہو؟''

ابا جی کی ماموں سے اُس وقت سے مخالفت چلی آ رہی تھی جب ابا اور اماں کے نکاح کے عین وقت ماموں حق مہر پانچ ہزار کرانے پر اڑ گئے تھے۔ حق مہر تو دادا نے اتنا ہی لکھوا دیا تھا لیکن یہ پھانس ابا کے دل سے نہ نکل سکی۔ ویسے یہ سچ تھا کہ ماموں کی جوانی خاصی رنگین گزری تھی مگر کوئی پانچ سال پہلے، جب سے اُنہوں نے دونوں بیٹیوں کی شادیاں کی تھیں اور حج کر آئے تھے، سیڑھیاں چڑھنے سے توبہ کر لی تھی، حالانکہ ابا کا اس بارے میں خیال تھا کہ اب اُن کے گھٹنے بے دم ہو چکے تھے۔ گھٹنوں کے دم کے حوالے سے ابا نے ایک بار اماں کے سامنے تشریح کرنے کی کوشش بھی کی تھی، مگر اماں توبہ توبہ کرتی کمرے میں چلی گئی تھیں۔

''ناں...... کیا خرابی ہے ساجدہ میں؟'' ابا نے حقے کا کش لگایا اور گاڑھا بدبودار دھواں مجھے اپنے حلق سے اُترتا محسوس ہوا۔

''ابا جی...... میں ابھی شادی نئیں کرنا چاہتا۔'' میں نے کئی بار کا دہرایا، مختصر سا جواب دیا۔ ابا سنبھل کر بیٹھے اور آنکھیں سکیڑ کر بولے۔

''وجہ؟...... کوئی ترابلم ہے تیرے ساتھ؟''

ابا نے ہمیشہ پرابلم کو ترابلم ہی کہا۔ یہ لفظ اکثر اُن کا یار سلطان کلچہ فروش استعمال کیا کرتا تھا اور ابا نجانے کس لمحے میں اسے لے اُڑے تھے اور اب ڈنکے کی چوٹ اس کا استعمال کرتے تھے۔

''پرابلم کیا ہونی ہے؟'' میں نے ہمیشہ کی طرح، بہت واضح اور صاف لہجے میں، ٹھہر کر یہ لفظ ادا کیا کہ ابا جی تصحیح کر لیں مگر اُنہوں نے پھر گرج کے اور پورے اعتماد سے یہ لفظ غلط ادا کیا۔

''ہے کچھ ترابلم اسی لئے تُو شادی سے بھاگتا ہے۔ اوئے تیری عمر ہو گئی ہے چھبیس سال اور اس عمر میں، میں نے تین بال پیدا کر دیئے تھے۔''

ابا نے اماں کے سامنے سارا کریڈٹ اکیلے لینے کی کوشش کی اور میچی ہوئی آنکھوں سے اماں کو تائید کے لئے دیکھا تو اماں بجائے جواب دینے کے توبہ توبہ کرتی کمرے کے اندر چلی گئیں۔

''ہاں بول۔'' ابا نے پھر زور سے کھنکھار کر اس مرتبہ بلغم سینے میں دفن کر لیا اور ایسا کرنے سے ایک عجیب سی گڑگڑاہٹ کی آواز پیدا ہوئی۔ اب میں ابا کو کیسے بتاتا کہ میں ساجدہ سے یا کسی بھی لڑکی سے شادی کیوں نہیں کر سکتا تھا۔

میں یونیورسٹی کے آخری سال سے نگار کے عشق میں مبتلا تھا۔ یہی حال نگار کا بھی تھا۔ ہم ہفتے میں دو تین بار ملا کرتے تھے اور ہمارا ایک ہی موضوع ہوا کرتا تھا کہ ہم کیسے شادی کر سکتے ہیں۔ نگار کی ماں کسی حکومتی ادارے میں درمیانے درجے کی افسر تھی۔ نگار کے باپ کو مرے آٹھ برس ہو چلے تھے اور نگار اپنی ماں کے ساتھ بنگلہ نما ایک گھر میں رہتی تھی۔ اُس گھر کی چار دیواری نہیں تھی، بلکہ جگہ جگہ مناسب فاصلوں

سے پختہ ستون کھڑے کہ اُن پہ سنتھا اور گل عباسی لگا دیا گیا تھا جس کی وجہ سے کم از کم اتنا پردہ ضرور بن گیا تھا کہ برآمدے میں بیٹھے لوگ سڑک سے خصوصی کوشش کے بعد ہی دکھائی دے سکتے تھے۔ مجھے کبھی نگار کے گھر کے اندر جانے کا اتفاق نہیں ہوا تھا حالانکہ میں کتنی ہی بار نگار کو اپنی موٹر سائیکل پر اُس کے گھر پہنچانے جا چکا تھا۔ ہم آج دوپہر بھی ملے تھے اور یہی موضوع زیر بحث آیا تھا۔ نگار ایک سال بیماری کی وجہ سے امتحان نہیں دے سکی تھی اور دو سال مجھ سے پیچھے تھی لہٰذا اس سال وہ فائنل کا امتحان دے رہی تھی اور بقول اُس کے اُس کی اماں امتحان ہوتے ہی اُس کی کہیں بھی شادی کر دینا چاہتی تھیں۔

ابا جی میری شادی ساجدہ سے کر دینے پر مُصر تھے۔ ساجدہ وغیرہ کا گھر ہمارے گھر سے تین گھر چھوڑ کر تھا اور اُس کے ولیتی بھائیوں کی دولت نے اُسے چار منزلہ کر دیا تھا۔ میں ساجدہ کو بچپن سے جانتا تھا۔ معمولی صورت کی لڑکی تھی۔ بس اُس کا نچلا ہونٹ پتہ نہیں کیسے بہت مناسب طریقہ پر تراشا گیا تھا کہ اُس کا چہرہ اُس کی وجہ سے قدرے دلکش دکھائی دیتا تھا۔ لیکن آپ کسی عورت کے محض نچلے ہونٹ کے ساتھ تو زندگی نہیں گزار سکتے۔ نگار کی رنگت چمپئی تھی۔ وہ جب کھلی بانہوں کی قمیص پہنتی تو اُس کا سنہرا رُواں یوں دکھائی دیتا جیسے خوبانی کی شاخ۔ جبکہ ساجدہ کی رنگت اگر کالی نہیں تو گہری سانولی ضرور تھی۔ ساجدہ گھر سے باہر جاتے وقت ایک بڑی سی سفید چادر اپنے گرد لپیٹ لیا کرتی تھی۔ اُس کے خطوط یقیناً من موہ لیتے تھے لیکن عورت کو برتنے کے لئے چادر اُتارنا چونکہ ضروری ہوتا ہے اس لئے میری شدید خواہش تھی کہ یہ چادر کم از کم میں تو نہ اُتاروں۔

''اوئے بولتا کیوں نئیں؟'' ابا جی نے ایک بار پھر دھوتی سنبھالی جو جذباتی گفتگو کے دوران رانوں سے ڈھیلی ہوگئی تھی اور پھر جیسے میرا مقدر جاگ گیا۔ سلطان کلچوں والے کی مخصوص آواز سنائی دی۔

''اوئے ساجے...... گھر ہی ہے نا؟'' یہ آواز سن کر لمحہ بھر کو ابا جی کے چہرے پر رونق سی آگئی اور ضد کی وہ نحوست ختم ہوگئی جسے وہ ایک گھنٹے سے طاری کئے بیٹھے تھے۔ اُنہوں نے بلند آواز میں کہا۔

''آجا! اوئے۔'' سلطان سے چونکہ اماں پردہ نہیں کرتی تھیں اور وہ اس وقت گھر میں بھی نہیں تھیں کہ ہماری گفتگو کے دوران وہ اطلاع نما اجازت لے کر گھر سے نکل گئی تھیں کہ حکیم صاحب کی بہو کو پھر جن چڑھ گئے ہیں اور وہ وہاں جا رہی ہیں۔ سلطان گرمیوں میں قمیص پہننے کی ضرورت محسوس نہیں کرتا تھا اور صرف کپڑے کی ایک بنڈی شلوار پر پہن لیا کرتا تھا اور اُس کی بیوی کے ہاتھ کا بنایا ہوا سرخ ناڑہ اُس کی رانوں کے بیچ بے تکلفی سے جھولتا رہتا تھا۔

میرا مقدمہ چونکہ چل رہا تھا اس لئے سلطان کے سامنے بھی چُست ہوگیا۔ سلطان نے چند لمحوں میں فیصلہ کر دیا اور اپنی رانوں کے بیچ ہاتھ ڈال کے انتہائی لچر انداز میں کھجایا اور ہنس کے بولا۔

''اوئے ویاہ کیوں نئیں کرا لیتا پترا؟ ٹھیک ٹھاک لوگ ہیں وہ۔ تجھے ولیت بھی بلوا رہے ہیں۔ اچھی بچی ہے ساجدہ۔ تو راضی رہے گا اُس کے ساتھ۔'' ابا جی نے ایک ہوائی گالی دی جو اتنی ہوائی تھی

کہ میں سمجھ ہی نہیں سکا کہ وہ میرے ننھیال پر پڑی کہ ددھیال پر اور پھر تھوک کے بولے۔

''بس فیصلہ ہوگیا۔اوئے میں نے تجھے جمایا ہے کہ تو نے مجھے جمایا ہے؟ سب تیاری ہے۔اس جمعرات میں ساجدہ سے تیری منگنی کر رہا ہوں ......نہ نہ نہ......اب انکار کرنے والے پر ماں کی گالی پڑے گی''۔ابا جی مجھے گلیوں محلوں کے مخصوص کلچر سے پھوٹنے والی وہ لایعنی غیرت دلا کر شاید مطمئن سے ہو گئے تھے جسے دلانے کا یہ بھونڈا طریقہ صدیوں سے وہاں مروج چلا آ رہا تھا۔سلطان نے سر ہلا کر گویا تائید کی اور تب میں پھوٹ پڑا۔

''ابا جی۔آپ یہ قسمیں دلانے اور دھمکیاں دینے والے فرسودہ طور طریقے اپنے پاس رکھیں۔میں ساجدہ جیسی اُجڈ اور میٹرک پاس لڑکی سے ہرگز شادی نہیں کرسکتا۔میں کسی سے وعدہ کر چکا ہوں اور اپنا وعدہ ہر قیمت پر نبھاؤں گا۔''

شاید میں زندگی میں پہلی مرتبہ ابا جی کے سامنے اُونچا بولا تھا اور اُن کے ایک دوست کے سامنے بولا تھا اس لئے ابا جی کے چہرے کا رنگ متغیر ہوگیا۔سلطان بھی پریشان تھا۔

ابا جی ہمیشہ کھڑے ہوتے وقت دھوتی سنبھالا کرتے تھے لیکن اُس روز اُنہوں نے ایسا نہیں کیا اور صرف قدرت نے ہی اُن کی ممکنہ برہنگی کی لاج رکھی۔اُن کے پاس اُس وقت مارنے کو کوئی چیز نہیں تھی اور اُنہیں اس سلسلے میں تھوڑی سی کوشش کرنی پڑی اور جلدی میں جو ملا وہ لے کر میری طرف بڑھے۔اُنہوں نے اماں کو ایک بازاری عورت سے تشبیہ دے کر مجھے اُس کی اولاد قرار دیا اور مجھے ماں بھین کی ننگی گالیاں دے کر اپنے اگلے ارادے کا اظہار بھی کر دیا کہ جس کی رُو سے مجھے ابا جی کی منقولہ اور غیر منقولہ جائیداد سے، سوائے ایک ناگفتنی شئے کے اور کچھ نہیں ملنے والا تھا! سلطان کلچے والے کے سامنے مجھ سے یہ بے عزتی برداشت نہ ہوسکی۔لمحہ بھر کو تو میرا بھی جی چاہا کہ میں جواب دوں لیکن پھر ہمت نہ پڑی۔ابا جی نے مجھے جوتے سے مارتے ہوئے برآمدہ، اور پھر صحن عبور کیا اور وہ شاید مجھے گلی میں بھی مارنا چاہتے تھے لیکن سلطان نے اُنہیں گھسیٹ لیا اور دروازہ اندر سے بند کر لیا۔اس کے باوجود، دروازے کے ساتھ کھڑی اپنی موٹر سائیکل سٹارٹ کرتے وقت تک میں ابا جی کی وہ پاٹ دار آواز سن سکتا تھا کہ جس میں دی جانے والی گالیوں میں اب وہ مجھے اماں کے ساتھ بانگ دہل اپنے اُن جنسی نوعیت کے ارادوں کی تکمیل کی دھمکیاں دے رہے تھے، جن پر عمل درآمد کرتے اُن کی عمر گزر گئی تھی!

جب میں سڑک پر نکلا تو آسمان پر گہرے بادل چھائے ہوئے تھے اور لگتا تھا کسی بھی لمحے بارش شروع ہو جائے گی۔موسم بلاشبہ بڑا خوبصورت تھا لیکن میرے دماغ میں چند منٹوں پہلے رونما ہونے والے واقعے کے غصے کی سفید دُھند سی بھری ہوئی تھی۔ایک سگنل پر موٹر سائیکل روکنا پڑی تو مجھے احساس ہوا کہ میں موٹر سائیکل چلا رہا تھا۔پھر غصہ کم ہوتا چلا گیا۔میں نے سڑک سے ذرا ہٹ کے ایک درخت کے نیچے موٹر

سائیکل روک دی اور گھاس پر بیٹھ کر سوچنا شروع کیا۔ایسے باپ کا مزید احسان لینا میری مردانگی کو چیلنج تھا۔میں نے سوچا اب تا عمر اُس گھر واپس نہیں جاؤں گا۔یہ ذرا مشکل فیصلہ تھا کیونکہ مجھے اپنی ماں سے بڑی محبت تھی اور میں جانتا تھا کہ وہ جب یہ سارا واقعہ سنیں گی تو اُنہیں کتنی تکلیف ہوگی۔پھر میں ماں سے کیسے ملا کروں گا؟ دیکھا جائے گا۔فی الحال مجھے دو کام کرنے تھے۔ایک تو کہیں ملازمت کرنی تھی اور دوسرے نگار سے شادی۔ملازمت کوئی بڑا مسئلہ نہیں تھا۔میرا ایک جگری یار اسی شہر میں تین جگہ ٹیوشن سینٹرز چلا رہا تھا اور مجھے کتنی ہی دفعہ معقول تنخواہ پہ وہاں نوکری دینے کی پیش کش بھی کر چکا تھا۔نگار سے شادی البتہ مشکل کام تھا اور مجھے اس سلسلے میں اُس کی ماں سے ملنا ضروری تھا۔میں اُس شام اتنا جذباتی ہو رہا تھا کہ مجھے اپنے میں ایک عجیب سی خود اعتمادی جاگتی محسوس ہو رہی تھی حالانکہ خود اعتماد لوگ جذباتی طور پر بڑے ٹھنڈے ہوتے ہیں۔

اگر نگار کی ماں ویسی ہی تھی جیسا کہ نگار بتایا کرتی تھی تو پھر یہ شادی کوئی مسئلہ نہیں تھی۔نگار کہتی تھی کہ اُس کی ماں بہت مختلف عورت ہے۔اگر میں اُس کی نظر میں جچ گیا تو پھر وہ ایک گھنٹے میں ہماری شادی کرادے گی۔نگار کی یہ بات یاد آتے ہی میں نے سوچا کہ اب جب کہ میں سارے بندھنوں سے آزاد ہوں تو کیوں نہ اس قصے کا فیصلہ بھی آج ہی کر لیا جائے۔

جیسا کہ میں کہہ چکا ہوں، نگار کے گھر کی کوئی چار دیواری نہیں تھی اور نہ ہی کوئی گیٹ۔میں موٹر سائیکل اندر لیتا چلا گیا۔مختصر سے برآمدے کے سرے پر گھر کا اندرونی دروازہ تھا لیکن گھنٹی بجانے سے پہلے ہی دروازہ کھل گیا۔وہ یقیناً نگار کی ماں تھی۔اس سے پہلے کہ میں اپنا تعارف کرواتا وہ مسکرا کے بولی۔

''تم رفیق ہو۔نگار بڑا ذکر کرتی ہے تمہارا۔تم کئی دفعہ اُسے گھر پہنچانے بھی آچکے ہو۔آجاؤ۔''

میں نگار کی ماں کے پیچھے مختصر سے ڈرائنگ روم میں پہنچا تو بادل زور سے گرجا اور ساتھ ہی زوردار بارش ہونے لگی۔نگار کی ماں شاید ابھی ابھی نہا کے نکلی تھی اور ایک سنہری دستے والے برش سے اپنے بال سلجھا رہی تھی۔وہ پینتالیس کے پیٹے میں رہی ہوگی۔وہ اُن عورتوں میں سے تھی جو اپنا بڑا خیال رکھتی ہیں۔اُس کی رنگت نگار کی طرح چمپئی تو نہ تھی لیکن کھلتی ہوئی گندمی ضرور تھی۔پیٹ سُتا ہوا تھا اور جسم کی کسی حصے پر چربی کا نشان تک نہ تھا۔وہ مجھے دیکھ کر مسکرائی تو اُس کے سرخ مسوڑھوں میں مجھے گلاب کی کلیاں سی ٹانکی سے دکھائی دیں۔

''نگار ٹیوشن پڑھنے گئی ہے۔بس آنے ہی والی ہوگی۔دو گھر چھوڑ کے جاتی ہے۔'' نگار کی ماں نے برش کو غور سے دیکھا۔اُس کے چہرے پر تردد کا ہلکا سا پرتو تھا۔وہ شاید اپنے بال ٹوٹنے پر فکرمند تھی۔بارش کی بوچھاڑ کے چند قطرے نگار کی ماں پر پڑے تو وہ کھڑکی بند کرنے کو اُٹھی۔چٹخنی لگاتے اُس کے ہاتھوں کی پشت پر کہیں کہیں نیلی رگیں اُبھرنے لگی تھیں۔بس انہی رگوں سے اُس کی عمر کا کچھ اندازہ ہو سکتا تھا ورنہ وہ نگار کی بڑی بہن لگتی تھی۔وہ مجھ سے معذرت کر کے چند لمحوں کو گھر کے اندرونی حصے میں گئی۔میں کھڑا ہو کر مختصر سے لان میں بارش اور ہوا سے جھومتے پودوں اور پھولوں کو دیکھنے لگا۔اگر اباجی نے میرا موڈ نہ

برباد کر دیا ہوتا تو آج کی شام کس قدر حسین تھی۔ میں نے سوچا اور اُسی لمحے نگار کی ماں کسی گہرے سبز مشروب کے دو گلاس لئے کمرے میں آ گئی۔ میں پھر بیٹھ گیا۔ مشروب بہت لذیذ تھا اور میں اُس وقت اُس کے دو گلاس پی سکتا تھا۔ نگار کی ماں نے اپنے کھلے بالوں کو ایک موٹی سی چٹیا میں بدلا اور مہین دوپٹہ چھاتیوں پر پھیلا کر گھونٹ بھرا۔ بارش اب بھی شدت سے ہو رہی تھی لیکن لگتا تھا ہوا کا زور ٹوٹ گیا تھا۔ مجھے خاموشی سے وحشت ہو رہی تھی۔ میں وہ مناسب الفاظ سوچنے لگا جن میں مجھے نگار کی ماں سے نگار کی اور اپنی شادی کی بات کرنا تھی۔ میں نے گلا صاف کیا اور نگاہیں چُرا کر بولا۔

''آنٹی...... بات یہ ہے......''

نگار کی ماں نے مجھے ٹوکا۔

''مجھے یہ آنٹی، بھابی قسم کے کمرشل الفاظ بالکل پسند نہیں......تم مجھے آپی کہہ سکتے ہو۔ میرے دفتر میں بھی سبھی مجھے آپی کہتے ہیں۔'' یہ لفظ مجھے اچھا لگا۔

''آپی میں...... میں نگار سے شادی کرنا چاہتا ہوں۔ ہم دونوں ایک دوسرے کو......''

آپی نے ایک اور گھونٹ بھرنے کا ارادہ ملتوی کر دیا اور اُس کے چہرے کی مسکراہٹ گہری سنجیدگی میں بدل گئی۔

''میں جانتی ہوں۔ نگار کئی دفعہ تمہارا ذکر کر چکی ہے۔ میں تمہیں کئی دفعہ اس کھڑکی سے دیکھ بھی چکی ہوں۔ میں چاہتی تھی کہ تم سے اس سلسلے میں بات بھی کروں۔ اچھا ہوا آج تم خود آ گئے۔'' آپی نے یہ ساری باتیں میری آنکھوں میں آنکھیں ڈال کر گہرے، ٹھہرے ہوئے لہجے میں کیں۔

''جی...... آپی میں نگار سے بہت۔'' وہ عورت بات کاٹنے میں یدطولیٰ رکھتی تھی۔

''تم نگار سے بہت محبت کرتے ہو......یہی نا؟ لیکن کیا میں پوچھ سکتی ہوں کہ تم نگار سے کیوں محبت کرتے ہو؟'' کس قسم کا سوال ہے یہ؟ میں نے جی ہی جی میں حیران ہو کر سوچا۔ لیکن مجھے کوئی جواب تو دینا تھا۔

''کیوں محبت کرتا ہوں؟ وہ خوبصورت ہے، پڑھی لکھی ہے، اچھی ماں بن سکتی ہے وغیرہ۔'' آپی مسکرائی اور میں اُس وقت اُس مسکراہٹ کو کوئی نام نہ دے سکا۔

''یہ خوبیاں تو اس ملک کی لاکھوں لڑکیوں میں ہوں گی، پھر نگار ہی کیوں؟'' مجھے کچھ کچھ غصہ آنے لگا۔

''میں آپ کی بات نہیں سمجھا؟'' شاید میرا لہجہ کچھ تیز ہوا تھا جس کا مجھے فوراً ہی احساس بھی ہو گیا۔ میں نے بات سنبھالنے کی کوشش کی۔

''میرا مطلب ہے کہ مجھے سمجھ نہیں آ رہی کہ آپ کیا کہہ رہی ہیں۔''

آپی اُٹھی اور اُس نے کھڑکی ذرا سی کھول دی۔ تازہ ہوا کا بھیگا جھونکا کمرے میں آیا تو مجھے اچھا لگا۔ وہ پھر بیٹھی نہیں اور کھڑکی کے پردوں کو یونہی بل دینے لگی جیسے اُن کی شکنیں درست کر رہی ہو۔ پھر اُس

نے اپنی چمکیلی نگاہوں سے مجھے دیکھا۔

''نگار بتا رہی تھی کہ تم نے نفسیات میں ماسٹرز کیا ہے؟'' میں نے اثبات میں سر ہلایا۔ میں نے یونیورسٹی میں چوتھی پوزیشن لی تھی اس کا تذکرشاید نگار نے اُس سے نہیں کیا تھا۔

''جی...... میری چوتھی پوزیشن تھی۔'' میں اسے شادی سے پہلے ہونے والے روایتی انٹرویو کا پہلا سوال سمجھا اور سنبھل کر بیٹھ گیا۔ آپی نے اثبات میں سر ہلایا۔

''جہاں تک میں سمجھتی ہوں۔ نفسیات کا ایک بڑا حصہ جنسیات پر مشتمل ہوتا ہے اور ایک مرد اور عورت کی ایک دوسرے کے لئے خواہش محض جنسی آرزو کی تکمیل کے لئے ہوتی ہے۔'' آپی بے تکان بولی۔ اپنی ہونے والی ساس کے منہ سے یہ گفتگو سن کر میری گردن کے بال اتنی شدت سے کھڑے ہوئے کہ مجھے اُس وقت یقین تھا کہ اگر میں اُنہیں چھوتا تو میری اُنگلیاں زخمی ہو جاتیں۔

''جی...... لیکن...... میں...... دیکھئے میں سمجھا نہیں......'' میں فقط اتنا ہی کہہ سکا۔

آپی میرے سامنے والے صوفے پر بیٹھی اور اپنی چٹیا اپنے سینے پر ڈال کر اُس سے کھیلتے ہوئے بولی۔

''دیکھو! میں مانتی ہوں کہ ایک مرد اور ایک عورت جب شادی کے نام پر بہت دنوں تک ساتھ رہتے ہیں تو اُنہیں ایک دوسرے کی عادت ہو جاتی ہے جسے لوگ محبت بھی کہتے ہیں لیکن میرے خیال میں مرد اور عورت کو ایک دوسرے کے ساتھ جو جذبہ باندھے رکھتا ہے، وہ جنسی جذبہ ہوتا ہے۔ تم کبھی جنسی تجربے سے گزرے ہو؟''

اب یہ سب نا قابل برداشت تھا اور میں فوراً ہی وہاں سے بھاگ جانا چاہتا تھا۔ میں نے آپی کے چہرے کو غور سے پڑھنے کی کوشش کی کہ شاید وہ مجھ سے مذاق کر رہی تھی، مگر وہاں یک سنگی سنجیدگی تھی۔ آپی پھر بولی۔

''میں نے تم سے پوچھا تھا کہ تم کبھی جنسی تجربے سے گزرے ہو؟'' اول تو ایسا کبھی ہوا ہی نہیں تھا۔ میں جس ماحول کا پروردہ تھا وہاں ہر عورت یا تو خالہ تھی یا چچی تھی یا پھر آپا اور باجی تھی۔ اور اُن کے بارے ایسا سوچنا بھی گلی محلے کی روایت کی رُو سے گناہ تھا۔ اور اگر کبھی ایسا ہوا بھی ہوتا تو میں آپی کے سامنے کبھی اس کا اعتراف نہ کرتا۔ میں نے گردن نفی میں ہلا دی۔ آپی مسکرائی تو اُس کے مسوڑوں سے گلاب کی ننھی ننھی کلیوں نے پھر جھانکا۔ وہ پھر کھڑکی کے قریب جا کھڑی ہوئی، چند لمحوں تک باہر دیکھتی رہی اور پھر گھوم کر بولی۔

''دیکھو میں سمجھاتی ہوں تمہیں۔ نگار کے لئے تمہاری محبت وحبت سب بکواس ہے۔ کسی بھی عورت اور مرد کے درمیان اس جذبے کو میں مانتی ہی نہیں۔ یہ جو احمق شاعر اور ادیب ہوتے ہیں نا، انہوں نے یونہی بات کا بتنگڑ بنا رکھا ہے۔ چلو مان لیا، تمہاری شادی نگار سے ہو جاتی ہے اور شرط یہ ہوتی ہے کہ نگار کبھی تمہارے ساتھ جنسی تجربہ نہیں کرے گی، تمہیں یہ رشتہ اس صورت میں قبول ہوگا؟''

میری آنکھوں کے سامنے دھواں سا چھا گیا۔ آپی تو پھر نگار کی ماں تھی، مجھ سے کوئی بھی عورت ایسی باتیں کرتی تو میری یہی کیفیت ہوتی۔ آپی مسلسل بول رہی تھی۔

''نگار بتاتی ہے کہ تم اندرون شہر میں رہتے ہو۔ میں جانتی ہوں کہ وہاں کا ماحول بڑا مختلف ہے کیونکہ میں بھی اپنی شادی سے پہلے وہیں رہتی تھی۔ تم ایک گھٹے ہوئے ماحول کے پروردہ ہو۔ ایک ایسا ماحول جس میں جذبات اور خیالات پر طرح طرح کے ڈھکنے لگے ہوتے ہیں۔ اماں ابا کی عزت کے خیال کا ڈھکنا، محلے والوں کی تیز نگاہوں کا ڈھکنا، مسجد کے مولوی کے اپنے میعار گناہ اور اُس کی ممکنہ سزاؤں کے خوف کا ڈھکنا...... ہے نا؟''

میں خدا کی قسم کھاتا ہوں کہ وہ جو بھی کہہ رہی تھی، درست کہہ رہی تھی۔ مجھے اس بھیگی شام کے ان لمحوں میں اُس عورت نے احساس دلایا تھا کہ میرے وجود پر کتنے ڈھکنے رکھ دیئے گئے تھے۔ ایسے ڈھکنے جو میرے اندر پکنے، اُبلنے، بھڑکنے والے جذبوں کو چاروں طرف سے بند کئے ہوئے تھے جیسے مرغ کو یوں دم پخت کیا جاتا ہے کہ بھاپ کی ایک ہلکی سے رمق بھی دیگ سے باہر نہیں آپاتی، صرف کھد بد کھد بد کی آواز سنائی دیتی ہے۔ میں نے آج سے پہلے کبھی سوچا ہی نہیں تھا کہ میرے وجود میں یہ شور سا جو مچا رہتا ہے، یہ کھد بدسی جو ہوتی ہے، اس کا سبب کیا ہے؟

''نگار تمہاری زندگی میں آنے والی پہلی عورت ہے اور تم ایک شدید دباؤ میں ہو۔ تم نے تو نفسیات پڑھ رکھی ہے۔ تم سے زیادہ بہتر کون جانتا ہے کہ انسان دباؤ کی حالت میں کوئی فیصلہ درست نہیں کر سکتا۔ تمہیں پہلے اپنی ذات سے بہت سے ڈھکنے اُتار کے خود کو درست فیصلہ کرنے کا اہل ثابت کرنا ہوگا۔ تم سمجھ رہے ہو نا میں کیا کہہ رہی ہوں۔''

آپی اس بار دیر تک مسکرائی اور اُس کے مسوڑوں کی گلابی کلیوں کی مہک نے دیر تک میرے وجود کا احاطہ کئے رکھا۔

ساون کی اُس شام جب میں ٹھنڈی ہوا میں دھیرے دھیرے موٹر سائیکل چلاتا گھر کی طرف جا رہا تھا۔ مجھے یوں لگ رہا تھا کہ آپی جیسی کسی عورت کا وجود میرے لئے کتنا ضروری تھا۔ ایک ایسی عورت کا وجود جس نے میری ذات سے وہ سارے ڈھکنے اُتار دیئے تھے جن کی کھد بد اور شاں شاں نے اس سے پہلے میری زندگی اجیرن کر رکھی تھی۔ نگار کا تصور اب تقریباً ماند پڑ چکا تھا۔ اگر عورت وہی تھی، جیسا کہ اُس شام اپنے مختصر سے ڈرائنگ روم میں آپی نے مجھے سمجھایا تھا تو اس سے کیا فرق پڑتا تھا کہ وہ نگار ہو یا ساجدہ۔ مجھے ابا جی سے اپنے رویئے کے حوالے سے خود پر غصہ آنے لگا۔ میں نے موٹر سائیکل کی رفتار تیز کی اور گھر جاتے ہی سب سے پہلے ابا جی سے معافی مانگ کر آنے والی جمعرات ساجدہ سے منگنی کا عندیہ دینے کا فیصلہ کرلیا۔

◀◀ ● ▶▶

● ابرار مجیب

افواہ

میرے خلاف ایک نہ ایک افواہ جنم لے لیتی ہے اور چاروں طرف گشت کرنے لگتی ہے۔ یہ افواہیں کون پھیلاتا ہے، یا کون لوگ پھیلاتے ہیں مجھے نہ تو علم ہے اور نہ ہی اس کوئی اندازہ لگا سکتا ہوں۔ اپنے تعلق سے پھیلی ہوئی افواہ کا علم بھی مجھے کسی دوسرے کے ذریعہ ہوتا ہے، جب وہ شخص اس پھیلی ہوئی افواہ کے بارے میں مجھ سے تفتیش کرتا ہے کہ آخر ماجرا کیا ہے۔ یہ بات کیوں گشت کر رہی ہے۔ کیا وجہ تھی کہ میں نے یہ حرکت کی۔ اب اس حرکت کے ازالہ کی صورت کیا ہے یا میں اس غلطی سے عہدہ برآ کیسے ہوؤں گا وغیرہ وغیرہ۔ پہلے تو میں اس افواہ کے متعلق سن کر ہی ششدر رہ جاتا ہوں۔ جو بات میرے وہم وگمان میں نہ تھی وہ سارے شہر کو پتہ ہے۔ اوپر سے تابڑتوڑ سوالات، میں ان سوالات کا آخر کیا جواب دے سکتا ہوں؟ جب کہ اس قسم کی افواہ کا کسی بھی سطح پر میری ذات سے کوئی تعلق نہیں ہوتا۔ ابھی ہفتہ بھر پہلے کی بات ہے۔ شہر میں اچانک ایک پراسرار خاموشی رقص کرنے لگی۔ لوگ ایک دوسرے سے نظریں بچا کر گزر جاتے تھے۔ ایک دوسرے سے برائے نام گفتگو رہ گئی تھی۔ ایک عجب شک وشبہہ کا ماحول تھا۔ یہ ماحول بہت دھیرے دھیرے بنا تھا۔ اس کی کوئی خاص وجہ سمجھ میں نہیں آئی۔ میں اسی سلسلے میں غلطاں و پیچاں تھا کہ ایک جاننے والے نے آکر کہا یہ شہر کا ماحول آپ کی وجہ سے خراب ہو رہا ہے۔ میری وجہ سے؟ میں حیران رہ گیا۔ آخر شہر کی پراسرار خاموشی اور شک وشبہہ کی فضا کو بنانے میں میرا کیا ہاتھ ہوسکتا ہے۔ میں تو چپ چاپ گھر سے نکلتا ہوں، آفس جاتا ہوں، شام تک فائلوں میں سر کھپاتا ہوں اور واپس گھر آجاتا ہوں۔ ہاں کبھی سبزی یا پھل اور مٹھائی خریدنے کے لئے ادھر سے ہی بازار چلا جاتا ہوں۔ گھر آکر منہ ہاتھ دھو کر ایک پیالی چائے پیتا ہوں اور صبح کا اخبار اٹھا کر برآمدے میں رکھی کرسی پر بیٹھ جاتا ہوں۔ اس دن جب میں برآمدے میں آکر بیٹھا۔ اسی وقت وہ شخص آگیا جس نے مجھے یہ خبر دی تھی کہ شہر میں پراسرار خاموشی کا سبب میں ہوں۔

”بھائی یہ کیا کہہ رہے ہیں آپ؟“

”جی ہاں۔“ اس نے میرے قریب کھسک کر مدھم لہجہ میں کہا۔

”سب لوگ آپ ہی کے بارے میں بات کر رہے ہیں۔“

”میرے بارے میں۔“ میں نے تعجب سے پوچھا، پھر بولا۔

''بھائی! اس معاملے سے میرا کیا تعلق ہے؟''

''لوگ کہہ رہے ہیں کہ آپ نے محلّہ سے جانے کا ارادہ کرلیا ہے۔ اور یہ بات آپ نے سب کے سامنے کہی تھی۔''

''ایک تو ایسا کچھ میں نے کہا نہیں۔ اگر کہا بھی ہے تو اس سے شہر کی پراسرار خاموشی کا کیا تعلق؟''

''یہ کیا کہہ رہے ہیں آپ، یعنی آپ کے اس فیصلے کا شہر کے ماحول سے کوئی تعلق ہی نہیں؟''

''بھائی محلے سے مکان خالی کرنے کے بارے میں، میں نے کبھی کوئی بات ہی نہیں کی۔ پتہ نہیں کون یہ افواہ پھیلا رہا ہے۔'' میں نے ناگواری کا اظہار کیا۔

''دوسری بات یہ کہ اس سے شہر کے ماحول کا کیا تعلق؟''

''عجیب آدمی ہیں آپ بھی۔ ارے آپ کی وجہ سے دوسرے لوگ بھی ہوشیار ہو گئے ہیں اور وہ بھی اپنا اپنا مکان خالی کرنے کے بارے میں سوچ رہے جو آپ کی طرح ان کے محلوں میں رہتے ہیں۔''

''یہ کیا بات ہوئی۔ لوگ خواہ مخواہ مجھے بدنام کر رہے ہیں۔''

''بدنام نہیں کر رہے ہیں ان کا خیال ہے کہ آپ کو اندر کی بات کا پتہ ہے کہ کیا ہونے والا ہے؟''

اندر کی بات کا تو مجھے پتہ نہیں تھا لیکن اندر ہی اندر میں اضطراب کا شکار ضرور ہو گیا۔ مجھے اچھی طرح یاد ہے کہ میں نے یہ بات کسی سے نہیں کہی تھی۔ سامنے بیٹھے شخص پر مجھے بے انتہا غصہ آنے لگا۔ لیکن غصہ کو پیتے ہوئے میں نے سوچا اس شخص کا کیا قصور ہے۔ یہ تو مجھے پھیلی ہوئی افواہ کی جانکاری دے رہا ہے۔ میں نے تھوڑی دیر اور اس سے گفتگو کی اور چائے پلا کر اسے رخصت کر دیا۔ اس نے جو خبریں دی تھیں وہ خوف میں مبتلا کر دینے والی تھیں۔ اس نے بتایا کے میرے مکان خالی کرنے کے فیصلے کے دو دنوں کے بعد چوک پر ایک سمیلن ہوا تھا اور اس میں سادھو سنتوں کے علاوہ کچھ راج نیتا بھی شامل تھے۔ اس کے بعد دوسرے محلوں سے بھی لوگ اپنا بوریا بستر باندھنے لگے۔ اسے اس بات پر حیرت تھی کہ میں نے مکان چھوڑنے کی بات بتانے کے باوجود ابھی تک اپنا مکان نہیں چھوڑا تھا جب کہ معاملہ اب بے حد نازک ہو چلا تھا۔ بہت دیر تک میں غور کرتا رہا کہ شاید میں نے مکان چھوڑنے کی بات کسی سے کہی ہو۔ لیکن مجھے کچھ یاد نہیں آیا۔ یاد آتا بھی کیسے۔ آخر مکان خالی کرنے کوئی وجہ بھی تو ہوتی۔ مجھے پورا یقین ہے کہ میں نے یہ بات کسی سے نہیں کہی تھی۔ اپنے گھر والوں سے بھی نہیں۔ میں کرسی پر پھیل کر بیٹھ گیا اور ایک سگرٹ سلگا کر پینے لگا۔ منہ سے نکلتے دھوئیں کے مرغولوں کو دیکھتے ہوئے مجھے یاد آیا کہ ایک رات میں نے خواب میں دھوئیں کے گھنے بادل دیکھے تھے۔ یہ بادل زمین سے اٹھ رہے تھے اور گھنے دھوئیں کے غبار میں چہرے اور مکانات بے حد دھندلے نظر آ رہے تھے۔ اسی وقت میں سوچا تھا کہ یہ مکان خالی کر کے کسی محفوظ جگہ پر چلا جاؤں۔ اب خواب میں کیئے گئے ارادے کو کوئی دوسرا کیسے جان سکتا ہے؟ مجھے پورا یقین ہے کہ میں نے اپنے خواب

میں کیئے گئے ارادے کا اظہار ہرگز ہرگز کسی سے نہیں کیا تھا۔

شہر کی اس عجیب صورت حال نے مجھے اندر سے بے حد پریشان کر دیا تھا۔ ایک ایسی بات جس سے میرا قطعی کوئی تعلق نہیں تھا پورے شہر کے لئے پریشانی کا باعث بن گئی تھی۔ میں نے سوچنا شروع کیا کہ اس خطرناک صورت حال سے شہر کو باہر نکالنے کا کیا طریقہ ہوسکتا ہے؟ کیا میں اعلان کردوں کہ میں نے کبھی بھی محلے سے مکان خالی کرنے کا کوئی ارادہ نہیں کیا تھا؟ لیکن اب اس اعلان کا کیا فائدہ؟ میرا نام تو اب ہزاروں قسم کی افواہوں کی گرد میں کہیں دب گیا تھا۔ لوگ متحرک ہو چکے تھے اور مختلف محلوں سے لوگوں کی مراجعت کا سلسلہ بھی شروع ہو چکا تھا۔ پھر کیا کیا جائے، بہت غور وخوض کے بعد مجھے ایک راستہ نظر آیا۔ کیوں نہ مقامی تھانے میں جا کر یہ بات بتادوں کہ شروع میں میرے تعلق سے جو خبریں پھیلائی گئی تھیں وہ محض افواہ تھیں اور یہ کہ میں اب بھی اسی محلے میں اپنے مکان میں بیوی کے ساتھ رہ رہا ہوں۔ یہ ایک بہتر آئیڈیا تھا۔ میں فوراً تھانے کے لئے روانہ ہوگیا۔

''کیا بات ہے؟'' تھانیدار نے مشکوک نظروں سے مجھے گھورتے ہوئے سوال کیا؟

''جی، اپنے بارے میں مجھے کچھ کہنا ہے۔'' مجھے سمجھ میں نہیں آ رہا تھا کہ بات کی شروعات کہاں سے کروں۔

''کوئی رپورٹ لکھوانی ہے؟''

''جی نہیں، بس میں اپنے بارے میں ایک حقیقت کا اظہار کرنا چاہتا ہوں۔''

''حقیقت کا اظہار!'' تھانیدار نے غور سے میرا جائزہ لیا۔ پھر میز پر پڑے ہوئے ڈنڈے کو اٹھا کر ہاتھوں میں لیا اور اسے بڑے دھیان سے دیکھتے ہوئے اس نے سامنے رکھی ہوئی کرسی پر اپنی ٹانگیں پھیلا دیں۔

''اچھا تو پھر؟'' اس نے ایک ہاتھ سے ڈنڈے کو گھماتے ہوئے پوچھا۔

''میرے بارے میں کچھ لوگوں نے غلط افواہ اڑا کر شہر کے ماحول کو خراب کر دیا ہے۔'' کسی تمہید کے بغیر میں نے کہا۔

''کون سی افواہ؟'' تھانیدار نے ڈنڈا میز پر رکھتے ہوئے مجھے جواب طلب نظروں سے دیکھا۔

''یہی کے میں محلے سے مکان خالی کر رہا ہوں۔''

''کیا؟'' تھانیدار چونک گیا۔ پھر اس نے پوچھا۔

''تمہارا نام کیا ہے؟''

میں نے اپنا نام بتایا تو اس نے بہت لمبی ہوں کہی پھر گہری نظروں سے دیکھتا ہوا بولا۔

''کون سا محلّہ ہے؟''

میں نے محلے کا نام بتایا تو وہ کسی گہری سوچ میں ڈوب گیا، پھر سخت لہجہ میں بولا۔

''تم نے اب تک مکان خالی نہیں کیا؟''

''یہ آپ کیا کہہ رہے ہیں جناب، میں بھلا مکان خالی کیوں کروں؟'' میں نے تعجب سے کہا۔

تھانے دار کچھ دیر تک مجھے گھورتا رہا پھر گہری سانس لے کر بولا۔

''دیکھو تمہارے بھلے کے لئے کہہ رہا ہوں۔ دوسرے محلے سے بھی لوگ اپنا اپنا مکان خالی کرنے لگے ہیں۔ حالات مسلسل بگڑ رہے ہیں۔ بلکہ بگڑ چکے ہیں جتنی جلد ہو سکے مکان خالی کر کے چلتے بنو۔''

اب تھانے دار سے کوئی توقع فضول تھی۔ میں جب تھانے سے باہر نکل رہا تھا تو تھانے دار نے انتہائی دھمکی آمیز لہجے میں کہا تھا کہ میں جتنی جلدی ممکن ہو مکان خالی کردوں ورنہ وہ کچھ نہیں کر سکے گا۔ کچھ نہ کرنے کی دھمکی سے میں بخوبی آگاہ تھا۔ میں نے کوئی جواب نہیں دیا اور چپ چاپ سڑک پر آ گیا۔ باہر اندھیرا تھا......شاید لوڈ شیڈنگ......اوپر شہر کے مشرقی حصے میں آسمان سرخ ہو رہا تھا۔ اس شہر میں دفعتاً پورا آسمان ہی سرخ ہو جاتا تھا۔ اس کی وجہ شاید وہ اسٹیل پلانٹ تھا جس کا پگھلا ہوا سلیگ راتوں میں ڈمپ کیا جاتا تھا۔ آسمان کے سرخ ہوتے ہی شہر میں گرمی بڑھ جاتی تھی اور لوگ پیاس محسوس کرنے لگتے تھے۔ مجھے بھی پیاس محسوس ہوئی لیکن آس پاس کوئی ریسٹورنٹ نہیں تھا جہاں سے پانی لے کر پی لیتا۔ سوچا اب گھر پہنچ کر ہی پانی پی سکوں گا۔ اوپر بے شمار پرندے سرخ روشنی کے حصار میں قید پرچھائیوں کی صورت بے چینی سے پھڑ پھڑاتے نظر آ رہے تھے۔ یہ پرندے بھی روشنی کے عذاب میں مبتلا ہیں۔ ایک مسلسل سراب کی کیفیت۔ انہیں حیرت ہوتی ہوگی کہ اچانک اندھیری رات میں تیز روشنی کیسے پھیل جاتی ہے، یا صبح صادق کا منظر کیوں کر پیدا ہو جاتا ہے اور پھر تھوڑی ہی دیر میں وہی اندھیری رات۔ مجھے گھر پہنچنے کی جلدی تھی اس لئے میں تیز تیز قدم بڑھاتا ہوا گھر کی جانب بڑھنے لگا۔ اچانک مجھے احساس ہوا کہ چاروں طرف ایک عجیب سا سناٹا پھیلا ہوا ہے۔ سڑکوں پر ٹرافک نہ ہونے کے برابر تھی۔ لوگ بھی بہت کم نظر آ رہے تھے۔ ہاں آوارہ کتے ادھر ادھر بھاگتے ضرور نظر آ رہے تھے۔ عام طور سے آوارہ کتے اتنے سویرے سڑکوں پر اودھم نہیں مچاتے تھے لیکن آج وقت سے پہلے چھا جانے والے سناٹے کی وجہ سے یہ بھی متحرک ہو گئے تھے۔ مجھے خیال آیا کہ کہیں کوئی ان میں سے اچانک مجھ پر حملہ آور نہ ہو جائے لیکن گھر تک پہنچتے پہنچتے ایسا کچھ نہیں ہوا۔ ایک دو بار ان کا غول مجھے چھو کر گزر الیکن مجھ پر بھونکا نہیں۔

مکان کے دروازے کے سامنے کئی لوگ کھڑے ہوئے تھے۔ میرے اندر خوف کی ایک لہر دوڑ گئی۔ میں ان لوگوں کو نظر انداز کرتا ہوا گھر میں داخل ہو گیا۔ میری بیوی خالی خالی آنکھوں سے خلاء میں نظریں جمائے صوفے پر بیٹھی تھی۔ مجھے اندر آتا دیکھ اس نے میری طرف دیکھا۔ مجھے محسوس ہوا اس کی آنکھوں میں خوف کے سائے تیر رہے ہیں۔ یوں بھی وہ اکثر خوف کی کیفیت میں مبتلا رہتی تھی اور اس کی وجہ

تھی ہارر مووی اور خوفناک ناولوں سے اس کی دلچسپی۔ پچھلے مہینے کی بات ہے اس نے بہت ضد کر کے مجھ سے برام اسٹوکر کا ناول ڈرا یکولا منگوایا تھا۔ ناول پڑھنے کے دوران اگر کھڑکی ہوا کے جھونکے سے کھڑکھڑاتی تو اسے محسوس ہوتا کہ چمگادڑیں کھڑکی کے شیشہ پر سر پٹخ رہی ہیں۔ کئی بار اس نے مجھ سے کھڑکی مضبوطی سے بند کرنے اور پردوں کو ٹھیک سے برابر کرنے کے لئے کہا تھا۔ اس نے کئی دفعہ اس خوف کا اظہار بھی کیا تھا کہ کھڑکی یا دروازوں کی جھریوں سے دھوئیں کی شکل میں ڈرا یکولا اندر آ سکتا ہے۔ ایک بار وہ ایک دوڑتے ہوئے چوہے کو دیکھ کر بری طرح چیخ پڑی تھی۔ جب میں نے پوچھا کیا اسے چوہے سے بھی خوف محسوس ہوتا ہے تو اس نے بتایا نہیں دراصل ڈرا یکولا چوہے کی شکل بھی اختیار کر لیتا ہے۔ اس دن اس نے مجھ سے منت کی تھی کہ میں اسے لہسن کے پھول اور چرچ سے مقدس روٹیاں لا دوں۔ پہلے تو مجھے ہنسی آئی لیکن اس کی ذہنی کیفیت کو دیکھتے ہوئے مجھے لگا یہ چیزیں اس کی نفسیاتی گرہ کو کھولنے میں معاون ہوں گی۔ مقدس روٹیوں کا انتظام تو میرے ایک عیسائی دوست نے کر دیا لیکن سبزی مارکیٹ میں لہسن کے پھول کہیں نہیں ملے۔ گھر آ کر میں نے بیوی سے جھوٹ کہہ دیا کہ عیسائی پادری کا کہنا ہے کہ مقدس روٹی کے ساتھ اگر لہسن کے پھول نہ ہوں تو لہسن کو چھیل کر کمرے میں ڈال دینا کافی ہوگا۔ دراصل ڈرا یکولا لہسن کی بو سے بھاگتا ہے خواہ وہ بو پھول سے آئے خواہ خود لہسن سے۔ اسے میری بات کی سچائی پر یقین آ گیا۔ اس نے لہسن چھیل کر کمرے میں جگہ جگہ رکھ دیا۔ اس کی بو میرے لئے ناقابل برداشت تھی، بلکہ مجھے محسوس ہونے لگا تھا کہ میں ہی دراصل ڈرا یکولا ہوں اور مجھے فوراً گھر چھوڑ کر بھاگ جانا چاہیے۔ ان انتظامات سے میری بیوی بہت حد تک پرسکون ہوگئی تھی۔ لیکن ایک دن اس نے فرمائش کی کہ گھر میں ایک صلیب کا ہونا بھی ضروری ہے۔ میں بری طرح چونک پڑا۔ میں نے اسے سمجھایا لوگ کیا کہیں گے ہمارے گھر میں صلیب۔ لیکن وہ بضد رہی۔ اس نے کہا کہ ہمارا مقصد شیطان کو دور رکھنا ہے، اس کے علاوہ اور کچھ نہیں۔ خیر میں نے اسے ایک صلیب بھی لا کر دے دی تھی جسے اس نے کمرے کی دیوار پر ٹانگ دیا تھا۔ بہر حال ان دنوں میری بیوی بالکل نارمل تھی اور حالیہ دنوں میں نہ تو اس نے کوئی ہارر مووی دیکھی تھی اور نہ ہی کوئی ناول پڑھا تھا لیکن اس کی آنکھوں میں خوف کے سائے ایسے ہی تھے جیسے اس کے ذہن میں تصوراتی ڈرا یکولا پھر سے زندہ ہو گیا ہو۔

''کیا بات ہے؟'' میں نے بیوی کی بغل میں بیٹھتے ہوئے پوچھا۔

''تم نے سنا نہیں؟'' اس کی آنکھوں کا خوف کچھ اور گہرا ہو گیا۔

''کیا نہیں سنا، صاف صاف بتاؤ۔'' مجھے جھنجھلاہٹ ہونے لگی۔ ایک تو تھانے دار کے رویئے کی وجہ سے میں پہلے ہی پریشان تھا اوپر سے یہ سسپنس پیدا کر رہی تھی۔

''وہ لوگ آئے ہوئے ہیں اور تمہارا ہی انتظار کر رہے ہیں۔ کیا باہر انہوں نے تم سے کچھ کہا نہیں۔''

بیوی نے اسرار برقرار رکھا اور میری جھنجھلاہٹ غصہ میں تبدیل ہونے لگی۔ میں نے یاد کیا باہر

کچھ لوگ کھڑے ہوئے تھے۔لیکن یہ لوگ مجھ سے ملنے آئے ہیں یہ بات میرے لئے تعجب خیز تھی۔اور اگر وہ ملنے آئے تھے تو انہوں نے مجھ سے کچھ کہا کیوں نہیں۔شاید میں بہت تیزی سے اندر آ گیا تھا اور انہیں کچھ کہنے کا موقع نہیں ملا یا وہ چاہتے تھے کہ پہلے میں گھر کے اندر جا کر بیوی سے گفتگو کرلوں۔ پتہ نہیں۔

''تم بتادو، کیا بات ہے؟'' میں نے غصہ کو دباتے ہوئے پوچھا۔

''وہ بغیر سر والا، ادھر محلے کے جنوبی حصے میں، بغیر سر والا دوڑ رہا تھا اور اس کی گردن سے خون کے فوارے ابل رہے تھے۔'' میری بیوی تھوک نگلتی ہوئی بے حد خوفزدہ آواز میں بولی۔

''کچھ دیر دوڑنے کے بعد وہ گر گیا۔ یہ لوگ جو ہمارے دروازے پر کھڑے ہیں اسے جھنڈے میں لپیٹ کر لے جانے کے لئے آئے ہیں۔انہوں نے بتایا مجھے۔کچھ لوگ سر کی تلاش بھی کر رہے ہیں۔'' بولتے بولتے اس کی سانسیں ناہموار ہوگئیں۔

''کیا۔'' میری چیخ حلق میں گھٹ کر رہ گئی۔

ہڑبڑا کر میں باہر آ گیا۔وہ لوگ ابھی تک موجود تھے۔ان میں سے ایک آگے بڑھ کر میرے قریب آ گیا اور پھسپھساتی ہوئی آواز میں بولا۔

''آپ ابھی تک یہیں پر ہیں؟ آپ کو تو سب سے پہلے یہاں سے نکل جانا چاہئے تھا۔آپ کو تو صورت حال سے آگاہی تھی۔''

''کون سی صورت حال؟'' میں نے غصہ میں پوچھا۔

''محلے کے جنوبی حصے کا واقعہ آپ کو پتہ ہے؟''

''ابھی میری بیوی نے بتایا ہے۔''

''پھر؟''

''میری تو کچھ سمجھ میں نہیں آ رہا ہے۔'' میں نے اپنی پیشانی مسلتے ہوئے کہا۔

''دیکھئے بھائی ہم نے اسے جھنڈے میں لپیٹ لیا ہے۔ہم سے کہا گیا ہے کہ آپ سے سختی سے کہہ دیا جائے کہ آپ مکان خالی کر دیں ورنہ...... بار بار ہم جھنڈے لے کر آنے کا خطرہ نہیں مول لے سکتے۔''

کچھ دیر تک وہ لوگ آپس میں گفتگو کرتے رہے پھر مجھے اشارہ کر کے چلے گئے۔ میں سخت تشویش میں مبتلا ہو گیا تھا۔ حالات واقعی قابو سے باہر ہو چکے تھے۔بغیر سر والے کے دوڑنے کا واقعہ انتہائی خطرناک تھا۔ میری بیوی بے حد خوفزدہ ہو چکی تھی اور مجھے اس طرح دیکھ رہی تھی کہ میں کوئی فیصلہ لینے کے قابل ہی نہیں ہوں۔ میں نے انتہائی ٹھنڈے دل سے صورت حال پر غور کرنا شروع کیا۔ محلے کے جنوبی حصے میں جو واقعہ پیش آیا تھا اس کے بعد صورت حال کے مزید خراب ہونے کا اندیشہ تھا اور یہ جھنڈے کا استعمال تو بے حد خوفناک تھا۔ بیوی کا خیال تھا کہ ہمیں جلد از جلد مکان خالی کر دینا چاہئے اور یہ لوگ جس جگہ لے جانا

چاہتے ہیں وہاں چلے جانا چاہئے۔موجودہ منظرنامے میں مکان خالی کر دینا مجھے بھی مناسب لگ رہا تھا لیکن جہاں جانے کے لئے کہا جا رہا تھا اس جگہ کے بارے میں، میں مشکوک تھا۔ بیوی نے کہا چل کر دیکھ لینے میں کیا حرج ہے۔ بہر حال میں نے مکان خالی کرنے کا ارادہ کر لیا تھا۔

وہاں عبادت گاہ کے سامنے ایک بہت بڑا میدان تھا، جس میں ٹینٹ لگائے گئے تھے۔ ہمیں بھی ایک ٹینٹ دے دیا گیا۔مختلف محلوں سے آ کر لوگ یہاں ٹینٹوں میں جمع ہو گئے تھے۔عبادت گاہ میں وقت کے مطابق عبادت جاری تھی اور جھنڈوں میں لپٹے لوگوں کو لا کر چبوترے پر رکھنے کا سلسلہ بھی جاری تھا۔ پھر انہیں وہاں سے ایک ہجوم چوک پر لے جاتا۔نعرے لگتے، عہد و پیمان ہوتے اور انہیں جھنڈے سمیت گاڑ دیا جاتا۔

ایک صبح میری چار پائی کے گرد لوگوں کا ہجوم جمع تھا۔ میں بے حد حیران ہوا کہ ماجرا کیا ہے۔ ٹینٹ کے ایک کونے میں میری بیوی زور زور سے رو رہی تھی اور کچھ عورتیں اسے سنبھالنے میں لگی تھیں۔ چار پائی کے ارد گرد کھڑے لوگ میری موت کے بارے میں گفتگو کر رہے تھے۔ ساری سازش میری سمجھ میں آ گئی راتوں رات کچھ لوگوں نے میری موت کی افواہ پھیلا دی تھی۔ مجھے اسی لئے یہ علاقہ مشکوک لگ رہا تھا اور میں یہاں آنا نہیں چاہتا تھا۔ میرا شک سو فیصد درست ثابت ہوا۔ چار پائی کے گرد کھڑے لوگ کہہ رہے تھے کہ اگر میں مکان پہلے ہی خالی کر دیتا تو آج زندہ ہوتا۔ انہیں مجھے جھنڈا میں لپیٹنا نہیں پڑتا۔لیکن ہونی کو بھلا کون ٹال سکتا ہے۔ میں اندر ہی اندر غصے سے کانپ رہا تھا۔ میں چیخ چیخ کر کہنا چاہ رہا تھا کہ میری موت کی خبر افواہ ہے۔ میں زندہ ہوں لیکن میری آواز شاید بے انتہا غصہ کی وجہ سے باہر نہیں نکل رہی تھی اور چار پائی کے ارد گرد کھڑے ہوئے لوگ بھی میری طرف توجہ نہیں دے رہے تھے۔

تھوڑی دیر بعد کچھ لوگوں نے مجھے نہلانا شروع کیا۔نہلا کر مجھے سر سے لے کر پیر تک جھنڈے میں لپیٹ دیا گیا۔ پھر عبادت گاہ کے چبوترے پر رکھ کر سب لوگ عبادت میں مصروف ہو گئے۔عبادت سے فراغت پا کر ان لوگوں نے مجھے اٹھا لیا۔ کسی نے زور سے کہا اسے چوک پر لے جا کر رکھا جائے۔ کسی دوسرے نے سوال کیا کہ اسے کیوں؟ کئی آوازیں ابھریں، ارے ہمیں دکھانا ہے کہ ہم ایسی باتوں سے نہیں گھبراتے۔ مجھے لے کر وہ چوک پر پہنچ گئے اور جھنڈے میں لپٹے میرے وجود کو ایک اونچے چبوترے پر رکھ دیا گیا۔

جھنڈے میں لپٹا میں، سمجھ نہیں پا رہا ہوں کی اپنی موت کی افواہ کا سد باب کیوں کر کروں؟

● ڈاکٹر زین سالک

موت کا دوسرا رقص

مقابلے کے آخری سانڈ کا سر جھکا ہوا تھا کیونکہ اُس کی کوہان اور گردن کے عضلات میں تین bondilla نیزے گھنپے ہوئے تھے۔لیکن اس چار سالہ عظیم الجثہ ساڑھے چھ سو کلو وزنی سانڈ کا طیش اسکی پھنکاریں مارتے نتھنوں اور دھول اڑاتے کھروں سے کسی طور کم نہ ہو رہا تھا۔اور وہ انسانی موت کے متلاشی پاتال کے کسی عفریت کی طرح اپنے نوکیلے خمیدہ سینگوں کو انسانی جسم و گوشت میں پیوست کرنے کی ٹوہ میں تھا۔وہ اپنی جنم جنم کی پیاس بجھانے اور وحشی جانور اور انسان کے مقابلے کا یہ موت کا رقص میرے ساتھ Linares کے اِس بُل رنگ میں کرنے پر مجبور تھا۔میں Islero کو انچوں کے فاصلے سے اپنے سرخ دوشالے سے بار بار غچہ دے رہا تھا۔مجھے کسی خاص اسٹائل کا مظاہرہ کرتے ہوئے اسکی آنکھوں کے عین درمیان سر کے نرم گوشے میں خصوصی مہارت کے ساتھ وقت سے کھیلتے ہوئے اپنے نیزے کو گھونپنا تھا۔

میں نے فخریہ اپنے 'روشنیوں کے سوٹ' پر ایک اچٹتی نظر ڈالی جو مجھے حالیہ تفویض کیا گیا تھا۔بلاشبہ اس بھڑکیلے شاندار لباس میں پھرتی سے نقل و حرکت کی بہت گنجائش تھی۔اس سے پہلے میرا اندلسی سواروں کا سا لباس تھا جو کہ کالے رنگ کے چھوٹے ویسٹ کوٹ، تنگ ٹراؤزر، اونچی ایڑی کے جوتے اور چوڑے کالے ہیٹ پر مشتمل تھا۔اس سے پہلے بطور نو آموز میں novillero بُل فائیٹر اس 'سوٹ آف لائیٹ' کا حقدار نہیں تھا۔یہ چمکدار زرق برق لباس جسم سے چپکا ہوتا ہے۔میرے اکھاڑے کا لباس مختلف تھا۔میں نے ملک کے مشہور ترین seville رائیل سکول آف بُل فائیٹنگ سے سپینی طرز کی بُل فائیٹنگ corrido de toros کی ٹریننگ لی تھی۔کل تک میں novillado میں لڑتا تھا اور آج corrido کے دائیراتی مدّ ور اکھاڑے میں کھڑا تھا...... یہ میری اب تک کی زندگی کا نقطہء عروج تھا۔یہ مقابلہ روایتی طور پر ٹھیک 5 بجے شام اعلانیہ ٹرمپٹ کی آواز سے شروع ہوا تھا۔کہتے ہیں کہ اسپین میں ٹرین اور بس تو لیٹ ہو سکتی ہے لیکن بُل فائیٹ لیٹ نہیں ہوتی۔آج میرے پیشہ وارانہ آلات حرب مختلف تھے۔میری مخصوص چپٹی ٹوپی اب چھوٹی اور دو کونی تھی۔میرے آرام دہ جوتے بھی مختلف تھے آج میری جرابیں بھی گلابی تھیں۔میرے آرام دہ مختلف جوتے لی جنڈری بُل فائیٹر Manolette کے ایجاد کردہ تھے۔اور میں اسپینی نقطہء نظر سے بُل فائینگ کے آرٹ کا ایک طاق و مشاق جنگجو تھا۔اور اس بُل فائیٹر کی محافظ 'زن'

کی قوت تھی۔

جب میرے اندر موجود موت کے کھلاڑی نے سانڈ کو غچہ دے دے کر اسکی انتہائی اشتعال انگیزی کو پاگل پن تک پہنچا اور گذار دیا تو اُسنے اپنے آخری وقت کو گویا دیکھ لیا تھا۔ اور بے مہری سے اپنا زخمی جسم و چہرہ خود سے میرے نیزے کی جانب موڑ دیا تھا۔ اسکی گردن میں جوں ہی میں نے اچھل کر کمال مہارت سے ایک اور نیزہ گھونپا تو ہسپانوی عوام باآواز بلند! ole,ole چلّا رہے تھے۔

وہ اُسے 'سچ کا لمحہ' کہہ رہے تھے۔ سانڈ کی لڑائی کا نقطہء عروج آ پہنچا تھا۔ میں نے آخری مرتبہ تماشائیوں کی طرف انکا عندیہ معلوم کرنے کیلئے اس آخری وار کی اجازت چاہی۔ انکے جوش وخروش سے اسکی چنداں ضرورت نہ تھی۔ میرا میٹادور کا منصب جسے یونین نے تسلیم کر لیا تھا۔۔

ہی Islero کی موت کے گھاٹ اتارنے کے اس اختتامی لمحہ کا متقاضی تھا۔ مجھے اپنا کام نمٹانے کیلئے دی گئی آخری چھ منٹ کی مہلت بھی ختم ہونے والی تھی۔ اور اس حتمی ایکٹ کا اعلانیہ ٹرمپٹ بھی بجایا جا چکا تھا۔ پس منظر میں اس ڈراؤنے خواب کو جلا دینے کیلئے موسیقی پہلے سے جاری تھی۔ لیکن میری آنکھیں آخری مرتبہ Lope کے رومال کے اشارے کو دیکھنا چاہتی تھیں۔ یہ میرے کیریئر کے پہلے سانڈ کی ہلاکت Kill تھی اور اس موقع پر اسکا نہ ہونا میری سمجھ و برداشت سے باہر تھا۔ ایک میٹاڈور کی محبوبہ اگر اکھاڑے میں خود اپنے یار کے اس کارہائے نمایاں کی تماش بینی نہ کرے تو تُف ہے ایسے میٹاڈور پر اور اسکی میٹاڈوری پر۔

مجھے اچانک Islero کی گرم سانس اپنے چہرے کے قریب، بہت ہی قریب محسوس ہوئی اور پھر جیسے گرم گرم bonderillo نیزہ میری تھوڑی کے نیچے سے گھُس کر گوشت پوست کو چیرتا ہوا منہ سے نکلتا محسوس ہوا۔ مجھے اسکا خمیدہ کالا رنگ نیموا آنکھوں نظر آیا۔ Islero نے میرے چہرے کو پُر وکر اپنے نوکیلے سینگ سے میرے جسم کو زمین سے اوپر اٹھا لیا تھا۔ وہ مجھے گھسیٹتا لے جا رہا تھا اور میں کسی بے بس سوٹ کے چیتھڑوں سے بنے گڈّے کی طرح گھسٹ رہا تھا۔ میرے پاؤں بھی اسنے پچھلے کھروں سے رگید دیئے تھے۔ جن میں میرا لال دوشالہ بھی الجھ گیا تھا۔ میرا نیزہ میری زندگی کی علامت میرا آلہء حرب میرے ہاتھ میں بے جان سا لٹک رہا تھا۔ مجھے اپنے تینوں پیادے مددگار سرخ کپڑے اور نیزے تھامے سانڈ اور اپنی طرف دوڑتے نظر آئے اور پھر مجھے کچھ ہوش نہ رہا۔ مگر میں محسوس کر سکتا تھا میرے آخری الفاظ جو ساتھیوں نے سُنائے وہ یہ تھے۔ 'کیا میری آنکھیں کھُلی ہیں، میں دیکھ نہیں سکتا'......!

تمام تماشائی Matolo Hombre چلّا رہے تھے۔ اور اپنی سیٹوں پر کھڑے ہو گئے تھے۔ مجھے اسٹیڈیم میں موجود مرہم پٹی کی جگہ enfirmeria لے جایا گیا تھا جس کا کتبہ واضح طور پر ایک گیٹ پر ٹنگا تھا۔

شاید یہ میری 'زن' کی قوت ہی تھی جس نے مجھے اسکے بعد نہ صرف زندہ رکھا بلکہ میرے دل میں

corrida جلد از جلد واپسی کے شعلے بلند رکھے۔ ہم اسپینی بھی خوب قوم ہیں۔ کم از کم بُل فائیٹنگ اور رسوم و تہوار منانے کی حد تک۔ چاہے پمپلونہ میں بیلوں اور انسانوں کے ساتھ ساتھ دوڑ ہو جس میں اب تک حصہ لینے والے سینکڑوں نوجوان کچلے روندے جا چکے ہیں۔ اور چاہے جنوبی اسپین خصوصاً اندلوشیہ کی روایتی Flamenco موسیقی کی روایات اور چاہے اگست کے آخری بدھوار کو La Tomatina پکے ہوئے ٹماٹر ایک دوسرے پر پھینکنے کی سب سے بڑی جنگ یا پاؤں تلے انہیں کچلنے کا کھیل۔۔۔ یہ تمام ہماری جنگجو یا نہ اخلاقیات کے ساتھ گڈ مڈ ہیں۔

انہیں ہم اپنی ثقافت کے نمائندوں کی طرح ایک دوسرے کے ساتھ پُروکر رکھتے ہیں۔ اور اپنا اپنا جائیز مقام دیتے ہیں۔ دوسری دینا کے لوگوں کے لئے اس امر کو سمجھنا اور اس پر یقین کرنا دشوار ہے۔ انکے بقول اسپین میں آج اس خونی کھیل کا ظالمانہ مظاہرہ پھل پھول رہا ہے۔ اگر اسپین میں بُل فائیٹنگ کو وحشیانہ عمل سمجھا جاتا تو گذشتہ چھ سو سال میں اس پر کب کی پابندی لگ چکی ہوتی۔

میں مانتا ہوں کہ غیر اسپینوں کے لئے یہ سمجھنا بھی خاصا مشکل ہے کہ لوگوں کے ہجوم پیسہ دے کر ایک تہوار کے طور ایک تنہا جانور کو ٹکڑے ہوتے خوشی سے دیکھیں گے۔ جس نے کبھی ان کو کوئی زک نہیں پہنچائی۔

آج میں سوچتا ہوں کہ مجھے اس حادثے سے سب سے بڑا فائدہ کیا ہوا تو مجھے ہمینگوے کے ناول 'دوپہر کی موت' کا مطالعہ ان دنوں سرفہرست نظر آتا ہے۔ مصنف نے کتنی سچائی سے کہا ہے کہ 'مورل' وہ ہوتی ہے جو ہمیں بھلی لگے اور 'امورل' وہ جو ہمیں بڑی بُری لگے۔

شاید Lope Sino مجھے اسکا احساس دلانے کیلئے ہی یہاں نہیں آئی۔ لیکن میرے نزدیک یہ رویہ بطور ہسپانوی حسینہ کے کچھ اچھا نہیں۔ یا پھر میں یہ کہوں کہ یہ میری قسمت کا ایک حصہ تھا۔

زندگی اپنے گرد کتنا نچاتی ہے۔ دونوں فریق موت کی آنکھوں میں آنکھیں ڈال کر اپنی زندگی کا سچ ڈھونڈتے ہیں۔ انسان اور سانڈ میں یہ فرق ہے کہ سانڈ کو اپنی موت کے سچ کا اندازہ جلدی ہو جاتا ہے لیکن انسان اسے بھولا رہتا ہے۔ کیونکہ اسے جیتنا ہوتا ہے۔ ایک یقین کے ساتھ۔ حیوان کی موت پر اپنا استبداد برقرار رکھنا ہوتا ہے اپنے اشرف المخلوقات کے منصب کی پاسداری میں۔ لیکن جب وہ خود سچائی کے لمحے کی لپیٹ میں آتا ہے تو یہ ایک حادثہ ہوتا ہے۔ اور میں اس لمحے کی لپیٹ میں پہلی بار آیا تھا۔ آخری بار نہیں۔ اب یہ میرے ستاروں پر منحصر تھا کہ میں دوبارہ اس کی لپیٹ میں آ کر اس ابدی سچ میں ڈوب جاؤں یا کامیاب ابھروں۔ موت کی آنکھوں میں آنکھیں ڈالنا ہی جب شیوہ ٹھہرا تو......لیکن میں اس حقیقت سے سراسر انکار نہیں کر سکتا کہ آخر کار انسان کتنا کمزور و بے بس ہے۔ بس میٹا دور کی شان و شوکت کا ہالہ اسے اپنے حصار میں لئے رکھتا ہے۔ اور میں بھی اس حادثے کے بعد پھر سے اکھاڑے میں اُتر آیا تھا۔ جیسے کچھ ہوا ہی نہ ہو کبھی۔۔۔ عوام کے ذہنوں میں بُل فائیٹر اور بُل فائیٹنگ کی تصور شاندار سی ہوتی ہے۔ اور وہ اُسے بہادر

میٹادور کے مقابلے کے طور پر مزّین کرتے ہیں۔ جو اپنی جان جوکھوں میں ڈال کر اور اپنے ہاتھوں پیروں پر بہت کچھ داؤ پر لگا کر ایک پاگل خونخوار وحشی حیوان سے نمٹتا ہے۔

Islero یہ مقابلہ مجھ سے جیت چکا تھا۔ اپنے زخموں کے مندمل ہونے پر اسے مزے سے صرف نسل کشی کے لئے ہی استعمال ہونا تھا۔ اب اسکی زندگی میں کوئی اور انسانی matador کا مقابلہ نہ تھا۔ کوئی اور نیزہ اسکی گردن کے عضلات میں پیوستہ نہیں ہونا تھا۔ اُس کے بھیجے کے نرم گوشوں میں کسی اور تلوار کو نہیں گھسنا تھا۔ اسکا دل بھی آخری تلوار کے رحم لانہ وار سے محروم تھا۔ وہ خوش نصیب سانڈ موت کو شکست دے آیا تھا۔ اسکے کان کٹنے سے بچ گئے تھے۔ اور اسکی دُم بھی۔ اسے بلّیوں اور زنجیر کی ٹکٹکی میں باندھ کر خچروں کے ذریعے اکھاڑے میں تماشائیوں کے سامنے گھسیٹا نہیں جاسکا تھا۔

اور اسکا سینگوں سمیت چہرہ بھی ٹرافی بننے سے رہ گیا تھا۔ جسے میرے گھر کے استقبالی ہال کی زینت بننا تھا۔ لیکن یہ آزادی اُسنے بہت بھاری قیمت دے کر حاصل کی تھی۔ تماش بینوں کو بظاہر ہٹا کٹا دِکھنے والا یہ سانڈ کمزور، نیم اندھا، جسمانی اور نفسیاتی طور پر ایک تباہ حال بیل تھا۔ اسے مقابلے سے پہلے ایذا رسانی کرنے والوں نے اپنے تئیں اسے کسی کام کا نہ چھوڑا تھا۔

اسکی زندگی کے چانسز صفر تھے۔ مجھے روڑ ریگس نے بتایا تھا کہ Islero کے کانوں میں گیلے اخبار ٹھونسے گئے تھے۔ اسکی بینائی کو دھندلانے کے لئے اسکی آنکھوں پر دبیز ویزلین کہ تہہ لگائی گئی تھی۔ اسکے نتھنوں میں روئی ٹھونسی گئی تھی تاکہ وہ مقابلے کے وقت سنبھل کر پوری طرح سانس نہ لے سکے۔ اسکے اعضائے تناسل میں سوئیاں چُھبو دی گئی تھیں۔ اسکے اگلے پچھلے پیروں پر تیزابی مادّے کی مالش کی گئی تھی تاکہ وہ صحیح طرح اپنے چوپایوں پر جم کر کھڑا نہ ہو سکے لڑکھڑائے لیکن ساتھ ہی تھک ہار کر اکھاڑے میں لیٹنے سے بھی باز رہے۔ اسے مخدّرات پلائی گئی تھیں تاکہ وہ سست رو اور مسکن رہے۔ اسے دست آور ادویہ بھی وافر مقدار میں دی گئی تھیں تاکہ اسے مزید بیکار کردیا جائے۔ اسے چند دنوں پہلے سے ایک اندھیرے بکس میں رکھا جارہا تھا۔ اکھاڑے کا سامنا کرنے سے پہلے اسکا مقصد اسے زمان ومکان کا شعور چھیننا تھا۔ جب اسے ڈبے سے باہر نکالا گیا تو اسنے ناچارگی میں اندھیری سرنگ کے سرے پر روشنی کی طرف بھاگنا شروع کردیا۔ یہاں جب اس نے سوچا کہ آخرکار اسکی قید وبند کی صعوبت کا خاتمہ ہونے جارہا ہے اور اسے آزادی مل رہی ہے تو اسے بُل رنگ کی طرف دھکیل دیا گیا اور وہ اپنے قاتلوں اور چیختے چلاتے آوازوں والے ہجوم کے سامنے پہنچ گیا۔ اور یہ سب پہلی دفعہ اسکے بقول صرف Islero کے ساتھ ہی نہیں کیا جارہا تھا۔

میں اس کے ساتھ روا رکھے جانے والے اس سلوک سے قطعاً خوش نہ تھا۔ اگر مدّ مقابل فریق کو غیر اخلاقی طور پر کمزور کردیا جائے تو نہ تو یہ مردانگی رہتی ہے اور نہ آزادانہ ومنصفانہ مقابلہ...... اسمیں آیا ہوا سچ کا لمحہ سچا تو نہ ہوا۔ میں نے آئندہ کے مقابلوں میں اس بات کا خاص خیال رکھنے کا مصمم ارادہ کرلیا تھا۔ اور

نئے سرے سے اپنی تیاریاں شروع کر دی۔ مجھ پر ایک اور بہت بڑا دباؤ بھی آ گیا تھا۔ میرے علاقے کیٹا لونیہ نے مین لینڈ اسپین سے سبقت لیجانے اور کچھ مختلف اور مخالف کرنے کیلئے انسان اور سانڈ کی لڑائی ہمیشہ کیلئے بند کرانے کا سیاسی فیصلہ کرلیا تھا۔ میں چاہتا تھا کہ اتوار کے دن ہونے والے اس آخری مقابلہ کا جسکے بعد انسان اور سانڈ کی لڑائی پر مکمل پابندی کا اطلاق ہونا تھا، میٹا ڈور بنوں۔ شاید میں پوری طرح صحت مند نہیں ہوا تھا۔ Lope نے اپنے گذشتہ روّیے پر معذرت کی تھی اور اپنی چاہت کا بھرپور اظہار کیا تھا۔ مقابلے سے کچھ روز پہلے کے عرصے میں ہم تھیٹر، پکنک وغیرہ گئے تھے اسے میری صحت کی بحر حال تشویش تھی۔۔۔ لیکن میں کسی بھی صورت میں یہ مقابلہ جیتنا چاہتا تھا۔ اور میں اپنے پیشرو مینوئیل سانچے عرف مینالوٹے کے نقشِ قدم پر چلتے ہوئے اسکے انداز میں اس مقابلے کا اچھا شو پیش کرنا چاہتا اور اسکے ہم پلّہ خطاب Maestro کے حصول کا دل و جان سے متمنی تھا۔ مجھے اسپینی ہونے کے ناطے اس ہیرو سے والہانہ عشق تھا کیونکہ وہ تکنیکی طور سے بالکل پرفیکٹ تھا۔ میں اسکے آبائی گھر کے مقبرے اور عجائب گھر بار بار جا چکا تھا۔ جہاں اسکی تصاویر، ملبوسات، مقبرے کا ماڈل اور اس بیل کا سر جسنے اُسے مارا تھا۔ محفوظ تھے۔ میں نجانے کیوں اپنی پیشہ وارانہ زندگی میں اس سے مماثلت تلاش کر رہا تھا۔ یہ کوئی اتنی عجیب بات تو نہیں تھی۔ وہ ایک لجنڈ تھا اور اسکے پیروکار میری طرح لاتعداد ہوں گے۔ مجھے صرف اسکی موت کے واقعہ کے علاوہ اسکے ہر پہلو سے عقیدت اور محبت تھی۔ لیکن اس واقعہ میں ایک رومان بحر حال تھا۔ میں نے اپنی صحتیابی کے انتظار میں دوبارہ پریکٹس نہیں کی تھی۔ میں اپنی تمام توانائیاں اپنے اس آخری مقابلے میں جھونکنا چاہتا تھا۔ اور آخر اتوار 2010 کا وہ دن آ گیا جب میری قسمت کا حتمی فیصلہ ہونا تھا۔ مجھے یقین تھا کہ آج Lope ضرور نہ صرف میری ہمت بڑھانے آئے گی بلکہ انسان اور سانڈ کے مقابلے کا آخری تاریخی دن منانے بھی ضرور آئے گی بطور سچی ہسپانوی کی حیثیت سے لیکن اسکے پچھلے روّیے کو دیکھتے ہوئے غصہ میں نجانے کیوں میں نے پہلے سے اپنے احباب سے کہہ دیا تھا کہ اگر Lope اس بار بھی مقابلہ دیکھنے نہ آئے اور مجھے کچھ ہو جائے تو اسے
میرے نزدیک مجھ سے پوچھے بغیر نہ آنے دینا۔ دراصل میں ہارے ہوئے کھلاڑی کا چہرہ دوبارہ اسکے ساتھ لانا نہ چاہتا تھا۔ اب جبکہ یہ آخری مقابلہ تھا تو میرے دل میں آیا کہ کیوں نہ میں روایت سے بغاوت کرکے دوبارہ Islero کے ہی مدمقابل لاؤں اور یہ بات یونین نے بھی مان لی۔ اور یوں مقابلہ شروع ہوا۔ میرے ساتھی اپنے اپنے سانڈ مارتے رہے۔ میں سخت ذہنی تناؤ کا شکار تھا۔ اور جب اس دن کے پانچویں بیل کا نمبر آیا تو جس بدمزاج 'بُرے بیل' جسکی قدرتی حالت برقرار رکھنے اور کسی ظلم و زیادتی کا شکار بننے سے بچانے کی میں نے سخت تگ و دو اور نگرانی کی تھی۔ اور جب میں اسے مارنے کیلئے میدان میں اترا تو میں نے اسکی پھرتی، بشاشیت اور طیش کو اچھے مقابلے کیلئے اطمینان بخش پایا۔ اور میرے دل سے نکلا کہ

’مقابلے کا مزہ تو اب آئے گا‘......!

نقاہت کے باوجود مجھے اسکے کوہان اور گردن کے عضلات اور نازک مقامات پر نیزے گھونپنے میں کوئی دقت محسوس نہیں ہوئی۔ بلکہ ہر نیزے پر وہ اور زیادہ جوشیلا ہو جاتا۔ اسنے اپنا سر جھکانے سے انکار کر دیا تھا۔

میں نے جب اسکے بھیجے میں نتیجہ خیز نیزہ گھونپنے میں کامیابی کو مشکل بلکہ ناممکن سمجھ لیا اور قبل از وقت اسکے دل کو تلوار کے کاری وار سے چیرنے کا فیصلہ کر لیا تو مجھے یہ بھی اسکے غیر معمولی استقلال کو دیکھتے ہوئے ناممکن محسوس ہونے لگا اور میرے خواب میرے ہاتھوں سے نکلتے محسوس ہوئے۔ لیکن میں نے بحر حال اسکے سینے میں دل کو چیرنے والی تلوار کا کاری وار کر ہی دیا تھا۔ لیکن ایک مرتبہ سرخ کپڑے سے غچہ دیتے یکا یک میرا پاؤں لڑکھڑایا اسمیں الجھا اور میں گر گیا......اور سانڈ نے موقع پاتے ہی میری دائیں ران کے بالائی سرے پر انتہائی سرعت سے بآسانی اپنے نوکیلے سینگ گھونپ دیئے۔ میرے ساتھیوں نے اسے اپنی طرف متوجہ کر کے ہٹایا اور مجھے تیزی سے ہسپتال لے جایا گیا۔ میری ران سے خون کی نہر جاری تھی۔ ہسپتال میں خون بند کرنے کی سرتوڑ کوششیں ہوئیں۔ لیکن میرا ذہن غنودگی میں ڈوبتا گیا......شاید Lope پہنچ چکی تھی...... مجھے دھندلا نظر آرہا تھا......کیا مجھ پر نزاع کا عالم طاری تھا۔۔۔؟ مجھے لگا کہ وہ مجھ سے ملنا چاہتی ہے......لیکن وہ میرے قریب کیوں نہیں آرہی شاید اسے بتایا گیا تھا کہ مجھ سے ملنا شرطیہ ہے۔ اگر میں نے اسکا پوچھا اور اجازت دی تو تبھی یہ ممکن ہوگا!

آخری سانسوں میں میرے منہ سے Mamita نکلتا رہا اور میرے دوست احباب نے سمجھا کہ میں اپنی ماں کو پکار رہا ہوں۔ پھر کسی نے میرے کان میں کہا کہ Islero بھی مارا گیا۔ آنکھیں کھولو......

لیکن مجھے اس خبر سے اپنا دل منوں بوجھ تلے دبتا محسوس ہوا میں اپنی آنکھوں کو فوراً بھینچ کر بند کرنا چاہتا تھا۔

اور مجھے اپنی آنکھوں کو بند کرنے میں کوئی دقت محسوس نہ ہوئی......

◀◀ ● ▶▶

● ثناء غوری

برزخ

''یہ پیشنٹ پچھلے ایک سال سے ہمارے پاس ہے۔ہم نے اپنے طور پر ہر ممکن کوشش کر لی مگر......''
ڈاکٹر نے اپنے ساتھی کو کیس سمجھاتے ہوئے بتایا۔
''اس طرح کومے میں جانے کی کیا وجوہات ہوسکتی ہیں؟''
''اچھا سوال ہے ڈاکٹر زریاب! کومے میں جانے کی بہت سی وجوہات ہوسکتی ہیں۔کوئی میجر ایکسیڈنٹ، جس میں ذہن کے کسی ایسے حصے میں چوٹ لگ جائے جس کے ناکارہ ہونے سے انسانی جسم مفلوج ہوجاتا ہے یا پھر کوئی شدید ذہنی صدمہ کہ جس کو برداشت کرنے کی انسانی دماغ صلاحیت نہ رکھتا ہو۔ اس کیس میں پیشنٹ کے ساتھ کوئی حادثہ نہیں ہوا۔گھر والوں کے مطابق یہ ایک عام گھریلو زندگی گزار رہی تھی۔کسی قسم کا صدمہ بھی نہیں۔ایک صبح اسے بے ہوش پایا گیا اور فوری طور پر ہاسپٹل پہنچا دیا گیا جہاں اس بات کی تصدیق ہوگئی کہ یہ پیشنٹ نیند کی حالت ہی میں کومے میں جا چکی ہے۔اور کوئی سوال ڈاکٹر زریاب؟''
'اسٹرینج......تو ڈاکٹر ضیغم !اب پیشنٹ کے حوالے سے آپ کیا سمجھتے ہیں کہ اسے کب تک ہوش آسکتا ہے؟'
''ویل ینگ ڈاکٹر! ہم اس سلسلے میں کچھ نہیں کہہ سکتے۔یہ کئی سال تک اسی حالت میں بھی رہ سکتی ہے اور چند لمحوں میں بھی ہوش آسکتا ہے۔خوش قسمتی سے کل رات سے ہم اس کی پلز کو بہتر نوٹ کر رہے ہیں۔بی پی کافی اسٹیبل ہے۔امید کی کرن تو نظر آرہی ہے۔''
''اس کا مطلب ڈاکٹر ضیغم یہ ہماری آواز سُن سکتی ہے؟''ڈاکٹر زریاب کی آنکھوں میں تجسس تھا۔
''شاید ہاں......یا شاید نہیں۔میڈیکل سائنس اس حوالے سے کوئی حتمی بات نہیں بتاتی۔اس پیشنٹ میں پلَس پوائنٹ یہ ہے کہ فزیکلی اسے کوئی اور مرض نہیں۔لٰہذا ہم کہہ سکتے ہیں کہ یہ بہت جلد ریکور کرسکتی ہے۔اگر یہ چاہے تو......کومے کے ایسے پیشنٹ میں یہ بات اہمیت رکھتی ہے کہ اس میں اپنی وِل پاور کتنی ہے کہ وہ اپنے آپ کو اس صورت حال سے نکال سکے۔ "so let hope for better ok young doctors move to another patient."
خیال در خیال دائرے بنتے چلے گئے۔اندھیروں کے اندر سیاہ اور نیلے سیاہی مائل دائرے اپنا

حصار بناتے گئے۔ وہ اپنے اردگرد کھڑے ڈاکٹرز کی آوازیں نہیں سن سکتی تھی۔ وہ اس وقت کہاں تھی؟ یہ وہ خود نہیں جانتی تھی۔

یہاں بہت سارے لوگ سفید چادر میں لپٹے ہوئے ایک دوسرے کی طرف پیٹھ کئے بیٹھے تھے۔ کوئی کسی کا چہرہ نہیں دیکھ سکتا تھا۔ تاحد نظر انسانوں کا سفید جنگل پھیلا ہوا تھا......لیکن مکمل سکوت......سکوت ایسا تھا کہ جیسے اس زمین پر وہ اکیلی بیٹھی ہو۔ سب ہی تو چپ تھے۔ شاید ہر کوئی اپنی باری کا انتظار کر رہا تھا۔ وہاں خوف نہ تھا۔ وہاں نہ نفرت تھی نہ محبت، نہ آگ اور نہ پانی۔ پتا ہی نہ چلتا تھا کہ کون زاہد ہے اور کون بدکار۔ وہ بہت پُرسکون تھی وہاں۔ ہلچل تھی تو فقط اتنی کہ اتنے عرصے بعد اسے وہی آوازیں سنائی دے رہی تھیں جنھیں وہ بہت پہلے سُننے کی عادی تھی۔ کچھ گھنٹوں سے وہ آوازیں بڑھتی چلی جا رہی تھیں اور اس کا سکون گھٹتا جا رہا تھا۔ وہ یہ آوازیں سُننا نہیں چاہتی تھی۔ گرچہ ان آوازوں سے اسے بہت محبت تھی۔ لیکن اس کی محبتیں اُس وقت، اس سکون کی کیفیت میں اسے جھنجھوڑ رہی تھیں۔ وہاں موجود ہر شخص اسی سکون کے ساتھ بیٹھا تھا۔ شاید یہ آوازیں صرف اُسے ہی سُنائی دے رہی تھیں۔ شاید وہاں بیٹھا ہر شخص صرف اپنی اپنی آوازوں کی اذیت میں تھا۔ شاید اسی لئے سب خاموش تھے۔ رفتہ رفتہ آوازیں بڑھتی گئیں، بڑھتی گئیں، چیخ بنتی گئیں، گڈمڈ ہوتی چلی گئیں۔

''میری بیٹی میری شہزادی..........تمھارا باپ مر گیا......''

بولو قبول ہے، قبول ہے...... بولو......''

''تم میری زندگی ہو......تم ہماری عزت ہو، ہمارا مان ہو......''

''آپ بہت قابل اور ذہین خاتون ہیں......''

''دیکھیئے گا، آپ کتنی جلدی آگے بڑھیں گی......''

''یہ دیکھیئے! آپ کی بیٹی پیدا ہوئی ہے......کتنی بیٹیاں پیدا کرے گی......''

''کیا کروگی پڑھ لکھ کر......''

''کچھ بھی ہو وہ تمھارا گھر ہے......''

''تم سے کہا نا، تمھیں یہ کام نہیں کرنا......''

''تم اس دنیا کی مخلوق ہو بھی کہ نہیں......ناکارہ عورت......''

''بدچلن آوارہ......''

شور بڑھتا جا رہا تھا۔ اس کی قوتِ برداشت ختم ہوتی جا رہی تھی۔ وہ اتنی تکلیف میں تھی کہ جیسے اس کے سارے جسم سے خون رس رہا ہو۔ لیکن گھاؤ کہیں نظر نہ آتا ہو۔

اس کی نبض اچانک تیز ہو جاتی۔ سرہانے بیٹھی نرس بار بار گھبرا کر میٹر ریڈنگ نوٹ کرتی اور واپس

بیٹھ جاتی۔لیکن اسے ہوش نہ تھا کہ اس کے باہر کی دنیا میں کیا ہو رہا ہے۔اس کے اندر کی آوازیں چیخے جا رہی تھیں۔شور بڑھتا جا رہا تھا۔اس نے اپنے دونوں ہاتھوں سے کانوں کو بند کرنا چاہا۔وہ تکلیف کی شدت سے گھٹنوں کے بل زمین پر گر پڑی۔اچانک آواز آئی:

''شازمین!''

''شازمین!!''

اس نے نگاہیں اوپر اٹھائیں۔یہ تو وہی چہرہ تھا۔اسے چھونے کے لئے وہ آگے بڑھی، مگر دیکھتے ہی دیکھتے وہ چہرہ آئینے میں تبدیل ہو گیا......ایک شفاف خوب صورت آئینہ۔اس نے اپنے آپ کو اس آئینے میں دیکھنا چاہا۔وہ اپنی گردن کو دائیں بائیں حرکت دے کر اس آئینے میں دیکھ رہی تھی۔شاید آج پہلی بار اس نے اپنے آپ کو غور سے دیکھا۔وہ بہت خوب صورت تھی۔کمر تک لہراتے سیاہ گھنگریالے بال، شفاف جلد اور سبز آنکھیں۔خود کو آئینے میں دیکھتے ہوئے اسے جیسے یقین نہ آیا ہو۔اپنی انگلیاں آئینے پر پھیرتی اور پھر اپنا چہرے چھوتی۔اپنے آپ میں مگن۔اس نے خود سے کہا۔

''شازمین یہ تم ہو......سچ میں یہ تم ہی ہو؟ اتنے وار کھانے کے بعد تو تمھارا چہرہ مسخ ہو گیا ہے۔تم تو خود اپنے آپ کو دکھائی نہ دیتی تھیں۔''

''ہاں یہ میں ہی ہوں۔ہاں یہ تو میرا ہی چہرہ ہے۔'' وہ اس حیرت کدے میں کھوئی ہوئی تھی کہ پھر آواز آئی۔

''شازمین!''

''شازمین!!''

اس نے بجلی کی سی تیزی سے یہاں وہاں دیکھا۔پر وہ نہیں تھا۔آواز تو اسی کی تھی لیکن وہ کہیں بھی تو نہ تھا۔ایک بار پھر وہ خود کو آئینے میں دیکھنے لگی۔ایک بار پھر وہ خود سے مخاطب تھی۔

وہ مجھے اپنی انگلیوں کی پوروں میں جذب ہوتا محسوس ہوتا ہے۔میں مکمل سکوت کی حالت میں زمین پر لیٹی آنکھیں بند کئے اسے اپنے وجود میں جذب ہوتا محسوس کرتی ہوں۔وہ ایسا حصہ ہے میرے جسم کا جہاں دھڑکنوں کا کارخانہ رواں دواں ہے۔میری پہلی سہمی ہوئی خواہش......

''یہ کائنات پہلی محبت کے لفظ کی چھاؤں میں وجود میں آئی۔میرا مسئلہ تو میری آخری محبت ٹھہرا۔مجھے نفرت ہے اپنے آپ سے کہ مجھے تم سے عشق ہے لیکن مجھے اس دبے ہوئے جذبے سے کراہیت محسوس ہوتی ہے۔کہتے ہیں عورت ماں بنتی ہے تو اپنے اندر ایک نئے وجود کی پیدائش اسے سرشار کر دیتی ہے۔سرمایۂ حیات......مکمل عورت بننے کی نوید۔عشق بھی تو ایک وجود کو جنم دے رہا ہے میرے اندر۔انسانوں نے جسم کو نوچا۔بہ ظاہر مکمل عورت بن گئی۔مگر روح......روح کو فرشتے تک نہ چھو سکے۔میری روح میں تمھارا عشق پل

رہا ہے۔ چھو گیا ہے مجھے۔ تم مکمل انسان صحیح لیکن لمحہ لمحہ ہر گزرتے دن تم پھر سے صورت پا رہے ہو میرے اندر۔ ایک تمھاری ماں نے تمھارے جسم کو جنم دیا۔ ایک میں کیسی پاگل جوگن کہ تمھاری روح کو اپنے بدن میں پلتا دیکھتی ہوں۔ تم سانس لینے لگے ہو میرے اندر۔ لیکن تمھارا وجود نو ماہ کے عرصے میں مکمل ہو کر مجھ سے الگ نہیں ہوگا۔ میں کانپ جاتی ہوں یہ سوچ کر کہ نو ماہ، نو سال، نو صدیاں...... جب تک دنیا قائم ہے...... روحیں فنا نہیں ہوتیں۔ جسم مرتے ہیں اور تم تو پل رہے ہو میرے اندر۔ رفتہ رفتہ میری آنکھیں تمھاری آنکھیں ہو جائیں گی...... میرے لب تمھاری زبان بولیں گے...... میری روح کے کونے کونے پر تم قابض ہو جاؤ گے۔ اے میری سہمی ہوئی خواہش! بخش دے مجھے...... یہ روگ مجھے بدروح بنا کر چھوڑے گا۔''

غم سے نڈھال ہو کر وہ گھٹنوں میں سر دیئے سسکیاں لے رہی تھی کہ کہیں کوئی اس کی آواز نہ سُن لے۔ اسے ایسے ہی گھُٹ گھُٹ کر رونے کی عادت تھی۔

اچانک اسے زیورات کی چھنکار سنائی دی۔ اس نے سر اُٹھا کر دیکھا۔ اُس کا وجود آئینے میں سے باہر آ گیا تھا۔ وہ حیرت سے پلکیں جھپکاتی اپنے سامنے کھڑی دوسری شازمین کو دیکھ رہی تھی۔ لیکن یہ کیا...... وہ تو سفید چادر میں لپٹی ہوئی تھی مگر اس کے سامنے کھڑی شازمین نے سُرخ لباس پہنا ہوا تھا۔ سُرخ لباس میں ملبوس شازمین مسکرائی اور بہت پیار سے ہاتھ آگے بڑھا کر کہنے لگی۔

''گھبراؤ مت، میں تمھاری زندگی ہوں۔ تمھیں اپنے ساتھ لے جانے آئی ہوں۔ آؤ میرا ہاتھ تھام لو۔''

آئی سی یو میں نصب میٹر کی آواز تیز ہوتی جا رہی تھی۔ شازمین نے آنکھیں کھول دی تھیں۔ نگرانی پر مامور نرس کو لگا کہ اسے کوئی غلط فہمی ہوئی ہے۔ لیکن نہیں، نبض تیز ہو رہی تھی۔ سانس تیز ہوتی جا رہی تھی۔ آنکھیں کھلیں اور بند ہو گئیں۔ نرس یک دم چلائی۔

''او مائی گاڈ، پیشنٹ کو ہوش آ رہا ہے...... ڈاکٹر...... ڈاکٹر!''

ڈاکٹر بھاگتا ہوا آیا اور شازمین کے سرہانے آ کھڑا ہوا۔ all the other doctors
imededediately اگلے دس منٹ اس لڑکی کی زندگی کے لئے بہت اہم ہیں۔ پیشنٹ کے ساتھ کون کون ہے؟''

''باہر اس لڑکی کا شوہر موجود ہے۔''

''بلاؤ اسے فوراً......''

''یہاں...... آئی سی یو میں؟''

''ہاں، یہ ضروری ہے۔''

سفید کپڑوں میں لپٹی شازمین لال کپڑوں میں ملبوس شازمین کو دیکھتی رہی۔ لال کپڑے پہنے شازمین کے لبوں پر اب بھی مسکراہٹ تھی۔

''آؤ میرا ہاتھ تھام لو۔ میں تمھیں دنیا کی ہر خوشی دوں گی۔ تم جس راستے کو اختیار کرنا چاہو یہ تم پر

ہے۔ اپنے حصے کی خوشیاں لے لواس دنیا سے۔ تم کرسکتی ہو۔ چلو میرے ساتھ۔ میں تمھیں لینے آئی ہوں۔''

''نہیں میں تمھارے ساتھ نہیں جاؤں گی۔ تمھارے سُرخ لباس سے مجھے خون کی بو آتی ہے۔ تم دھوکا ہو، فریب ہو۔ خوشیوں کی نوید دے کر تم مجھے زندگی کی دوزخ میں جھونک دوگی۔ مجھے بھروسا نہیں تم پر۔''

لال کپڑوں میں ملبوس شازمین نے محبت سے ایک قدم آگے بڑھایا۔

''چلو، دیکھو زندگی تمھیں پکار رہی ہے۔ تمھارے بچے تمھیں پکار رہے ہیں۔ اور وہ جو تمھارا ہم سفر تھا...... دیکھو...... سنو اس کی آواز وہ تمھیں پکار رہا ہے۔''

''میرا وقت ہو گیا مجھے جانا ہے۔ مجھے چند روز کی خوشیاں نہیں چاہئیں۔ اپنے حصے کی مسرتیں میں دنیا سے چھیننا چاہتی تو بہت پہلے چھین لیتی۔ لیکن مجھے چھیننا نہیں آتا ہے۔ میں جانتی ہوں۔ میرے لئے راستہ بنانا مشکل نہیں۔ اپنی خوشیوں کو پانا ناممکن نہیں لیکن....'' لال کپڑوں والی شازمین اب بھی ہاتھ آگے کئے کھڑی تھی۔

سفید کپڑے میں لپٹی شازمین کو اب باہر کی دنیا کی آوازیں صاف سنائی دے رہی تھیں۔ یہ اس کے ہم سفر کی آواز تھی۔

''شازمین آنکھیں کھولو۔ خدا کے لئے آنکھیں کھولو۔ میں تم سے اپنے ہر سلوک پر معافی مانگتا ہوں۔ آنکھیں کھولو شازمین ڈاکٹر کچھ کیجیے۔''

''ہم کچھ نہیں کر سکتے۔ اس وقت اس کی اپنی وِل پاور پر ہے کہ یہ خود کو کومے سے باہر لا سکے۔ آپ بات کیجیے اس سے۔ یہ آپ کو سُن سکتی ہے۔''

''شازمین واپس آجاؤ۔ اٹھو شازمین۔''

''شازمین نے ایک دفعہ آنکھیں کھولیں۔ اسے اپنے ہم سفر کا چہرہ نظر آیا اور اس نے پھر آنکھیں بند کر لیں۔

سفید کپڑوں میں لپٹی شازمین نے قدم پیچھے ہٹانے شروع کر دیئے۔ وہ لال لباس پہنے شازمین سے دور ہوتی جا رہی تھی دور اور دور۔ اچانک سرخ کپڑوں میں ملبوس شازمین غائب ہو گئی۔

باہر کی دنیا کی آوازیں آنا بند ہو گئی تھیں۔

آئی سی یو میں مکمل خاموشی چھا گئی تھی۔ ای سی جی مونیٹرنگ مشین کی بیپ بند ہو چکی تھی۔ ڈاکٹر کی آواز نے سکوت توڑ دیا۔

"I am sorry she is no more."

◀◀ ● ▶▶

● امین بھایانی

گڑ کی ڈلی

''صیب......ام اپنا وطن جاتی اے۔امارا بخشش لاؤ۔'' خان لالہ نے اپنے ہاتھ کو ایک پیالے کی سی شکل دی اور پیشانی کے عین وسط پر رکھ کر اشارتاً سلام کرتے ہوئے کہا۔ ہر بار کی طرح خان لالہ اپنی سالانہ چھٹیوں پر جانے سے قبل بخشش وصولی مہم کے تحت محلے بھر کے گھروں پر حاضری دیتا پھر رہا تھا۔ ابو کی صدا پر امی فوراً باورچی خانے سے برآمد ہوئیں اور ابو کی جانب سوالیہ نگاہوں سے دیکھنے لگیں۔

''ارے بھئی یہ چوکیدار امیر خان اپنے گاؤں جا رہا ہے۔ اُس کے بچوں کی مٹھائی کے لئے اِسے دس روپے دے دو۔''

''ساب امارا نام امیر خان نئیں، امیر حکیم خان اے۔ اُدر وطن میں ام کو سب امیر حکیم خان ہی بُولاتا اے''۔ خان لالہ نے تصحیح کی۔

''ہاں ہاں، بھئی امیر حکیم خان کو دس روپے دے دو۔'' ابو نے مسکراتے ہوئے امی کو اشارہ کیا۔ میں نے امی کو آنکھوں میں ناگواری کے تاثرات کو صاف محسوس کیا لیکن ابو کے سامنے وہ بھلا کا ہے کو دم مار سکتی تھیں۔ خاموشی سے اپنے دوپٹے کا پلو کھول کر اُس میں بندھا واحد دس روپے کا ایک مڑا تڑا سا ہرا نوٹ نکل کر چوکیدار امیر خان جسے ہم محلے بھر کے بچّے بالے خان لالہ خان لالہ کہہ کر پکارا کرتے تھے کے ہاتھ پر دھر دیا۔ دس روپے کا نوٹ پا کر خان لالہ کی آنکھوں میں ایک بھرپور چمک لہرائی اور اُس نے اپنے پیلے پیلے دانت جس میں سے اب چند ایک اُسے عرصہ ہوا داغِ مفارقت دے گئے تھے، نکال کر ایک بار پھر اپنا ہاتھ پیشانی کے عین وسط پر ڈھیلے ڈھالے انداز میں رکھ کر امی اور ابو دونوں کا با آوازِ بلند شکریہ ادا کیا اور گھوم کر تیزی سے چل دیا۔ اُس کے نظروں سے اوجھل ہوتے ہی امی نے فوراً گھر کا دروازہ بند کیا اور پھر ابو کی جانب شکایتی نظروں سے دیکھتی ہوئیں قدرے آہستہ مگر واضح خفگی سے بھرے لہجے میں بولیں۔

''پپو کے ابا، آپ بھی نا کمال کرتے ہیں۔ بھلا اب چوکیدار کو کھٹے دس روپے دلوانے کی کیا تک تھی؟ کیا اُسے محلے کے ہر گھر سے تنخواہ کے ماہانہ دس روپے نہیں ملتے جو اب آپ نے اُسے مزید دس روپے دلوا دیئے۔ ویسے بھی میں نے وہ دس روپے پپو کے اسکول کی کتابوں کے لئے رکھے تھے۔'' ابو جیسے پہلے ہی سے امی کے چوکیدار مخالف مظاہرے کے لئے تیار ہی بیٹھے تھے، مسکراتے ہوئے بولے۔

''ارے بیچارہ غریب آدمی ہے۔ پورے سال ہماری خدمت کرتا ہے۔ تب کہیں جا کر ہم اُسے ایک بار یہ دس روپے وہ بھی اُس کے بچوں کی مٹھائی کے نام پر دیتے ہیں۔ اب اتنا تو اُس غریب کا حق بنتا ہی ہے اور یہ بھی تو دیکھو نا وہ بیچارہ جب اپنے گاؤں سے آتا ہے تو کتنے پیار سے پپو کے لئے اپنے گھر کی بنی خشک میوے ملے دیسی گُڑ کی ڈھیر ساری ڈلیاں لا کر دیتا ہے جسے اپنا پپو کتنے شوق سے کھاتا ہے۔ باقی رہی بات کتابوں کی تو کل پہلی تاریخ ہے۔ تنخواہ ملے گی تو کتابیں بھی آ ہی جائیں گی۔'' امی ابو کی بات اور مسکراہٹ دونوں ہی کو سُنی ان سُنی اور دیکھی ان دیکھی کر کے منہ ہی منہ میں نہ جانے کیا کچھ بڑ بڑاتیں اندر باورچی خانے میں چل دیں۔ ابو کی یہی بات تو مجھے بہت اچھی لگتی تھی کہ وہ کسی کا بھی حق ادا کرنے میں ذرا برابر بھی تامل نا کیا کرتے۔ ویسے بھی مجھے اسکول کی کتابوں سے زیادہ گڑ کی ان ڈلیوں کی چاہ تھی جو خان لالہ ہر سال اپنے گاؤں سے واپسی پر لایا کرتا اور پھر ہر اُس گھر جا جا کر جہاں مجھ جیسے چھوٹے بچّے ہوتے، اِس تاکید کے ساتھ بانٹا کرتا کے یہ سوغات تو وہ خاص بچّوں ہی کے لئے لایا ہے۔ ساتھ بڑے ہی فخریہ انداز میں یہ بتانا بھی ہرگز نہ بھولتا کہ دیسی گڑ کی وہ ڈلیاں اُس کی بیوی نے خود اپنے ہاتھ سے بنائی ہیں۔ وہ گھر کے پچھواڑے کی زمین کے گڑھے میں نصب کڑھاؤ جس کے نیچے ڈھیر ساری لکڑیوں کی آگ جل رہی ہوتی، میں گنے کے رس کو مسلسل کئی گھنٹوں ابالتی اور کفگیر سے چلاتی جاتی۔ جب وہ رس ایک سبزی مائل بھوری گاڑھی راب کی سی شکل اختیار کر لیتا تو اُس میں اپنے ہاتھ کی ہی ادھ کُٹی کالی مرچیں ڈالتی اور دوبارہ کفگیر سے مسلسل گھونٹ کر یک جان کر کے اُس میں خشک میوہ جات مثلاً بادام، پستہ، اخروٹ، چلغوزہ، مونگ پھلی اور کشمش شامل کر کے اسے اتنا ٹھنڈا ہونے دیتی کہ اپنے ہاتھ سے بھینچ بھینچ کر اُس گاڑھے ملغوبے کی ڈلیاں بنا لے اور پھر خشک ہونے کے لئے گھر کے صحن میں دھلے ہوئے صاف کپڑے پر پھیلا کر رکھ دیتی۔ تو اب شروع ہوتا ہے میرا انتظار۔ جی ہاں خان لالہ کی واپسی کا۔ خان لالہ کی واپسی کا مطلب ہے کہ محلے بھر کے سب بچوں کی عید۔ کیونکہ ہم سب کے لئے لالہ کی جانب سے سوغات میں ملنے والیں خشک میووں سے لبریز دیسی گڑ کی ڈلیاں بھلا کسی عید کی عیدی سے کچھ کم تھوڑا ہی تھیں اور عید تو سال میں دوبار آتی ہے لیکن لالہ کے گاؤں سے گڑ کی ڈلیاں صرف ایک بار۔ گڑ کی ڈلیوں کے علاوہ ایک اور بات جو میں سوچ سوچ کر ہلکان ہوا کرتا وہ یہ کہ لالہ ہر سال جاتا تو گاؤں تھا لیکن وہ یہ کیوں کہتا کہ میں اپنے وطن جاتا ہوں؟ بھلا وہ یہ کیوں نہیں کہتا کہ میں اپنے گاؤں جا رہا ہوں؟ ہمارے سرکاری اسکول جہاں میں جماعتِ چہارم کا طالبِ علم تھا کے استاد تو کہا کرتے ہیں کہ پاکستان ہم سب کا وطن ہے تو کیا لالہ پاکستان سے کہیں باہر رہتا ہے جو وہ ہمارے شہر اور ہمارے وطن پاکستان کو اپنا وطن ہی نہیں گردانتا۔ اِسی اُدھیڑ بن سے تنگ آ کر میں نے خود ہی آخر اپنے آپ کو سمجھا لیا کرتا کہ مجھے اِس سے کیا کہ وہ پاکستان میں ہی رہتا ہے کہ کہیں اور۔ بھلے ہی وہ جس وطن سے بھی تعلق رکھتا ہو لیکن واپس تو پھر یہاں ہی آتا ہے اور آ کر وہ ہم سب بچوں کو گڑ کی ڈلیوں کی اِس

قدر شاندار سوغات تو خوشی خوشی دیتا ہے نہ۔تو بس یہ ہی میرے لئے سب سے بڑی اور اہم بات تھی۔خان لالہ کا نام تو امیر حکیم خان تھا لیکن محلے بھر کے بچے جہاں اُسے خان لالہ کہا کرتے تو وہیں سارے بڑے امیر خان کہہ کر بلایا کرتے لیکن شاید اُسے صرف امیر خان کہلوانا پسند نہ تھا۔امیر خان پکارے جانے پر وہ فوراً تصحیح کر دیتا......'امیر حکیم خان'......خان لالہ کا حلیہ بھی اُس کی طرح سے ہی انوکھا تھا۔تنگ دامن کی قمیص اور گھیر دار شلوار میں ملبوس بھاری تن و توش، درمیانہ قد، صاف گورا رنگ، مہندی میں رنگے گھنے سرخی مائل نارنجی بال اور گھنی باریش ڈاڑھی۔عمر لگ بھگ پچپن سے ساٹھ کے درمیان، ہاتھ میں ہر وقت ایک بانس کا لمبا اور مضبوط سا ڈنڈا جسے وہ راتوں میں چوروں اور اٹھائی گیروں کو خبردار کرنے کے لئے زور سے سڑک پر مار مار کر آوازیں پیدا کیا کرتا۔ہم سب بچّوں سے تو اُسے کچھ خاص ہی لگاؤ تھا۔ساری رات جاگنے کے بعد وہ دن بھر اپنی چارپائی پر لیٹ کر آرام کیا کرتا جو کہ ہمارے محلے کی بلڈنگ کے نیچے والی منزل کی ایک کوٹھری کے اندر لگی رہتی تھی اور کوٹھری کے دروازے پر اُس نے ایک چادر تان رکھی تھی۔دن بھر جب وہ کوٹھری میں سویا رہتا تو دروازہ کھلا ہی رہنے دیتا، صرف چادر تنی رہتی۔ہاں البتہ رات کو جب وہ محلے کی بلڈنگ کے چاروں اطراف گھوم پھر کر چوکیداری کرتا تو اپنی کوٹھری کے دروازے پر تالہ ضرور لگا دیا کرتا۔محلے بھر کے سارے بچّے شام کو اکھٹے ہو کر کھیلا کودا کرتے اور خوب ہلا گلہ ہوتا۔لیکن مجال ہے کہ جو کبھی خان لالہ نے اپنی کوٹھری سے باہر نکل کر انہیں روکا یا ڈانٹا تک ہی ہو۔دن گزرتے رہے اور ایک ماہ گزر گیا۔لیکن خان لالہ کی واپسی نہ ہوئی۔پہلے تو کبھی ایسا نہیں ہوا تھا کہ وہ ایک ماہ سے زیادہ اپنے گاؤں میں ٹھہرا ہو۔مزید دن گزرتے رہے لیکن خان لالہ واپس نہ آیا۔ہم سب بچّوں میں ایک تشویش کی لہر دوڑ گئی۔شام کو کھیلنے کے لئے جمع ہوتے تو سب کی نظریں خان لالہ کی بند کوٹھری پر لگے تالے پر گڑھ جاتیں اور ہمارا موضوعِ سخن خان لالہ کی واپسی ہی ہوتا۔پھر کچھ تین چار ماہ کا عرصہ بیت گیا۔ایک رات امی حسبِ معمول باورچی خانے میں الجھی ہوئی تھیں۔ابو کسی کتاب کے مطالعہ میں مشغول تھے اور میں اپنا سبق یاد کر رہا تھا کہ اچانک دروازے پر دستک ہوئی۔ابو نے کتاب کے بیچ میں اپنی ایک انگلی دے کر اُسے بند کر کے اپنے ہاتھ میں تھام لیا اور دروازہ کھولنے کو اُٹھ کھڑے ہوئے۔میں بھی اُن کے پیچھے پیچھے ہو لیا۔ابو نے دروازہ کھولا تو سامنے کھڑے شخص کو دیکھ کر مارے خوشی کے میری تو چیخ نکلتے نکلتے رہ گئی کیونکہ وہ کوئی اور نہیں خان لالہ تھا۔ابو نے اُسے دیکھتے ہی فوراً کہا۔

''ارے امیر حکیم خان تم، بھئی تم کہاں رہ گئے تھے اتنے دنوں تک؟''

''ساب، کیا ام اندر آسکتی اے، امارے کو تمارے سے کچھ بات مات کرنا اے۔''

خان لالہ کی آواز بہت بدلی ہوئی اور کمزور سی محسوس ہو رہی تھی۔

''ہاں بھئی ضرور آؤ۔'' ابو نے اُسے راستہ دیتے ہوئے کہا۔اندر آکر وہ ایک طرف کھڑا ہو گیا۔

''بیٹھو امیر خان کھڑے کیوں ہو۔'' ابّو نے کرسی کی طرف اشارہ کرتے ہوئے کہا۔خان لالہ کچھ

کہے بغیر کرسی پر ڈھیر ہوگیا۔ کمرے میں روشن زرد بلب کی روشنی میں پہلی بار میں نے خان لالہ کا چہرہ بغور دیکھا۔ خان لالہ کا سرخ وسفید چہرہ زرد سا ہو رہا تھا۔ پہلے جب وہ اپنے گاؤں سے لوٹتا تو اُس کا چہرہ پہلے سے بھی کہیں زیادہ سرخ اور اُس کی صحت پہلے سے مزید اچھی محسوس ہوا کرتی تھی۔ لیکن اب کی بار تو مجھے ایسا محسوس ہو رہا تھا کے جیسے اُس کا وزن بھی کافی گر چکا تھا۔

''وہ صیب ......!ام یاں سے امیشہ کے لئے جاتی اے۔ اپنا سامان لینے آئی تو سوچا کے تم سے بھی ملتی جائے۔''

''امیر خان کیسی باتیں کر رہے ہو!۔ ایسا کیا ہوگیا کہ تم آج بیس بائیس سال پرانی نوکری کو ٹھوکر مار کر جانے کی بات کر رہے ہو۔ کچھ بتاؤ تو سہی آخر ہوا کیا ہے؟'' ابّو اپنی نشست سے اٹھ کر خان لالہ کے قریب آ گئے اور اُس کے کاندھے پر ہاتھ رکھ کر بولے۔ ابّو کے ہاتھوں کو اپنے کاندھوں پر پا کر نا جانے کیا ہوا کہ خان لالہ کی آنکھوں سے آنسو بہہ بہہ کر اُس کے رخساروں سے ہوتے ہوئے اُس کی نارنجی ڈاڑھی کو بھگونے لگے۔ ابّو نے خان لالہ کا یہ حال دیکھ کر مجھے پانی لانے کا اشارہ کیا۔ میں فوراًباورچی خانے کی طرف دوڑا اور پانی کا گلاس بھر کر پھر واپس بھاگا۔ امی جو باورچی خانے میں نہ جانے کیا کر رہی تھیں مجھے اِس طرح سے حواس باختہ ہو کر بھاگتے دیکھا تو میرے پیچھے ہولیں۔ جب انہوں نے ابو کے پاس خان لالہ کو بیٹھے اور اُس کی آنسوؤں سے بھری آنکھیں دیکھی تو وہ بھی ہکا بکا سی رہ گئیں اور بنا اس کچھ کہے ایک طرف بس گم سم سی کھڑی ہوگئیں۔ ابّو نے پانی کا گلاس میرے ہاتھ سے لے کر خان لالہ کو پکڑایا جسے وہ ایک ہی سانس میں پی گیا۔ ابّو اُس کے ہاتھ سے خالی گلاس واپس لیتے ہوئے بولے۔

''اب مجھے ساری بات بتاؤ۔''

''وہ صیب ......!جب ام پچھلا سال اپنا وطن گئی تی تب امارا عورت ام کو بولا کے امارہ بڑا لڑکا شیر کان ایک لڑکی سے شادی کا کواہش رکتی اے۔ ام اُس کا رشتہ لے کر گئی۔ امارہ طرف یہ رسم اے کے جو لڑکا کسی لڑکی سے شادی کرنا چاتی اے تو اُسے لڑکی کے باپ کو اُس کا مطلوبہ رقم دینا پڑتی اے، پیر ہی باپ اپنی بیٹی کا شادی اُس لڑکے سے کرتی اے۔ لڑکی کے باپ کا مطالبہ امارا ایثیت سے بوت زیادہ تی۔ ام نے اپنا لڑکا کو کوب سمجائی اور اُس کا شادی اپنا چوٹا بائی کا لڑکی سے تے کی۔ امارا ارادہ تی کے ام اِس سال اُس کا شادی کا نہ آبادی کرے گی۔ مگر جب ام گاؤں پونچی تو وہاں سب کچھ برباد ہو چکی تی۔ شیر کان امارا عمر بر کا کمائی جو ام نے یاں شیر میں چوکیدارا کر کے کمائی تی اور گاؤں میں توڑا توڑا کر کے زمین کے ٹکڑے لی تی جس پر وہ اپنا دوسرا چوٹا بائی لوگ کے ساتھ مل کر ہر موسم کا پسل کاشت کرتی تی، بیچ دی اور سارا رقم لڑکی کے باپ کو دے کر شادی کا نہ آبادی کر لی اور اپنا بی بی کو لیکر پیشور (پیشاور) چلی گئی۔''

''تمھاری بیوی نے اُسے روکا نہیں؟'' خان لالہ جیسے ہی سانس لینے کو رکا تو ابّو نے فوراً ہی سوال کر ڈالا۔

''خوصیب ......!وہ جوان گرم گُون اے،ام بڈا لوگ کا بات کدھر سُنتی اے۔اس کا نہ کراب نے امارا عمر بھر کا جمع پونجی برباد کردی۔''

''تو اب تم نوکری کیوں چھوڑ کر جانا چاہتے ہو؟'' ابّو نے خان لالہ سے سوال کیا۔

''خوصیب ......!اب شیر کان کے بعد امارہ دوسرا لڑکا گلاب کان بھی جوان ہوگئی اے اور ام کو ڈر اے کہ وہ اب اپنا شادی کے چکر میں امارا آکری عمر کا سہارا، اس بُڑاپے میں امارے سر کا چھت بھی نا چھین لے۔''

''کیا مطلب ہے تمھارا؟'' ابّو نے حیرت بھرے لہجے میں دریافت کیا۔

''اس بیس بائیس سال میں ام نے شیر میں چوکیدارا کر کے اور اپنا پیٹ کاٹ کر سارا سارا رات کو جاگ کر جو توڑا بوت زمین کریدی تی وہ تو شیر کان کی کافر جوانی کی نذر ہوگئی اب ام، امارا بی بی اور دوسرے چے بچّوں کے سر پر جو چت ہے کہیں گلاب کان اپنا شادی کے چکر میں اُسے بی نا بیچ دے۔اس لئے اب امارا اروقت گاؤں میں رینا بہت ضروری اے۔''

''بہر حال جو ہوا بہت برا ہو۔'' ابّو نے خان لالہ کو دلاسہ دیتے ہوئے کہا۔

''اچا صیب ......!اب ام جائے گی۔'' خان لالہ اپنی کرسی سے اُٹھ کھڑا ہوا اور اپنے ہاتھ کا پیالہ سا بنا کر عین پیشانی پر رکھ کر ابّو کو سلام کرتے ہوئے کہا۔ وہ جانے کے لئے مڑا ہی تھا کہ امی نے اپنے دوپٹے کے پلو کو کھول کر اُس میں رکھا واحد مڑا تڑا سا دس روپے کا ہرا نوٹ آگے بڑھ کر خان لالہ کے ہاتھ پر دھر دیا۔ خان لالہ کے چہرے پر ایک غم زدہ سی مسکراہٹ پھیل گئی اور پھر اچانک اُس کی نظر مجھ پر پڑی۔ میں ایک کونے میں خاموش کھڑا یہ ساری کہانی سن رہا تھا۔خان لالہ میرا پاس آیا اور میرے سر پر ہاتھ رکھ کر بولا۔

''او پپو یارا......!ام کو ماپ کرو، ام اِس بار تمارا واسطے کُوشک میوے والا دیسی گڑ کا مٹائی نہ لا سکی اور لاتی بھی کیسے۔اُس کمبخت شیر کان نے وہ کیت بھی پروکت کیا جس پر اُگنے والے گنے کا رس سے امارا بی بی تم بچا لوگ کے لئے مٹائی بناتا تا''۔ پھر وہ جانے کو مڑا ہی تھا لیکن شاید کچھ یاد آنے پر ٹھہرا۔اُس کے چہرے پر ایک عجیب سی مسکراہٹ جھلملائی اور پھر وہ میری جانب دیکھتا ہوا بولا۔

''گم نا کر پپو یارا......!،تم بچہ لوگ کو تو کچ مینہ انتظار کرنے کے باد گڑ کا ڈلی نا ملا......!ارے ام کو دیکو، ام کو تو اپنا سارا زندگانی کا مینت ،صبر اور انتظار کے بعد بی گڑ کا ڈلی نا ملا......!!!!۔'' اتنا کہہ کر خان لالہ اپنی قمیص کی آستین سے اپنے آنسوؤں کو پونچھتا ہوا باہر کی طرف چل دیا۔اور اُس دن کے بعد نہ تو میں نے پھر کبھی امیر خان، میرا مطلب ہے کے امیر حکیم خان کو دیکھا اور نہ ہی کبھی ویسی خشک میوے سے لبریز ادھ کُٹی کالی مرچ والی دیسی گڑ کی ڈلی ہی کھائی۔

◀◀ ● ▶▶

● فرحین جمال

کھیل

اس کا ذہن دکھ،خوف اور پریشانی کی وجہ سے ماؤف ہو چکا تھا۔ وہ سب دیکھ تو رہی تھی مگر سمجھ نہیں پا رہی تھی کہ وہ کیا کرے۔ وہ اس وقت اپنے فارم ہاؤس کے خوبصورت اور آراستہ کمرے میں ڈبل بیڈ پر اکیلی پڑی تھی۔ سائیڈ ٹیبل پر رکھی بلوری گھڑی میں شام کے آٹھ بج رہے تھے۔قریب ہی ایک گلاس میں پانی اور منرل واٹر کی بوتل بھی رکھی تھی۔ بیڈ کی دوسری طرف اس کا موبائل اور گاڑی کی چابیاں رکھی تھیں۔ سائیڈ لیمپ کی دھیمی دھیمی روشنی نے کمرے میں خواب ناک سا ماحول پیدا کر رکھا تھا۔

سائیڈ کی دیوار پر جدید آرٹ کی ایک تصویر آویزاں تھی۔ بیڈ کی پائنتی کی جانب دو بڑی بڑی کھڑکیاں تھیں جو باہر ٹیرس میں کھلتی تھیں اور اس وقت بند تھیں۔ان پر دبیز پردے پڑے ہوئے تھے۔سوائے ایئر کنڈیشن کی مدھم سی آواز کے کوئی آواز نہیں آ رہی تھی۔ ان کا ہینڈ بیگ جس میں سلیپنگ سوٹ اور کچھ پہننے کے کپڑے تھے، سائیڈ میں قالین پر پڑا تھا۔ ابھی اسے کھول کر الماری میں رکھنے کی نوبت ہی نہیں آئی تھی۔ کمال کو اتنی جلدی جو تھی۔ وہ دل ہی دل میں اپنے شوہر کو اور اس وقت کو کوس رہی تھی جب یہ فارم ہاؤس خریدا گیا تھا۔ روزی کا اصل نام روزینہ تھا۔ وہ خوش شکل، جاذب نظر اور دلکش پرسنالٹی کی ملک تھی۔کوئی دس سال سے ایک مشہور این۔ جی۔ او 'عورت' کے نام سے چلا رہی تھی۔ کمال سے اس کی پہلی ملاقات بھی اسی این۔جی۔او کے ایک سیمینار میں ہوئی تھی۔ کمال ایک ملٹی نیشنل فرم میں وکیل تھا اور اس سیمینار میں عورت کے قانونی حقوق پر اپنی ماہرانہ اور پیشہ وارانہ خدمات کے بارے میں مضمون پڑھنے آیا تھا۔ اس کو روزی کی دلکش اور خود اعتماد شخصیت نے بہت متاثر کیا۔ یہ نہیں کہ اس نے حسین عورتیں دیکھی نہیں یا برتی نہیں تھیں مگر روزی میں قیامت کی کشش تھی اور اسی بات نے اس کی توجہ کو پوری طرح اپنی گرفت میں لے لیا تھا۔

اس کی سیاہ غزالی آنکھوں میں ایک انہونی سی سپردگی تھی اور سراپے میں قاتلانہ کشش تھی۔ ایسا لگتا تھا کہ اس کے جسم سے نکلتی برقی رو نے اس کے دل کے تاروں پر کوئی نیا گیت چھیڑ دیا تھا، لہٰذا اس ابتدائی ملاقات کے بعد بھی دونوں ملتے رہے اور پھر یہ ملاقاتیں شادی پر ہی منتج ہوئیں۔ کمال حد سے زیادہ شراب وشباب کا رسیا تھا۔ روزی کی صورت میں اسے اپنے ہیجانی اور حیوانی جذبات کی آسودگی میسر آ گئی۔ وہ زندگی سے انتہائی حد تک لطف کشید کرنے کا قائل تھا۔ اب ایسا بھی نہیں تھا کہ روزی میں کسی قسم کی جھجک یا

ہچکچاہٹ پائی جاتی تھی۔ وہ ایک آزاد خیال اور ماڈرن عورت تھی۔ وہ بھی شوہر کا ہر طرح سے بڑھ چڑھ کر ساتھ دیتی اور اپنے ازدواجی تعلق سے پوری طرح سے لطف اندوز ہوتی تھی۔ ساون کی شامیں رنگین سے رنگین تر ہوتی گئیں۔ اسی طرح شب و روز گزرتے رہے۔ وہ اپنی زندگی میں خوش اور مطمئن تھے۔ لیکن حد سے زیادہ شراب، لیٹ نائیٹ پارٹیوں، اور رنگینوں نے اپنا اثر دکھانا شروع کر دیا تھا۔ کمال دن بہ دن فربہی مائل ہوتا جا رہا تھا۔ کام کا بوجھ بھی بڑھ گیا تھا۔ کمال قانونی داؤ پیچ کو ایک کھیل سمجھتا تھا اور اس کھیل کا نہایت شاطر کھلاڑی بھی تھا اور وہ پچھلے پانچ سالوں میں ترقی کی منزلیں طے کرتا کمپنی کا حصے دار بن چکا تھا۔ روزی سے ہر ہفتے اسی بات پر بحث بھی ہوتی تھی کہ وہ جم جوائن کر لے......لیکن کمال ہر بار کام کا بہانہ بنا کر بات کو ٹال دیتا۔ روزی کو اب شدت سے اولاد نہ ہونے کا بھی رنج تھا۔ وہ جب بھی اس موضوع کو زیر بحث لاتی تو کمال ٹال جاتا تھا۔

''بھئی ڈارلنگ میں نہیں چاہتا کہ تمہارا یہ خوبصورت جسم خراب ہو۔'' وہ ہنس کر کہتا۔

''ہر وقت ایک ہی بات......'' روزی چڑھ جاتی۔

''کیا جن عورتوں کے بچے ہوتے ہیں ان میں کشش نہیں رہتی۔'' وہ بحث کرتی۔

''مسز عثمانی کو دیکھئے دو بچے ہیں اور اب تک کتنی سمارٹ ہیں۔''

''لیکن یار ابھی تو عمر پڑی ہے۔'' وہ جواب دیتا۔

''خود بھی لطف اٹھاؤ اور مجھے بھی زندگی کا لطف لینے دو۔''

''کون سی عمر؟'' وہ منہ بناتی۔

''لیکن ڈارلنگ ابھی بوڑھے تو نہیں ہوئے نا......'' وہ ہنستا۔ روزی اس کی ایسی منطق سے زچ ہو جاتی اور بات آئی گئی ہو جاتی۔

وقت گزرنے کے ساتھ ساتھ کمال کی ہیجانی کیفیت میں کمی کی بجائے اور اضافہ ہوتا جا رہا تھا۔ روزی اس کی اس بڑھتی ہوئی ہیجانی کفیت کی وجہ سے پریشان تھی۔ وہ جتنا اس گتھی کو سلجھانے کی کوشش کرتی وہ اتنی ہی الجھتی جاتی۔ اس نے کئی بار دبے دبے لفظوں میں کسی نفسیات کے ماہر سے مشورہ لینا کا بھی کہا، لیکن کمال بھڑک اٹھتا۔

''میں نفسیاتی مریض نہیں ہوں۔ تم کیوں ایسا سمجھتی ہو؟...... تمہیں کیوں اعتراض ہے؟...... یہ مجھے بتا دو۔ میں کوئی گناہ تو نہیں کرتا؟ کسی غیر عورت کے پاس تو نہیں جاتا؟؟ بس میرے نفسانی جذبات کی اسی طرح تسکین ہوتی ہے۔''

اور روزی چپ سادھ لیتی۔ کچھ دنوں سے اس پر ایک نئی دھن سوار تھی۔ اور وہ اپنی اس طلب کو پورا کرنے کے لئے نئی ترکیبیں آزمانے لگا تھا۔ روزی بھی ایک عورت تھی اور دوسری ساری عورتوں کی طرح

اپنے شوہر کا ساتھ نہ چاہتے ہوئے بھی دیتی تھی۔مگر اکثر الجھن کا شکار رہتی۔معلوم نہیں یہ مشرقی عورت کے خمیر میں شوہر سے وفاداری کا عنصر اتنا نمایاں اور مضبوط کیوں ہے؟ وہ سوچتی۔شاید یہ ان کی گھٹی میں پڑا ہوا ہے کہ عورت جتنی بھی آزاد خیال یا ماڈرن ہو جائے،شوہر کو کسی نہ کسی صورت میں اپنا دیوتا مانتی ہے۔ایک جھٹکے سے روزی اپنے خیالوں سے باہر آ گئی۔کمرے میں مکمل سکوت تھا۔شاید لائیٹ چلی گئی تھی۔ اے۔سی۔کی آواز بھی نہیں آ رہی تھی۔لو ایک اور مصیبت.!!. جلدی میں کمال بیک اپ سسٹم کو سٹارٹ کرنا بھول گیا تھا۔فارم ہاؤس سارا ہفتہ تو خالی رہتا تھا۔بس ایک ملازم دیکھ بھال کے لئے رکھا ہوا تھا جو آج چھٹی پر تھا۔ یہ کمرہ کچھ ہی دیر میں تپتا ہوا تندور بن جائے گا۔ ہر طرف سے بند ہونے کی وجہ سے حبس بھی بڑھ جائے گا۔ یہ سوچ کر ہی روزی کو جھرجھری آ گئی۔ایسی حالت میں وہ کیا کرے گی۔اس نے اِدھر اُدھر ہلنے کی کوشش کی مگر بے سود۔آج صبح سے ہی اتنی گرمی تھی اور لنچ کے بعد گھر سے نکلتے ہوئے اپنے جوبن پر تھی۔ارادہ تو سویرے ہی جانے کا تھا کیوں کہ یہ جگہ شہر سے پانچ گھنٹے کی ڈرائیو پر تھی۔مگر ویک اینڈ پر اٹھتے اُٹھتے دیر ہوگئی تھی۔راستے میں اتنا رش بھی نہیں تھا سفر کے دوران روزی نے پھر سے وہی بات چھیڑ دی تھی جس سے کمال کو چڑھ تھی۔اس کا موڈ خراب ہو گیا تھا۔ایک تو گرمی اور پھر یہ باتیں!

''آخر تم کیا چاہتی ہو روزی؟''اس نے غصے سے سوال کیا۔

''میں یہ چاہتی ہوں کہ یوں بھاگ بھاگ کر ادھر جانے کی بجائے ہم ساحل سمندر پر بھی تو جا سکتے تھے نا۔''

''یہاں کیا برائی ہے؟''وہ جزبز ہوکر بولا۔

''کوئی برائی نہیں۔''روزی نے ہونٹ سکیڑ کر جواب دیا۔

''یار کہیں اور اتنی خاموشی اور پرائیوسی نہیں ملے گی؟ سمجھا کرو نا بات کو۔''کمال نے معنی خیز نظروں سے اس کی طرف دیکھا۔

''تم ہر بار اپنی مرضی کرتے ہو۔''اس نے شکوہ کیا۔

''اچھا بھئی اچھا۔اگلی بار آپ کی مانی جائے گی!اب خوش؟''کمال نے خوش دلی سے جواب دیا۔

وہ اس ویک اینڈ کو بحث میں ضائع نہیں کرنا چاہتا تھا۔روزی نے بھی خاموشی اختیار کر لی تھی۔باقی کا سفر سکون سے گزر گیا تھا۔وہ پانچ بجے فارم ہاؤس پہنچ گئے تھے۔

روزی کو شدید پیاس لگ رہی تھی اور اسی وجہ سے اس کی آنکھ کھل گئی تھی۔کمرے میں شدید گرمی تھی۔حلق میں کانٹے پڑ رہے تھے۔اس نے اپنے خشک ہونٹوں پر زبان پھیری اور سائڈ ٹیبل پر رکھے گلاس تک پہنچنے کی کوشش کی۔ایک ہاتھ کو موڑ کر سیدھی طرف کروٹ بدل کر بھی اس کے ہاتھ کی انگلیاں گلاس تک نہیں پہنچ رہی تھیں......ہاں......!!تو وہ کہاں تھی......؟

وہ فارم ہاؤس پہنچ گئے تھے۔کمال نے گاڑی پورچ میں کھڑی کی اور باہر نکل کر ڈکی میں سے سامان نکالنے لگا۔ روزی جلدی سے صدر دروازہ کھول کر اندر مین ہال میں آ گئی تھی۔تھوڑی ہی دیر بعد کمال گاڑی لاک کر کے اندر آیا اور اس نے سیدھا کمرے کا رخ کیا۔اے۔سی۔اون کیا تا کہ گرمی کی حدت میں کمی ہو۔وہ بھی ساتھ ہی اندر آئی تھی۔کمال کی قمیص پسینے سے تر بتر تھی مگر اسے اس کی کوئی پروانہیں تھی. اسے نے روزی کو فوراً ہی بانہوں میں بھر لیا۔وہ تھوڑا سا کسمسائی۔

''کیا کرتے ہو؟ سانس تو لینے دو۔''

''ارے ڈارلنگ آپ کی سانسیں جب ہماری سانسوں میں ملیں گی تب ہمیں چین آئے گا۔'' کمال نے پیار سے روزی کے ماتھے پر بوسہ دیا۔

وہ روزی کو بیڈ تک لایا اور پھر دھیرے سے لٹا دیا۔نا جانے کہاں سے ایک ہتھکڑی کی جوڑی لے آیا تھا۔اپنی پتلون کی جیب سے نکال کر اسے دکھائی۔

''یہ کیا ہے کمال؟'' روزی نے پوچھا۔

''یہ ہمارا نیا داؤ ہے روزی ڈارلنگ۔'' وہ مسکراتے ہوئے بولا۔

''لیکن......لیکن......روزی نے کچھ کہنے کی کوشش کی۔

''کچھ نہیں بس چپ۔'' وہ اس کے منہ پر اپنا ہاتھ رکھتے ہوئے بولا۔

روزی کے ایک ہاتھ کی کلائی کو بیڈ کی ایک پوسٹ سے اور دوسری کو دوسری پوسٹ سے باندھ دیا۔دھیرے دھیرے کمال پردوں میں چھپی لذتوں کو ٹٹول رہا تھا۔ ہاتھوں کے لمس سے ان کو سہلا رہا تھا۔ ہیجان بڑھتا جا رہا تھا اور حواس قابو میں رکھنا ناممکن ہو رہا تھا......ان کی سانسوں کے مدوجزر میں ایک طغیانی آ چکی تھی......وہ آج بہت زیادہ ہی جوشیلا ہو رہا تھا۔اتنی دیر میں وہ روزی اور خود کو بے لباس کر چکا تھا ......اس کی سانس بہت تیزی سے چل رہی تھی۔جسم سے پسینہ پانی کی طرح بہے جا رہا تھا مگر وہ مگن تھا۔اس لذت کو کشید کرنے میں جس کا وہ رسیا تھا، جس کا اس کو جنون تھا۔

اچانک کمال کے بھاری بھرکم جسم کو ایک زور کا جھٹکا لگا۔وہ گھٹنوں کے بل بیڈ پر بیٹھا تھا، تڑپ کر کھڑا ہو گیا۔اس کا چہرہ پیلا پڑ گیا۔ہونٹ نیلے ہو گئے اور منہ سے عجیب سی آوازیں نکلنے لگیں۔اس نے ایک ہاتھ سے دل کو تھام رکھا تھا اور مشکل سے سانس لے رہا تھا۔چہرے کی تمام نسیں شدید تناؤ کا شکار تھیں۔اس کی آنکھوں کی پتلیاں دہشت سے پھیل گئی تھیں۔چہرے کا رنگ سیاہ ہو رہا تھا اور ہونٹ دھیرے دھیرے کپکپا رہے تھے جیسے کچھ کہنا چاہتے ہوں......اور......اور پھر وہ کھڑے قد سے بیڈ سے گر کر اُلٹی جانب لڑھک گیا۔کچھ دیر تک قالین پر اس کے بدن نے وقفہ وقفہ سے جھٹکے کھائے اور پھر وہ ساکت ہو گیا۔روزی کی فوری سمجھ میں نہیں آیا کہ کیا ہوا ہے؟ وہ چیخ چیخ کر کمال کو پکارتی رہی۔اس سے پوچھتی رہی کہ اسے بتاتے

وہ کیا کرے؟ مگر وہ مر چکا تھا۔ روزی پھٹی پھٹی آنکھوں سے کمال کے مردہ وجود کو دیکھ رہی تھی۔ اسے یقین نہیں آ رہا تھا کہ چند لمحے پہلے تک جیتا جاگتا شخص اتنی آسانی سے موت کے منہ میں چلا جائے گا......کمال اپنے کھیل کی یہ بازی کھیلے بنا ہی دنیا سے رخصت ہو گیا تھا۔ روزی کو رونا آ رہا تھا۔ اسے احساس تھا کہ چند ہی گھنٹوں میں یہاں اندھیرا اپھیل جائے گا۔ یہ جلتا ہوا کمرہ اس کی بھی قبر بن جائے گا۔ اگر وہ آنے والے دو گھنٹے تک یہاں سے آزاد نہ ہوئی تو وہ بھی !! نہیں نہیں۔ میں مرنا نہیں چاہتی۔ مگر اس حالت میں میں کسی کو کیسے بلاؤں اس نے ایک نظر کمال کی لاش پر ڈالی......! یہ مجھے کس مشکل میں ڈال دیا تم نے کمال۔

اس کے اندر اپنی بقا کی جنگ چھڑ گئی تھی اور کشمکش جاری تھی......! اگلے ہی لمحے وہ اپنی برہنگی کی پروا کئے بغیر پوری قوت سے چلائی۔

"کوئی ہے؟ کوئی ہے؟"

اس نے دروازے کی طرف دیکھا پھر کھڑکی کی طرف......کمال کا ٹھنڈا جسم ساکت پڑا تھا......وہ اسکی طرف دیکھ کر بولی۔

"کمال......اُٹھو کمال۔" اس کی آواز میں بے بسی تھی۔ اس نے اسی بے بسی کے ساتھ پھر کہا۔

"اُٹھو کمال......" آواز میں تلخی آئی۔

"اُٹھو کمال......اُٹھو......کمینے......کم ذات......خود مر کر مجھے کس جہنم میں جھونک کر جا رہے ہو؟ اُٹھو......" سسکیوں میں ڈوبی یہ آواز اسی تاریک کمرے میں گونج کر رہ گئی۔

• نوشابہ خاتون

انجام کار

کہتے ہیں زر زمین اور زن یہ تین چیزیں مصیبتوں کی جڑ ہوتی ہیں۔ یہ اچھے خاصے انسان کو پاگل بنا دیتی ہیں۔ اسے بھی ان ہی تجربوں سے گزرنا پڑا تھا۔ شبانہ جب اس گھر میں آئی تھی تو ایک سیدھی سادی سی لڑکی تھی۔ بھلے ہی اونچے خاندان، اونچی سوسائٹی کی نہ ہو۔ وہ بھی کون سا زمیندار اور اونچے اسٹیٹس والا تھا۔ البتہ خاندان میں کچھ لوگ ایسے ضرور تھے جن کا معیار زندگی اعلیٰ تھا اور فی زمانہ بیشتر لوگ ایسی ہی پرکشش زندگی کے پیچھے بھاگتے ہیں۔ مقابلے کی دوڑ میں ہر کوئی آگے نکل جانا چاہتا ہے۔ شبانہ بھی اسی رنگ میں دھیرے دھیرے رنگتی چلی گئی۔ اعلیٰ رہائش، آسائش، ساز و سامان اور عمدہ پوشاک اس کی کمزوری بنتے گئے۔ بیرون ملک سے آنے والوں کے ٹھاٹ باٹ اس کے شوق کو اور بھی ہوا دینے لگے۔ دل میں خوب سے خوب تر کی طلب اور تڑپ ہل چل مچاتی رہتی۔ اماں کی زیرک اور تجربہ کار نظروں سے اس کے دل میں مچلتی ہوئی تمنائیں پوشیدہ نہ رہ سکیں تو ایک دن انہوں نے اپنے بیٹے سے کہا۔

''بیٹا! تو بھی باہر جانے کی کوشش کیوں نہیں کرتا؟''

''ہم یہاں کیا برے ہیں امی؟ تر نوالہ نہیں کھاتے لیکن دال روٹی میں تو خوش ہیں۔ آپ کیا چاہتی ہیں کہ اس عمر میں میں آپ لوگوں کو بے سہارا چھوڑ کر چلا جاؤں؟ نہیں امی میرا ضمیر یہ گوارا نہیں کرتا۔''

شبانہ نے شوہر کے آخری جملے پر ناگواری سے منہ بنایا اور اٹھ کر وہاں سے چلی گئی۔

''ہونہہ! وہ لوگ جو باہر جاتے ہیں جیسے ان کے ماں باپ نہیں ہوتے۔ یہاں تر نوالہ کا تو تصور بھی نہیں۔ کبھی کبھی تو دال روٹی کے بھی لالے پڑ جاتے ہیں۔ یہ زندگی بھی کوئی زندگی ہے کہ آدمی ایک ایک چیز کے لئے ترستا رہے۔''

اس کے دل میں خواہشات کا بیکراں سمندر ٹھاٹھیں مار رہا تھا۔ صبح سے شام تک ہزاروں خواہشوں کو وہ اپنے دل کی قبر میں دفن کرتی رہتی اور رات کو اس قبر پر بیٹھ کر آنسو بہاتی۔

دل میں موجزن یہ خواہشیں کبھی آنکھوں سے جھلکتیں، کبھی لبوں پر آجاتیں اور پھر اس کے سامنے مسائل کے انبار لگ جاتے۔ وسائل کی کمی کا رونا روتی، خود پر ترس کھاتی، دوسروں پر رشک کرتی اور اپنے شوہر کو یہ یقین دلانے کی کوشش کرتی کہ ان لوگوں کی زندگی جس طرح گزر رہی ہے وہ خوش کن تو کیا اطمینان بخش بھی نہیں ہے۔

اس کی باتیں سن کر وہ دل مسوس کر رہ جاتا اور اسے خوش رکھنے کی ہر ممکن کوشش کرتا۔
ایک دن جب وہ آفس سے آیا تو بڑا اکسائٹڈ تھا۔
''شبانہ کہاں ہو بھئی! جلدی تیار ہو جاؤ ابھی ہمیں ایک پارٹی میں چلنا ہے۔''
لیکن شبانہ کے چہرے پر خوشی کی کوئی جھلک نہ اُبھری۔ اس کا چہرہ بدستور سپاٹ ہی رہا۔
''آپ چلے جایئے۔ مجھے نہیں جانا۔''
''کیوں؟''
''کہیں جانے کے لائق نہ میرے پاس پوشاک ہے اور نہ زیور۔''
''کیوں اتنے سارے کپڑے جو تمہارے پاس تھے وہ کیا ہوئے۔''
''وہ سب آؤٹ ڈیٹیڈ ہیں۔''

اس کا سارا جوش و خروش جھاگ کی طرح بیٹھ گیا اور دل میں اٹھنے والی خوشی کی ہلکی سی ہمک پل بھر میں اس طرح دم توڑ گئی جیسے کوئی کمزور سی لہر ساحل سمند پر آنے سے پہلی دم توڑ دیتی ہے۔

رات کو جب وہ بستر پر لیٹتا تو سوچتے سوچتے اس کا ذہن بری طرح تھک جاتا۔ کبھی وہ اپنی خوش قسمتی پر ناز کرتا کہ شبانہ جیسی خوبصورت اور پیاری لڑکی اس کی ہم سفر بنی تھی اور دوسرے پل افسردہ ہو جاتا کہ اس کے وسائل اتنے محدود ہیں کہ وہ اپنی بیوی کے لئے معمولی خوشیاں بھی فراہم نہیں کر سکتا۔ اب وہ اس سے نظریں چُرانے لگا تھا کیونکہ وہ خود کو ایک مجرم سمجھتا تھا۔ اس خلش اور اس دکھ نے آخر اسے یہ سوچنے پر مجبور کر دیا کہ اپنے لئے نہ سہی اوروں کے لئے اُسے آگے قدم بڑھانا ہی پڑے گا۔ اس نے کئی جگہ اپلائی کیا، انٹرویو دیئے اور آخر کار دبئی کی ایک فرم میں دو سال کا کانٹریکٹ مل گیا۔

وطن چھوڑتے وقت وہ بہت ملول تھا کہ ہزار کمیوں کے باوجود اسے اپنا وطن بہت عزیز تھا۔ اپنی زبان، اپنی گنگا جمنی تہذیب بہت ہی پیاری تھی۔ لیکن دوسری جانب اس لئے خوشی تھی کہ اب معیار زندگی کے بہتر بننے کے لئے یہ ایک مناسب صورت نکل آئے گی۔

اسے دوبئی آئے ہوئے ابھی زیادہ دن نہیں ہوئے تھے کہ ایک دن شبانہ کے فون سے اسے یہ خبر ملی کہ ابا کی طبیعت اچانک خراب ہوگئی ہے اور انہیں ہاسپیٹلائز کرنا پڑا ہے تو وہ بے چین ہو گیا۔ اسے لگا کہ اسے پنکھ لگ جائیں اور وہ اڑ کر گھر پہنچ جائے لیکن وہ اڑنے سے قاصر تھا کیونکہ موہ مایا کے جال میں پھنس کر اب وہ ایک ایسا پرندہ بن گیا تھا جس کے پر کاٹ کر پرواز کی طاقت چھین لی گئی تھی۔ وہ گھنٹوں کھڑکی کے سامنے کھڑا ان چڑیوں کو دیکھتا رہتا جو پھدک پھدک کر کبھی اس ڈال پر جاتیں کبھی اس ڈال پر۔ کتنی آزاد اور بے فکر تھیں وہ۔ نہ دولت کی ہوس نہ رزق جمع کرنے کی فکر، نہ کسی کی ہم سری نہ کسی سے مقابلہ اور نہ جاہ وحشمت کی نمائش کا خیال۔ اسے چڑیوں پر رشک آتا۔

کسی طرح دو سال گزار کر جب وہ وطن آیا تو گھر کی خوشحالی اور گھر والوں کے چہرے پر رونق

دیکھ کراس نے سوچا اس کا یہ دو سال کا بن باس رائیگاں نہیں گیا۔ چھٹی کی معیاد پوری ہونے کے بعد جب وہ واپس جانے لگا تو ماں نے ڈبڈبائی آنکھوں سے دیکھتے ہوئے پوچھا۔

''اب کب آؤ گے؟''

''اب تو بہت جلد میں فیملی ویزا نکلوالوں گا۔ پھر جلد ہی انشاءاللہ آپ لوگ میرے ساتھ ہوں گی۔''

ایک موہوم سی امید کے ساتھ اماں دھیرے سے مسکرا دیں۔ دبئی پہنچتے ہی فیملی ویزا کے لئے اس نے ایڑی چوٹی کا زور لگا دیا۔ اور جلد ہی ایک خطیر رقم دے کر ویزا حاصل کرنے میں کامیاب ہو گیا۔

جب ویزا ہاتھ میں آیا تو اماں کا مسکراتا چہرہ آنکھوں کے سامنے گھوم گیا۔

اس نے سوچا ایک ساتھ سب کو بلانا تو ممکن نہیں۔ ابھی شبانہ کو بلوا لیتا ہوں۔ پھر اماں ابا کا ویزا نکلواؤں گا۔ شبانہ جب دوبئی پہنچی تو اسے ایسا لگا کہ صحرا کے سفر میں اچانک گلستاں آ گیا ہو۔ یہاں جب وہ پہلی بار ایک دعوت میں گئی تو گھر کی سجاوٹ دیکھ کر حیران رہ گئی۔ پورا ویلا ایر کنڈیشنڈ تھا۔ جگہ جگہ چینی کے گملے میں موسی پھول بڑے خوشنما لگ رہے تھے۔ نادر و نایاب ڈیکوریشن پیس، ایرانی قالین، ریشمی پردے، شیشے کے کواڑ جس پر جھلملاتی ہوئی برقی قمقموں کی لڑیوں سے آراستہ ڈرائنگ روم۔ وہ اس طلسم میں کھو گئی جو کبھی بچپن میں دادی اماں راجہ رانی کی کہانیوں میں اسے سنایا کرتی تھیں۔ جب کبھی سیر و تفریح کے لئے جاتی تو ایک سے بڑھ کر ایک عجوبہ، خوبصورت منظر سامنے ہوتا۔ چوڑی چوڑی صاف وشفاف سڑکیں، عالیشان عمارتیں، شیشے کی طرح چمکیلے شاپ اور مال (Mall) دیکھ کر وہ مبہوت سی رہ جاتی۔ اسے ایسا لگتا جیسے اب تک وہ کسی تہہ خانے میں پڑی تھی۔ اتنی خوبصورت دنیا کا تو اس نے تصور بھی نہ کیا تھا۔ اور نہ کبھی خواب میں دیکھا تھا۔

دکانوں میں سجی امپورٹیڈ بیش بہا اشیاء اور جوئلری کو وہ ستائشی اور للچائی ہوئی نظروں سے دیکھتی۔ اس کا جی چاہتا کہ اس کے پرس میں اتنے سارے پیسے ہوں کہ وہ بھی اوروں کی طرح دل کھول کر شاپنگ کرے۔ سڑکوں پر دوڑتی بھاگتی، چمچماتی گاڑیوں پر بیٹھے لوگوں کو رشک سے دیکھتی۔ اس کا جی چاہتا وہ بھی ایسی ہی گاڑیوں پر بیٹھ کر پورے شہر کی سیر کرے۔ مگر اس کا دل مایوسیوں سے بھرنے لگا۔ دھیرے دھیرے ساری چمک دمک ماند پڑنے لگی۔ اب جب بھی وہ کبھی تفریح کے لئے یا کسی دعوت میں جاتی تو دل پر ایک بھاری بوجھ لے کر آتی۔ اوروں کے گھر سے اپنے گھر کا موازنہ کرتی تو احساس کمتری میں ڈوب جاتی۔ دل اندر سے بجھ جاتا۔

اور ایک دن جب اس نے ایک برتھ ڈے پارٹی میں جانے سے انکار کر دیا تو اس کے شوہر نے حیرت سے اس کی طرف دیکھا۔

''اب کیا ہوا؟ تم تو ہر پارٹی میں بڑے شوق سے جایا کرتی تھیں۔ بلکہ خبر سنتے ہی تیاریاں شروع کر دیتی تھیں۔''

''اب مجھے یہ سب اچھے نہیں لگتا۔ دوستی برابر والوں سے ہی جچتی ہے۔''

''یہ تمہارا کمپلکس آخر کب تمہارا پیچھا چھوڑے گا؟''

پھر اس کی زندگی اجیرن بن گئی تھی۔ وہ ذہنی طور پر بہت ہی ڈسٹرب ہو گیا۔ سمجھ میں نہیں آ رہا تھا کہ ماحول کو خوشگوار بنانے کے لئے وہ کون سا قدم اٹھائے۔

وہ جس کمپنی میں کام کرتا تھا وہاں اضافی آمدنی کے بہت مواقع تھے جس سے وہ ہمیشہ بچتا رہا تھا۔ اس نے بھول کر بھی اُدھر کا رخ نہیں کیا تھا۔ لیکن وہ جو کہتے ہیں کہ انسان دو چیزوں سے مات کھا جاتا ہے۔ ایک اولاد کی محبت اور دوسرے بیوی کے نخروں سے۔ وہ بھی مات کھا گیا۔

اور پھر وہ دھیرے دھیرے اس راستے پر چل نکلا جس پر قدم رکھنے سے پہلے اپنے ضمیر کا گلا گھونٹ کر نفس کا غلام بننا پڑتا ہے۔ پھر دیکھتے ہی دیکھتے وہ ساری چیزیں مہیا ہو گئیں جو نفس کی آسودگی اور دوسروں پر رعب ڈالنے کے لئے کافی تھیں۔

جب شبانہ وہ پہلی بار اپنی ایر کنڈیشن امپورٹیڈ کار میں بیٹھی تو فخر سے اس کا سینہ پھول رہا تھا۔ موافق ہوا نے شوق کی چنگاری اور بھڑکا دی تھی۔

ایک دن وہ بڑی لگاوٹ سے اس کے پاس آ کر بیٹھ گئی تو اس کے ذہن میں خطرے کی گھنٹی بجنے لگی۔ اس نے مسکرا کر اس کی طرف دیکھا۔

''کچھ کہنا ہے کیا؟''

''ہاں! مسز آصف بتا رہی تھیں کہ جویلری شاپ میں سیل (Sale) لگا ہے۔''

''تو......؟''

''تو چل کر دیکھا جائے۔''

اس نے سوچا شبانہ کی برتھ ڈے پر کبھی اس نے کوئی قیمتی تحفہ نہیں دیا ہے۔ اس دفعہ زیور ہی کیوں نہ گفٹ کر دے۔ جو ہار اس نے پسند کیا وہ بہت قیمتی تھا لیکن شبانہ کی خوشی اور مسکراہٹ سے زیادہ قیمتی نہ تھا۔ جب اس نے ہار پہنا تو پھولے نہ سما رہی تھی۔ قد آدم آئینہ کے سامنے زاویہ بدل بدل کر اپنے گلے میں جھلملاتے ہوئے ہیرے کے ہار کو پر شوق نظروں سے تک رہی تھی۔ لیکن اسکی خوشی زیادہ دنوں تک قائم نہ رہ سکی۔

جرم چاہے سات پردوں میں چھپ کر کیوں نہ کیا جائے۔ ایک نہ ایک دن عیاں ہو ہی جاتا ہے۔ وہ بھی اس عتاب سے بچ نہ سکا۔ اور کانٹے دار جھاڑیوں میں الجھ کر اس کا دامن تار تار ہو گیا۔ اسے صرف کمپنی نہیں بلکہ دبئی بھی چھوڑ دینا پڑا۔

وہ کئی سال پہلے جہاں تھا آج ایک بار پھر اپنی زخمی اور آلودہ روح کے ساتھ اسی مقام پر کھڑا تھا اور شبانہ کو اس سے آنکھ ملانے کی جرأت نہیں ہو رہی تھی۔

◀◀ ● ▶▶

● محمد حامد سراج

یونین کونسل

وہ شاہ پور صدر کے اسٹیشن پر اترا تو ویرانی سامنے جھگی لگائے بیٹھی تھی۔ لوہے کے جنگلے کے ساتھ جنگلی کیکر تھے جو سامنے تا حد نظر پھیلے تھے۔ وہ اس شہر میں پہلی بار اترا تھا اور ہر چیز، ہر منظر کو حیرانی سے دیکھ رہا تھا۔ اسٹیشن کے جنگلے کے ساتھ ایک نحیف گائے بندھی تھی جس کی پسلیوں کا شمار ممکن تھا۔ وہ عمارت سے نکلا تو اس نے ایک اور قدیم عمارت دیکھی اور اپنے باپ سے پوچھا۔

''بابا! یہ اتنی پرانی عمارت کس کی ہے؟''

''بیٹا! یہ انگریزوں کے زمانے کی ہے اور اسے حکومت گندم کے سٹور کے طور پر استعمال کر رہی ہے۔''

اس نے اپنی کلائی پر بندھی گھڑی پر وقت دیکھا جو اسے پرسال اس کے نانا نے پانچویں جماعت میں اول آنے پر انعام میں دی تھی۔ وہ اس گھڑی کو کلائی پر باندھے اتراتا پھرتا تھا۔ اس نے اپنے کرتے کی کف اڑس لی تھی کہ سب کی نظر اس کی گھڑی پر پڑیں اور وہ بار بار وقت دیکھتا اور خوش ہوتا کہ اس کی کلائی پر گھڑی بندھی ہے۔ عمر کے اس حصے میں اسے وقت کی اذیت سے زیادہ اپنی گھڑی سے محبت تھی۔ اس نے انگریز کی عمارت کی بوسیدہ اینٹوں کو غور سے دیکھا، ساتھ ہی کلائی پر بندھی سلور گھڑی کو دیکھا۔ وہ گھڑی سکول پہن کے بھی نہیں جا سکتا تھا کیوں کہ ایک دن ایک لڑکا کلاس میں گھڑی پہن کر آیا تو ماسٹر صاحب نے اسے مرغا بنا کر اس کی نرم پشت پر چھڑیاں برسائی تھیں۔ جنگلی کیکروں کے درمیان بچھی پگڈنڈی پر دھول میں لپٹے پاؤں کے ساتھ وہ ایک پختہ سڑک کے کنارے پہنچے۔ سڑک کے پار بھی کچا راستہ آرام کر رہا تھا۔ وہ اس پر چلتے ہوئے دائیں بائیں کے منظر اپنے اندر ترتیب دیتا ہوا چلتا رہا۔ ایک چوک پر اس کے بابا نے اشارہ کرتے ہوئے کہا کہ ہم نے وہ سامنے اس گھر میں جانا ہے۔ داہنی جانب بازار کا شور تھا جو اسے کھینچ رہا تھا۔ لیکن بابا سے جڑا وجود کاٹ کے بازار جانا ممکن نہیں تھا۔ وہ فرماں برداری کی چادر میں لپٹا چپ چاپ چلتا رہا۔ اس نے ایک بار پھر کلائی پر بندھی گھڑی کو دیکھا اور اسے انگریزوں کے زمانے کا خیال آیا کہ ریلوے اسٹیشن کی عمارات بھی کتنی بلند مظبوط، کشادہ اور ہوادار ہیں۔ جانے اس عمارت کو تعمیر ہوئے کتنے

برس گزر چکے ہوں گے۔ بچپن کی گھڑی پر کسی وقت اور سن کا اندراج نہیں تھا۔

وہ گھر میں داخل ہوئے تو گھر اس کے گاؤں کی طرح کشادہ نہیں تھا۔لیکن وہاں ایک خوشبو تھی رشتوں کی۔سورج ڈھلنے پر ایک بزرگ نے اسے کہا۔

''بیٹا! جاؤ، مسجد کے غسل خانے میں جا کر نہالو۔ گرمی بہت ہے۔''

اس نے دروازے پر لگا ٹاٹ کا پردہ ہٹا کر سامنے دیکھا تو مسجد کا مینار نظر پڑا۔ اُلٹی سمت پھرا سے بازار نے کھینچا۔ اس نے سوچا نہا کر کسی کے ساتھ بازار ضرور جاؤں گا۔ مٹھائی کی سوغات میں 'پتیسہ' اسے بہت پسند تھا۔ یہ بھی اچھا ہے، کہوں گا کہ پتیسہ لینا ہے۔ کوئی روکے گا بھی نہیں۔ شاہ پور صدر کی ایک سوغات اور تھی جسے 'ککڑ' کہتے تھے۔ جب بھی اس کی دادی ماں کی بزرگ بھتیجی گاؤں آیا کرتی تھیں وہ 'ککڑ' ضرور لایا کرتی تھیں۔ ککڑ کی شکل سموسے جیسی ہوتی تھی اور اس میں پنجیری کے ساتھ خشک میوہ جات ہوتے تھے۔ دریائے سندھ کے کنڈے کے ساتھ بسنے والے شہروں میاں والی، کندیاں، چشمہ بیراج، علو والی، پپلاں، کلور کوٹ، دریاں خان، اور بھکر کے باسی مرغ کو 'ککڑ' پکارتے تھے۔ ان علاقوں کے اصیل مرغ اور ککڑوں کی لڑائیوں کے دنگل مشہور تھے۔ جنوبی پنجاب اور شمالی پنجاب کے مختلف شہروں سے لوگ اپنے اپنے مرغ لئے ان لڑائیوں میں شریک ہوتے۔ شرطیں باندھی جاتیں۔ بڑے پیمانے پر جوا کھیلا جاتا۔ اور کبھی کبھار مرغوں سمیت پولیس ان کو دھر لے جاتی اور حوالات میں بند کر دیتی۔ لیکن دادی اماں کے شہر شاہ پور صدر کے ککڑ میٹھے اور لذیذ ہوتے تھے۔ وہ مسجد کے غسل کے دروازے پر کھڑا سوچ رہا تھا کہ کہیں دادی اماں یہ نہ کہہ دیں کہ پتیسہ کیا لینا تم 'ککڑ' کھالو، یہ بھی ممکن ہے بچہ ہونے کی وجہ سے بازار نہ جانے دیا جائے۔ غسل خانے کے بوسیدہ تختوں سے جڑے دروازے کو سہار کر وہ اندر داخل ہوا تو اس کا پاؤں پھسلا لیکن وہ سنبھل گیا۔ غسل خانے کی چھت آسمان تھا۔ اندر سیمنٹ کی ایک 'پڑ چھتی' بنی ہوئی تھی کہ نہانے کے دوران صابن یا کوئی اور چیز رکھنا ہو تو وہاں رکھی جا سکے۔ اس نے کلائی پر سے گھڑی اُتاری اور خوب نہایا۔ نہانے کے دوران بھی بازار کا خواب دیکھتا رہا۔ نہا کر لوٹ آیا۔ رات کے کھانے پر اسے یاد آیا کہ وہ اپنی کیمی گھڑی تو غسل خانے میں بھول آیا۔ اس نے رونا اور شور مچانا شروع کر دیا۔ گھر کے سب افراد پریشان ہو گئے۔ اس کی دادی ماں کے بھتیجے جو مسجد کے پیش امام بھی تھے، فوری مسجد کی سمت گئے لیکن گھڑی غسلخانے میں نہیں تھی۔ اس کی دادی نے اسے تسلی دی کہ پریشان نہ ہو، گھڑی مل جائے گی۔ اس کی تو ساری زندگی کی خوشی جا رہی تھی۔ تھوڑی دیر میں مسجد سے اعلان ہوا۔

''حضرات! ایک ضروری اعلان سنئے۔ ایک مہمان کی گھڑی عصر کے وقت مسجد کے غسل خانے

میں رہ گئی۔ جن صاحب کو ملی ہے وہ امام صاحب کے گھر پہنچا دیں۔''

اعلان کو تین بار دہرایا گیا۔ وہ بستر پر لیٹا سوچتا رہا کہ صبح صبح کوئی اللہ کا نیک بندہ آئے گا اور امام صاحب سے کہے گا۔ امام صاحب! یہ رہی آپ کی گھڑی۔ ساری رات وہ خواب میں بھی انگریز کی عمارتوں، جنگلی کیکروں کے درمیان کانٹوں سے الجھتا زخمی ہاتھ پیر لئے اپنی گھڑی تلاش کرتا رہا۔ صبح آنکھ کھلنے پر اس نے آس پاس نظر ڈالی۔ سب ناشتہ کر رہے تھے۔ وہ منہ ہاتھ دھو کے ناشتہ کرنے لگا۔ خاموشی اس بات کی گواہ تھی کہ گھڑی نہیں ملی۔ دن نکلنے پر وہ بازار گیا۔ بازار کے وسط میں قدیم بوہڑ کا درخت تھا۔ دیو ہیکل درخت...... جس کی شاخیں زمیں کو چھو رہی تھیں اور تنے کا پلیٹ اس کی عمر اور بزرگی کی کہانی سنا رہا تھا۔ اس نے اپنی کلائی کو حسرت سے دیکھا۔ آس پاس دکانوں میں لوگ خریداری کر رہے تھے۔ ایک ہوٹل والا جستی پتیلی میں پتی پھینٹ کر چائے بنا رہا تھا۔ فٹ پاتھ پر دو پیسے لے کر حال بتانے والا نجومی بیٹھا تھا۔ اس کے سامنے بچھے لفافوں میں سے طوطا جو لفافہ اٹھاتا اسے کھول کر پرچی پر لکھی تحریر وہ فر فر سناتا اور اپنے دو پیسے کھرے کر لیتا۔ اس نے ایک لمحے کو سوچا کہ قسمت آزما لے، لیکن پھر کچھ سوچ کر آگے چل پڑا۔ مٹھائی کی دکان سے اس نے ''پتیسے کی ٹکیا'' لی اور اس کے ذائقے میں مست چلتا گیا۔ بازار کے آخری سرے پر جیل کی دیوار تھی۔ وہ تھوڑی دور تک گیا اور پلٹ آیا۔ وہ پھر بازار سے گزر رہا تھا۔ اس کی جیب میں دو 'آنے' تھے۔ صدر ایوب کا عہد تھا اور ابھی 'ٹیڈی پیسہ (ایک پیسہ)، ٹکہ، آنہ، دو آنے، چونی اور اٹھنی' رائج تھی۔ سولہ آنے کا ایک روپیہ بنتا تھا۔ وہ کئی ہزار سال میں بھی 'دس روپے' نہیں جوڑ سکتا تھا۔ اس معصوم کو معلوم ہی نہیں تھا کہ مارشل لاء کے دور میں جو متاع کھو جائے وہ کبھی واپس نہیں ملا کرتی۔ یہ تو ایک معمولی سی کیمی گھڑی تھی۔ کیوں کہ جب اس کو یہ بات معلوم پڑی نصف صدی گزر چکی تھی۔ وہ شاہ پور صدر کے بازار میں کھڑا تھا کہ ایک دم وہ بوڑھے برگد میں ڈھل گیا۔ نسلیں اس کے سائے سے گزرنے لگیں۔ وہ چپ چاپ بدھا کی طرح درخت کے ساتھ اس کا حصہ ہو گیا۔ وہ ہر آنے والی نسل سے سوال کرتا کہ اس شہر میں نصف صدی پہلے میرا 'وقت' گم ہو گیا۔ میری ایک کیمی گھڑی تھی۔ اس میں انگریز کی عمارتیں تھیں، ریل کی پٹڑیاں بچھی تھیں، چھک چھک کرتا کالا اسٹیم والا انجن تھا۔ دو پیسے میں طوطو بولتا تھا۔ کیا آپ کا یہ فرض نہیں بنتا کہ مجھے ایک کیمی گھڑی لے دیں۔ اس کے رشتہ دار اسے مسکرا کر دیکھتے اور گزر جاتے۔ نسلیں گزرتی رہیں۔ وہ ہر شخص سے سوال کرتا۔

''انگریز واپس آ گیا ہے کیا......؟''

''بابا! اب تو دنیا پر ایک ہی سپر پاور حکومت کرتی ہے۔''

''انگریز سے تو ہم نے وطن آزاد کرا لیا تھا۔ پوری نسل کی قربانی کے عوض......!''

''بابا!......دنیا کی کیمسٹری بدل چکی ہے۔تم جس وطن کی بات کرتے ہو،اب اس کے تین وطن ہیں۔''

''کس نے کاٹ کے ٹکڑے کیا ہمارے وطن کو......؟''

''بابا!......ایک وطن اس کرۂ ارض پر صرف حضرت آدم کے پاس تھا۔اس کے بعد سے انسان زمین کے ٹکڑے کاٹ کے اپنے اپنے وطن بناتا چلا آ رہا ہے اور وطن بنانے کی خاطر لاکھوں انسانوں کو کاٹ کے پھینک دینا کھیل سمجھتا ہے۔''

''مجھے وطن نہ لوٹاؤ لیکن مجھے کوئی نسل تو اپنی کیمی گھڑی واپس کر دے۔''

وقت کا یومِ پیدائش انسان کو معلوم ہے اور نہ اس کی وفات کی تاریخ کی خبر اشرف المخلوقات کو دی گئی ہے۔ وقت بہہ رہا ہے۔ یہ اپنے بہاؤ میں نسلیں اور وطن ساتھ بہالے جاتا ہے۔تہذیبوں کا نام ونشان مٹا ڈالتا ہے۔وقت کی چکی سب کچھ پیس ڈالتی ہے۔ وقت بہہ رہا تھا اور وہ وقت سے بے خبر برگد کے نیچے عمریں بھوگ رہا تھا۔ایک تپتی دوپہر میں اچانک اسے اپنے اندر ایک آواز سنائی دی اور حواس کی دنیا میں لوٹ آیا۔اس نے اردگرد غور سے دیکھا۔شاہ پور صدر بازار میں بہت سی دکانیں کھل چکی تھیں۔وہ گھر کو پلٹا تو اردگرد پختہ اور اونچی عمارتیں دیکھ کر حیران رہ گیا۔مسجد شہید کر کے وہاں ایک نئی شاندار مرصع مسجد بنادی گئی تھی لیکن نمازیوں کی تعداد نہ ہونے کے برابر تھی۔سب چہرے نئے تھے۔اڈے پر گیا تو وہاں بہت سی نئی دکانیں کھل گئی تھیں۔'بھیرہ' جانے والی سڑک پر ایک نئے ماڈل کی کار بھاگتی جا رہی تھی۔جیل کی مشرقی سمت پولیس چوکی کے پاس اس نے سامنے نظر ڈالی۔'دھریمہ' سے ہوتی ہوئی سرگودھا جانے والی سڑک بہت کشادہ ہو چکی تھی۔بڑے بڑے شاندار شاپنگ سنٹر کھلے ہوئے تھے۔گاڑیوں میں پٹرول اور ڈیزل کے ساتھ CNG کے عظیم الشان اسٹیشن بنے کھڑے تھے۔کسی نے اسے بتایا کہ کروڑوں میں CNG اسٹیشن بنانے والے اب ارب پتی بن چکے ہیں۔لیکن ملک دیوالیہ ہو چکا ہے۔وہ الٹے قدم چلتا ہوا شاہ پور صدر کے ریلوے اسٹیشن پر پہنچا۔اسے اپنی گم شدہ نسل کی تلاش تھی۔وہ شکستہ بنچ پر بیٹھ کر ٹرین کا انتظار کھینچنے لگا۔ایک بلی اس کے پاؤں میں سے گزر گئی۔ایک کتا جنگلی کیکروں کے درمیان سستا رہا تھا۔ایک چرواہا وہاں سے گزرا تو اس نے پوچھا۔

''باباجی!......کس کا انتظار ہے......؟''

''ٹرین کا......!''

''باباجی!اس اسٹیشن پر اب کوئی ٹرین نہیں رکتی۔یہ کئی سال سے ویران ہے۔ایک زمانہ تھا۔شاہ

پورصدر ضلع تھا۔ اب تحصیل بھی نہیں رہا۔ یونین کونسل کا ایک دفتر ہے بس ...... رہے نام اللہ کا......!''

بوڑھے نے ایک لمبی سانس اپنے پھیپھڑوں میں کھینچی اور خود کلامی کی چادر لپیٹ کر بے سمت چل پڑا۔

◄◄ ● ►►

● علی اکبر ناطق

الہ دین کی چار پائی

بابے الہٰ دین کی چار پائی صبح آٹھ بجے ہی گھر سے باہر سڑک کے کنارے دو جڑواں درختوں کی چھاؤں میں بچھ جاتی۔ چار پائی کے ساتھ آٹھ سات موڑھے بھی لگ جاتے۔ ان کے درمیان ایک بڑے حقے کی نے ہر وقت گھومتی جس کی وجہ سے کڑوے تمبا کو کا دھواں تمبا کو پینے والوں کو اپنی طرف کھینچتا رہتا۔ چنانچہ بابے الہٰ دین کے پاس روزانہ کے بیٹھنے والوں کے علاوہ آتے جاتے راہ گیر بھی رک جاتے، گھڑی پہر حقہ گڑگڑاتے، لسی یا پانی کا گلاس پیتے، پھر صافا جھاڑ کر کاندھے پر رکھتے اور آگے چل دیتے۔ یہ دونوں درخت بیری اور کیکر اگر چہ جنس میں الگ الگ تھے مگر ان کے تنے اور شاخیں ایک دوسرے میں اس قدر پھنسی ہوئی تھیں کہ دونوں درخت گھنی چھاؤں کا ایک ہی پیڑ دکھائی دیتے جو بابے الہ دین کے گھر کے سامنے سے بہنے والی اس کھال کے کنارے پر تھے جو راجباہ سے اس لئے نکال کر گاوں میں داخل کی گئی تھی تا کہ گاؤں کی سڑک کے کنارے کھڑے درختوں کو سارا سال پانی دیتی رہے۔ چناچہ جڑواں درختوں کی جڑوں میں ہر وقت بہتے ہوئے پانی کی وجہ سے ان کی شاخیں لچکیلی اور شاخوں کے پتے سیاہی مائل سبز اور گھنے ہو گئے تھے جن کے سائے ان کی شاخوں اور پتوں سے بھی زیادہ ٹھنڈے اور گہرے تھے۔ یہی وجہ تھی کہ یہ دونوں درخت ہرے اور لال گلابی پرندوں سے بھرے رہتے۔ بعض اوقات کسی پرندے کی بیٹ بابے الہٰ دین یا کسی دوسرے کی پگڑی اور کپڑوں پر گر جاتی تو وہ ہاہا کر کے اسے اڑا دیتے ۔ کھال کے آگے ساٹھ فٹ چوڑی سڑک گزر رہی تھی۔ سڑک اگر چہ کچی تھی لیکن اس قدر ہموار اور صاف تھی کہ وہ بیس لائن کی طرح لگتی۔ جس پر جون جولائی کے دنوں میں گرمی کے سبب زمین سے تیز اور چمکیلے حرارے اس طرح دائروں میں اُٹھتے جیسے دھوپ کے بھوت اُڑ اُڑ کر آسمان کو چڑھ رہے ہوں۔ ایسی گرمی اور بخارات میں اگر کوئی ننگے سر چلتا تو چیں بول جاتی۔ البتہ سردیوں میں سفید دھوپ یوں ہلکی ہلکی حرارت پہنچاتی جیسے کوئی تھکے ہوئے کو داب رہا ہو۔ سڑک کے سامنے دوسرے کنارے پر ایک ٹھیلے والا گرمی میں برف اور سکرین ملے گولے بیچتا تھا جبکہ سردی میں پکوڑے اور جلیبی تلنے لگتا۔ اس کے چار قدم آگے اسی ہاتھ ادھڑ عمر ببر موچی کا چھپر تھا۔ چھپر بھی کیا تھا، کوٹھے کی دیوار

کے سامنے دولکڑی کے موٹے ڈنڈے زمین میں گاڑ کراُن پر کپاس کی چھڑیاں رکھ دی گئیں تھیں اور دیواروں کی جگہ ٹاٹ کی بوریاں لٹکا دیں جن پر وقفے وقفے سے پانی کا چھڑکاؤ کر دیا جاتا تا کہ ہوا ٹھنڈی ہوکر اندر آئے۔ ببر موچی موٹے چمڑے سے دیسی طرز کے جوتے بناتا۔ ان جوتوں کے خریدار اس گاؤں کے بوڑھے اور ادھیڑ عمر سب لوگ تھے۔ یوں تو ببر موچی کے پاس بھی سارا دن دو چار لوگ بیٹھے رہتے جن میں کچھ جوتوں کے سائز دینے والے اور کچھ یونہی ببر سے گپ شپ کرنے والے۔ لیکن زیادہ تر مجمع بابے الہٰ دین ہی کی چارپائی کے گرد جمتا بلکہ ببر موچی بھی جب کام کرتے کرتے تھک جاتا تو سڑک کی دوسری طرف الہٰ دین کے پاس آبیٹھتا، پندرہ بیس منٹ کے لیے حقہ پیتا اور پھر اٹھ کر اپنے کام میں جُت جاتا۔ اکثر دفعہ نئے جوتے پر کام کرنے سے پہلے الہٰ دین سے مشورہ کرنا اور اسے چمڑا دکھانا ضروری خیال کرتا۔ اس کے علاوہ جوتا بنوانے والے بھی ببر موچی سے جوتا لے کر پہلے الہٰ دین کو دکھاتے۔ اور بابا الہٰ دین اس جوتے کی اتنی تعریف کرتا کہ خریدنے والا اور بیچنے والا دونوں خوش ہو جاتے۔ ببر موچی تو ایک طرف گاؤں کی بعض عورتیں بھی پھیری والوں سے کپڑے وغیرہ خرید کر سیدھی الہٰ دین کی چارپائی کا رخ کرتیں اور کہتیں۔

''وے الہٰ دینا! یہ کپڑا تو دیکھ کیسا ہے؟ پورے آٹھ روپے گز کے حساب سے لیا ہے۔'' ادھر بابا اس کی تعریف میں اس قدر زمین و آسمان کے قلابے ملاتا کہ سننے والوں پر مبالغہ سا ہونے لگتا، کہتا۔

''دھیے، تم نے تو کپڑے والے کو لوٹ لیا ہے۔ اتنے سستے داموں اتنا اچھا کپڑا خرید لیا، اس طرح کا کپڑا تو میں نے زندگی میں پہلی بار دیکھا ہے۔ یوں وہ بھی خوشی سے پھولے نہ سماتے ہوئے بغلیں بجاتی چلی جاتیں۔ ایک دفعہ بابے کی بیوی اماں فاطمہ نے اسے کہا۔

''یہ تم کیا ہر اچھی بری چیز کی تعریفیں کرتے رہتے ہو؟ حتیٰ کہ بری سے بری شے کو بھی سونے چاندی سے ملا دیتے ہو۔'' جواباً الہٰ دین نے کہا۔

''او بھلی لوگے، اس کی تعریف کرنے میں میرا کیا جاتا ہے، اب جو چیز جس نے خرید لی ہے وہ اسے واپس کرنے سے تو رہا۔ اگر وہ بری بھی ہے تو میرے برا کہنے سے سوائے اس کا دل دکھنے کیا ورتو کوئی فائدہ نہیں ہوگا۔ اس سے تو ہی بتا مجھے کیا ملے گا؟ البتہ میری تعریف سے وہ مطمئن اور خوش ہو جائے گی۔ اس سے خدا بھی خوش ہوگا۔''

الہٰ دین کی چارپائی کے نیچے بہتی ہوئی صاف پانی کی کھال اور اوپر درختوں کا سایہ گرمی کی حدت کو اتنا کم کر دیتے کہ بابے الہٰ دین کے لئے پوری گرمیوں کا موسم معتدل بنا رہتا۔ الہٰ دین اگر چہ چارپائی سے اٹھ نہیں سکتا تھا کہ دس سال پہلے ٹانگوں پر ہونے والے گٹھیا کے حملے نے اسے چارپائی سے لگا

دیا تھا۔لیکن اس کے چاروں بیٹے اس سے اتنا ڈرتے کہ ہلکی سی آواز پر سہم جاتے اور بات سننے کو دوڑے چلے آتے ۔ یوں تو ایک بیٹے کے علاوہ سب بالغ تھے مگر وہ سب الہٰ دین کے حکم کے نیچے ہی تھے۔ جو کچھ کماتے ،الہٰ دین کی ہتھیلی پر لا رکھتے اور وقفے وقفے سے چارپائی پر نظر رکھتے۔ ذراسی دھوپ پڑنے پر اسے اٹھا کر سائے میں کر دیتے۔ دن میں ایک دفعہ ضرور نہلاتے اور کھانا وقت سے منٹ بھر ادھر ادھر نہیں ہوتا تھا۔ منجھ کی کھری چارپائی پر کپاس کے دھاگے سے بُنی ہوئی دوہر اور تکیہ اتنے صاف اور سفید تھے کہ ان پر چمکتی دھوپ کا گمان ہوتا اور اس پر تکیے کے سہارے بیٹھا ہوا بابا الہٰ دین سفید لٹھے کے لباس اور سفید پگڑی باندھے واقعی کسی نواب کی صورت دکھائی دیتا۔ کوئی نیا آنے والا محسوس نہیں کر سکتا تھا کہ چارپائی پر بیٹھا ہوا شخص معذور یا غریب آدمی ہے۔ حالانکہ گاؤں میں ہر کوئی جانتا تھا کہ ان کی معاشی حالت کیا ہے۔ مگر کڑوا تمبا کو اور ٹھنڈی لسی پاس بیٹھنے اور ملنے والوں کے لئے ہر صورت مہیا رہتی کہ اس سے بڑھ کر دوسری کوئی شے ان دنوں تواضح کے لئے اُس سے بہتر اور سستی نہیں تھی۔ سڑک کچی ہونے کے باوجود اس پر گرد وغبار اس لئے نہیں تھا کہ وہاں ٹریفک نام کی کوئی چیز نہیں تھی۔ دن بھر میں ایک آدھ گڈھ یا کوئی سائیکل پر پھیری لگانے والا گزر جاتا یا پھر پیدل چلنے والے۔ باقی اللہ اللہ۔

خیر بابے الہٰ دین کو معذور ہوئے کئی سال ہو چکے تھے اور اتنے ہی برس اس چارپائی اور چارپائی کے گرد پڑے موڑھوں پر بیٹھنے والوں کو گزر چکے تھے۔ جن میں شریف کھوکھر، متا بھٹی، اسماعیل بھٹی، شیدا بٹیر، طفیل باجوہ، بابو رجب علی ، جمال بھٹی اور دوسرے دو چار لوگ ایسے تھے کہ ان کو موت ہی ناغہ کروائے تو کروائے۔ الہٰ دین سمیت سب کے پاس اتنے قصے تھے کہ قیامت تک ختم نہ ہو سکتے ،کبھی کوئی اپنا افسانہ سناتا اور کبھی کوئی اپنی کتھا چھیڑ دیتا۔ جس کے ساتھ ساتھ دوسروں کی چھیڑ چھاڑ سے وہ کتھا اتنی لمبی ہو جاتی کہ انہیں کچھ دیر کے لئے مشرقی پنجاب میں چھوڑے ہوئے اپنے گھر بار بھول جاتے۔ لیکن یہ ان کے جی بہلانے کا بہانہ تھا یا ہجرت کی یادوں سے دور رہنے کی ایک چال کہ ہر ایک کے پاس سنانے کو پرانے وطن ہی کی داستانیں تھیں۔ ہجرت کو چودہ سال گزر جانے کے بعد بھی نئے دیس کی ان کے پاس کوئی بات نہیں تھی یا وہ سنانا ہی نہیں چاہتے تھے۔ بہر حال جو کچھ بھی تھا، قصے پرانے ہی تھے۔ چنانچہ جمال بھٹی نے بیٹھتے ہی سامنے والے موڑھے کو کھینچ کر آگے کیا اور کاندھے سے پٹکا اتار کر اس پر رکھ دیا۔ پھر سر سے پگڑی اتار کر زانوں پر رکھی اور حقے کی نے اپنی طرف کھینچ کر بولا۔

’’بھئی الہٰ دین! وطنوں کے قصے بھی عجیب ہیں، خدا دشمن کو بھی ان کی یاد نہ دلائے۔ بھلا اُجاڑے سے پہلے کسی کو پتا تھا کہ یوں دیس دیس مارے پھریں گے؟ فیروز پور میں چوری چکاری کا اچھا بھلا کاروبار تھا

اورعزت کی روٹی کھارہے تھے۔توبہ کرکے کہتا ہوں ان ہاتھوں سے سینکڑوں روپے گنے۔خدا جھوٹوں کو اٹھنے سے پہلے قبض کرے، فیروز پور کی پانچ تحصیلوں میں کون تحصیل ایسی ہوگی جہاں سے ڈھور ڈنگر گھیر نہ لائے ہوں۔اُس وقت چوری مردوں کا گہنا تھی۔بس بھائی الہٰ دین ساری عزت اور محنت کی کمائی اُجاڑے نے کھا لی،سب کچھ لٹا کر پلو جھاڑا اور یہاں چلے آئے۔ہاتھ کی ڈنگوری اور یہ کاندھے کا پٹکا بچا اس تباہی میں۔

بابا الہٰ دین جو اپنے تکیے سے سہارا لئے بیٹھا تھا،تھوڑا سا اور سیدھا ہوا اور ہنستے ہوئے بولا۔

''جمالے!شکر کر تُو سلامت چلا آیا۔اس قیامت میں زندہ بچ کے نکل آنا بھی ولی اللہ ہونے کی نشانی ہے۔جان ہے تو جہان ہے،قسمت میں لکھا ہے تو پھر فیروز پور میں چلے جائیں گے۔ویسے اُجاڑے میں جس طرح ٹوکا چلا ہے،تیری گردن تو اس کی پوری حق دار تھی۔''

بابے الہٰ دین کی جمال پر اس پھبتی سے جمال سمیت سب ہنسنے لگے۔پھر ہر ایک اپنی اپنی واردات بولنے لگا۔اسی حقے کی گڑگڑاہٹ اور قہقہوں کی گونج میں بابا الہٰ دین نے کہا۔

''چل چھوڑ جمالے ان باتوں کو،تو اپنی چوریوں کا کوئی قصہ تو سنا۔''

جمال دین نے ہلکا سا کھنگھار لے کر گلا صاف کیا اور حقے کی نے حیات علی کی طرف کرتے ہوئے بولا۔

''ایک دفعہ ہوا یہ کہ کافی عرصہ ہمیں کسی گائے بھینس کھولنے کا موقعہ نہ ملا۔میں اور اللہ رکھا (خدا اسے رب رسول کے واسطے جنت میں جگہ دے،اُجاڑے میں سکھوں کی کرپان کے صدقے چڑھ گیا) خیر ہم دونوں مال کی تاڑ میں پھرتے پھراتے روہی جا نکلے۔وہاں ہمیں خچر ہاتھ لگ گئے،الہٰ دین تمھیں تو پتا ہے روہی کے خچروں کا،کتنے بڑے اور موٹے تازے،روہی کا چھولیا کھا کھا کے دنبے کی طرح ان کی چکلیاں نکلی ہوئی تھیں۔لیکن اس وقت ہمیں ان کی وقعت کا اندازہ نہیں تھا۔میں نے اللہ رکھا سے کہا،میاں رکھے ان گدھوں کا ہم کیا کریں گے؟اس نے کہا بھئی چلو جو چار چھ روپے ہاتھ آئیں۔اب اور کچھ نہیں ملتا تو بھوکے مرنے سے بہتر ہے انھی کو کھول کر لے جائیں۔چنانچہ ہم وہ خچر لے آئے۔

اب ہمارے لئے مسئلہ پیدا ہوا کہ یہ چوری کے کھوتے کہاں ٹھکانے لگائیں۔بڑی سوچ بچار کی،شرم کے مارے کسی کو بتاتے بھی نہ تھے کہ لوگ کہیں گے کہ اب جمال کی یہ اوقات رہ گئی وہ کھوتے چوری کرنے لگا،ڈوب کے مرجائے۔اسی خموشی میں کئی دن گذر گئے۔پھر اچانک مجھے ایک طریقہ سوجھا،میں نے سوچا کہ ہم یہ مال عیسٰے اور دلاور کو دے دیتے ہیں۔مال کے بدلے میں مال کے طور پر۔الہٰ دینا اپنے عیسٰے اور دلاور کو تو جانتے ہو،یہ دونوں بھی بڑے کاری گر چور تھے۔''

''ایسے ویسے چور...... جمالے میں تھوڑی دیر کے لئے تیری بات کاٹتا ہوں اور ایک چھوٹا سا

واقعہ اسی عیسے اور دلاور کا سناتا ہوں۔اس کے بعد تو اپنی بات سنانا۔'' بابے الہٰ دین نے دائیں ہاتھ سے اپنے پاؤں پر خارش کرتے ہوئے بات شروع کر دی۔

''ان دونوں کا ایک بڑا بھائی شبر علی تھا جو آج کل لائل پور میں ہے۔یہ چوری چکاری سے ہمیشہ دور رہتا اور روائی بیجی کی محنت کر کے کھاتا تھا۔عیسیٰ اور دلاور جب بھی کوئی مال مار کر لاتے ،دو تین دیگیں چاولوں کی پکا کر اللہ کے نام پر لوگوں اور غریب غربا کو کھلاتے۔اس کے خرچے کا تیسرا حصہ بھائی ہونے کے ناطے یہ شبر علی سے بھی وصول کرتے۔اب ان کا مال تو لوٹ مار کا ہوتا مگر شبر بچارے کو اپنے خون پسینے کی کمائی سے حصہ ڈالنا پڑتا۔دو تین سال تو وہ حصہ بھرتا رہا آخر کب تک ساتھ نبھاتا۔ایک دن بچارا تنگ آ کر کہنے لگا......'بھائیو!اگر خدا اسی طرح راضی ہوتا ہے تو میں دوزخ میں ہی اچھا ہوں۔آئندہ تم اور تمھارے خدا سے میرا کوئی تعلق نہیں۔کیونکہ میں اپنے خون پسینے کی کمائی سے تمھارے حرام مال کو حلال نہیں کر سکتا۔اس طرح اس بچارے نے اپنی جان چھڑائی۔''

بابے الہٰ دین کی اس بات پر سب کی ہنسی چھوٹ گئی۔اس کے بعد الہٰ دین نے جمال سے کہا۔

''جمالے!اب تو اپنی بات شروع کر۔'' جمال بھٹی نے حقے کا ایک تازہ گھونٹ بھر کر بات وہیں سے پھر جوڑ دی۔

''تو میں کہہ رہا تھا بھائی اسماعیل!یہ دونوں بھائی ریاست پٹیالہ سے مال چوری کر کے فیروز پور میں لا بیچتے۔ہمیں یہ توقع نہیں تھی کہ وہ اتنی آسانی سے ہمارے کھوتوں کے ساتھ اپنی گائے بھینسوں کا سودا کرنے کے لئے تیار ہو جائیں گے۔لیکن ہم نے بڑی ہوشیاری کے ساتھ برابر برابر ان سے سودا کر لیا۔یعنی تین خچروں کے عوض تین گائیں۔اس کامیاب سودے کے بعد ہم نے روحی کے خچروں پر ہی ہاتھ صاف کرنا شروع کر دیئے اور جی میں بڑے خوش کہ ہم عیسیٰ اور دلاور کو دھونی دے رہے ہیں۔اب کیا تھا،ہم دونوں روحی کے خچر چوری کر کر کے انہیں دیتے رہے اور وہ ان کے بدلے میں پٹیالہ کی گائیں بھینسیں ہمیں دینے لگے۔یہ کام تین سال تک چلتا رہا اور پورے تین سال تک ہم ان کو اس طرح احمق بناتے رہے۔ایک دفعہ ہم خچر لے کر آ رہے تھے کہ فاضلکا بنگلہ میں ہمیں ایک کمہار مل گیا۔اس نے کہا کہ یہ دونوں خچر مجھے بیچو گے؟ ہم نے کہا،کہیں تو بیچنے ہیں،تم لے لو۔وہ بولا ، قیمت بتاؤ؟ میں نے کہا تم خود ہی بتا دو کتنے دو گے۔اس نے کہا دونوں کے تین سو لے لو۔لو جی یہ سنتے ہی میرے تو ہوش اڑ گئے۔اس وقت اچھی سے اچھی گائے کی قیمت بھی پچاس روپئے سے زیادہ کی نہیں بکتی تھی۔اب مجھے پتا چلا کہ خچر جسے ہم گدھا سمجھتے رہے وہ تو دراصل گائے سے تین گنا قیمتی تھا اور عیسیٰ ہمیں بدھو بنا کر کتنا عرصہ ہمارا کباڑہ کرتا رہا۔

جمال کی اس بات سے سب ہنس ہنس کر دہرے ہونے لگے۔ بابے الہٰ دین نے ہنستے ہوئے پوچھا۔

''پھر کیا تم نے عیسیٰ سے کوئی حساب کتاب کیا؟''

''حساب کتاب کیا کرنا تھا میاں الہٰ دین۔'' جمال بھٹی تاسف سے بولا۔

''اس کے بعد تو کچھ رہا ہی نہیں، اُجاڑے پڑ گئے اور وہ دونوں بہشتی تحصیل مکھسر میں سکھڑوں کے ہاتھوں حلال ہو گئے۔ بس بھائی الہٰ دینو! جس طرح روزے مسلمانوں پر فرض کر دیئے گئے ہیں اسی طرح جب سے میں پیدا ہوا ہوں میری قسمت میں نقصان فرض کر دیا گیا ہے۔ لیکن سچ پوچھیں تو مجھے اپنے لٹنے کا نہیں ان کے مرنے کا بہت دکھ ہوا، خدا جانتا ہے بڑے جی دار آدمی تھے۔ ایک دفعہ (نور محمد کو مخاطب کرتے ہوئے) نورے بھائی! آپ نے تو عیسیٰ کو خود دیکھا ہے، جھنڈے پور میں لٹھ بازی کے مقابلے میں اس نے پورے دس لٹھ بازوں کو ہرایا تھا۔ ایک ہی ہلے میں۔ (ٹھنڈی سانس بھر کر) ہاااااا۔ بس رہے نام اللہ کا۔''

جمال دین کے ان درد بھرے جملوں سے تھوڑی دیر کے لئے سب ہی رنجیدہ سے ہو گئے اور خاموشی چھا گئی۔ اتنے میں سورج ماتھے کے کناروں پر آ چڑھا اور پیڑوں نے اپنی چھاؤں سمیٹ کر تنوں سے لگا لی جس کی وجہ سے موڑھوں اور بابے الہٰ دین کی چارپائی پر دھوپ کے گرم شیشے پڑنے لگے۔ عین اسی وقت بابے الہٰ دین کا بیٹا منیر جو سب سے چھوٹا تھا وہ باہر نکلا اور الہٰ دین کی چارپائی کھینچ کر مزید پیڑ کے نیچے تنے کے ساتھ لگا دی تا کہ بابے پر دھوپ نہ پڑے۔ اس کے بعد ٹھنڈی لسی کا ایک بڑا دونا بھر لایا جس میں سے سب نے ایک ایک گلاس تانبے کالسی سے بھر کر پیا۔ اس طرح سب ہی ایک بار مزید تازہ دم ہو گئے اور نئے سرے سے باتوں کے طوطے مینا اُڑانے لگے۔ لہذا بابا الہٰ دین نے اپنے باپ کے ایک واقعے سے گفتگو کا دوبارہ آغاز کر دیا۔

''بابو رجب علی! پرانے لوگوں کی کیا بتاؤں ......'' الہٰ دین نے حقے کا ایک لمبا گھونٹ بھر کر اس کی نَے مستے بھٹی کی طرف سرکاتے ہوئے کہا۔

''بس سادہ لوح بندے تھے۔ فائدہ نقصان ان کی ضد میں تھا، اگر ضد پوری ہو جائے تو فائدہ ہی فائدہ، اگر ضد نہ پوری ہو تو نقصان۔ اب میرے باپ خوشی محمد ہی کو دیکھ لو۔ اللہ جنت نصیب کرے ان کا دماغ بھی اپنا ہی تھا۔ مجال ہے کسی کی بات مان جائیں۔ یہ بات اجاڑے سے کوئی آٹھ سال پہلے کی ہے۔ اُس دفعہ بارشیں بہت ہوئیں اور روہی میں بارش ہونے کا مطلب تھا کہ غلہ وافر ہو گا اور اس کی بے قدری۔ چنانچہ اس کی وجہ سے روہی میں چنے کی فصلوں کا سیلاب آ گیا۔ اس بار ہماری چنے کی فصل بھی تین ہزار من ہوئی۔ فیروز پور کی منڈی ہم سے کافی دور تھی البتہ تحصیل مکھسر دس کوس پر تھی۔ اس وقت دو ہی بیل

گاڑیاں ہمارے پاس تھیں۔جن پر اتنی زیادہ فصل لاد کر لے جانا بہت مشکل تھا۔ ہری چند کھتری میاں جی کے پاس آیا اور ایک روپیہ فی من کے حساب سے پورا غلہ گھر سے اُٹھانے کا سودا کرلیا۔میاں جی نے کہا کل بتاؤں گا۔اس کے جانے کے بعد میاں جی نے منڈی سے ریٹ معلوم کرنے کے لئے بندہ بھیج دیا، پتا چلا کہ منڈی کا ریٹ ایک روپیہ چار آنے ہے۔بس پھر کیا تھا،میاں جی کا لاٹو گھوم گیا۔انہوں نے کہا،غلہ میں خود منڈی لے کر جاؤں گا، اس کھتری کو چار آنے کس بات کا منافع دوں؟اب ہزار طرح سے ان کو سمجھانے والے، کہ میاں جی غلہ کھتری کو بیچ کر سر دردی سے بچو۔کس جھنجھٹ میں پڑنے والے ہو۔مگر ان کی جوتی سُنے ۔بنگلہ فاضلکا میں اس کا بیلی رفیعا کمہار تھا،اس کو بلا بھیجا اور تین آنے فی من کے حساب سے مُکھسر کی منڈی میں غلہ پہچانے کا اس سے معاہدہ کر لیا۔ وہ تیسرے دن ہی سو گدھا اور پندرہ بندے لے کر آ گیا۔ غلے کو گدھوں پر چھَٹیوں کے ذریعے سے مُکھسر کی منڈی میں ڈھونا شروع کر دیا۔اب کیا تھا،چل سو چل، پندرہ بندوں کی تین وقت کی روٹی اور سو گدھے کا چارہ بھی ہمارے ذمے تھا اور ساتھ روز کا دس روپے خرچ ۔سبز چارہ اس وقت تھا نہیں چنانچہ گدھے بھی ہر وقت چنے ہی کھاتے اور بے حساب کھاتے ۔ یوں پورے ڈیڑھ مہینے میں پتا نہیں سو گدھوں اور پندرہ بندوں نے کتنے چنے اور کتنی روٹیاں کھائیں اور ہمیں کیا بچا؟بس یہ ہوا کہ میرے والد میاں خوشی محمد کی ضد پوری ہوگئی ۔ڈیڑھ مہینے بعد رفیعے کمھار کو تین آنے فی من کی مزدوری اور ایک آنہ فی من کے حساب سے انعام دے کر خوشی خوشی رخصت کیا۔اور بڑے فخر سے کہنے لگے۔دیکھ لوا سے کہتے ہیں عقلمندی،کھتری خوامخواہ میں چار آنے بچا رہا تھا۔''

الہٰ دین کے اس واقعہ سنانے پر سب نے اپنی اپنی رائے کا مزید نمک ڈالا۔اور سادہ لوح بزرگوں پر مزید کئی قصے سنائے گئے اور ان کی نیک روحوں پر رحمتوں کی دعائیں کی گئیں۔اس طرح کئی گھنٹے نکل گئے اور کسی کو پتہ بھی نہ چلا۔اتنے میں بابے کے منجھلے بیٹے نے باہر آ کر کہا، میاں جی روٹی تیار ہوگئی ہے۔اس کا مطلب تھا کہ دو پہر کے سورج نے عصر تک چھٹی کا گھنٹہ بجا دیا۔چناچہ سب اُٹھ کر اپنے اپنے گھروں کو چل پڑے جبکہ الہٰ دین کا بیٹا اسے اُٹھا کر گھر میں لے گیا۔اور چار بجے سہ پہر تک محفل برخواست ہوگئی ۔

پورے گاؤں میں نہ تو کسی کے پاس ریڈیو تھا اور نہ ہی اخبار کی آمد،لیکن گاؤں شہر کے نزدیک تھا۔اس لئے روزانہ کوئی نہ کوئی خبر پہنچ جاتی جس پر اس وقت تک گفتگو چلتی جب تک اگلی خبر نہ پہنچ جاتی ۔ یہ وہ زمانہ تھا جب پاکستان بنے ابھی بارہ تیرہ سال ہوئے تھے اور گاؤں بھی شہر کے مضاف میں تھا جہاں برلہ ٹیکسٹائل مل کی وجہ سے سرخ انقلاب کی باتیں شہر کے گلی محلوں میں پھیلی ہوئی تھیں ۔چنانچہ بابے الہٰ دین کے مجمعے میں بھی اکثر اس کے متعلق خبریں پہنچتیں جو زیادہ تر راؤ اصغر علی ہی کی زبانی بیان ہوتیں۔راؤ اصغر علی کا

وقت بابے الہٰ دین کے پاس آنے کا ٹھیک چار بجے سہ پہر کا ہوتا۔اس کی ہر خبر کو اس لئے مستند سمجھا جاتا کہ ایک تو وہ پوری آٹھ جماعتیں پڑھا تھا اور دوسری وجہ یہ تھی کہ اس کے پاس گاؤں میں چینی کا ڈیپو تھا۔اس سلسلے میں اسے اکثر شہر جانا ہوتا جہاں وہ ڈھونڈ ڈھانڈ کے ضرور کوئی نہ کوئی خبر لے ہی آتا اور جلدی سے بابے الہٰ دین کے گھر کا رخ کرتا۔راؤ صاحب گڑگاوں کے رہنے والے تھے۔نجانے پوری برادری سے کٹ کر کیسے اس گاؤں میں آبیٹھے۔ابھی سب لوگ اپنے موڑھوں پر دوبارہ آکر بیٹھے ہی تھے کہ دور سے راؤ اصغر علی دائیں ہاتھ سے اپنی دھوتی کے پلو اڑستا ہوا آتا دکھائی دیا۔دھوتی کیا دو گز کی لنگی تھی جو ہمیشہ گھٹنوں سے اوپر ہی اوپر رہتی ۔ پاؤں میں ٹائر کے جوتے جو دور سے ہی کھٹ کھٹ بجتے آرہے تھے۔ پاس آکر کرتے کی آستین سمیٹی اور ایک موڑھے پر ٹک گیا۔اس کے بعد حقے کے تین چار کش لئے ،ایک بھرپور نظر اِدھر اُدھر بیٹھے لوگوں پر ڈالی اور پھر بابے الہ دین کی طرف منہ کر کے بولا۔

''میاں الہٰ دین!بس اب کچھ ہی دن رہ گئے گریبوں کی تقدیر بدلنے کے۔روس نے فیصلہ کرلیا ہے کہ پاکستان میں لال جھنڈا اب لگا ہی دیا جائے۔روس کے صدر نے خط لکھا ہے کہ جلدی سے گریبوں کو دن میں تین مرتبہ روٹی اور گھر دے دو ورنہ ہم چار مہینوں کے بعد خود آکر حکومتاں کریں گے۔بس کچھ دن اور تنگی کاٹ لو۔پھر تو ہر شے مفت راشن میں آئے گی۔میاں الہٰ دین!ان ڈاکووں اور سرمایہ داروں سے جان چھوٹ جائے گی۔''

''راؤ صاحب!یہ ہر روز جو آپ سرمایہ دار سرمایہ دار کرتے رہتے ہو۔آخر یہ ہے کیا بلا؟'' مشتاق جلاہے نے حیرانی سے سوال کیا۔

''میں نے بھی آخر بڑی دنیا پھری ہے، فیروز پور،لدھیانہ،منٹگمری،ہر جگہ گیا ہوں اور پتن پتن کا پانی پیا ہے لیکن اس جانور کو نہیں دیکھا۔''

اس سے پہلے کہ راؤ اصغر مشتاق کے اس سوال سے چکرا جاتا،اسی لمحے مہنگا درزی غیر متوقع طور بول پڑا۔

''لو جی!اس کو دیکھو،مشتاق بھائی تو بھی جلاہے کا جلاہا ہی رہا۔اب جس کو سرمایہ دار کا نہیں پتہ پھر اسے اپنے سر کا پتہ ہے۔سر کا معنی،سر،اور مایا کا معنی پیسہ،اور دار کھوتے کو کہتے ہیں۔مطبل یہ کہ جس گدھے کے سر پر پیسے کی گٹھڑی ہو اسے سرمایہ دار کہتے ہیں۔''مہنگے درزی کی اس وضاحت پر سب اسے تحسین سے دیکھنے لگے حتیٰ کہ راؤ صغر بھی اس کی اس بات پر حیران رہ گیا اور مہنگے درزی کی بھرپور تائید میں سر ہلا دیا۔اسماعیل بھٹی جس کے دو ہی کام تھے، پانچ مرتبہ مسجد میں جا کر نماز پڑھنا اور دوسرا شوق سے پائے کا شوربہ پینا،اس نے راؤ اصغر علی کی بات سن کر پہلے سر سے پگڑی اتار کر زانو پر رکھی پھر تسلی سے شفاف ٹنڈ پر

اپنی انگلیوں سے خارش کی اور پگڑی کو درست کر کے پھر سے سر پر رکھا اور بولا۔

''راؤ صاحب! یہ ساری بات تو تیری ٹھیک ہے پر سُنا ہے یہ روس والے پکے کافر ہیں۔ اگر آ گئے تو مسجدیں بند کر دیں گے، نماز پڑھنے والوں کو کوڑے ماریں گے۔'' اسماعیل کی بات سن کر ایک دفعہ سب گھبرا گئے اور فکر مندی سے بابے الہٰ دین کو دیکھنے لگے، اگر چہ الہٰ دین کے پاس اس کا کوئی جواب نہیں تھا لیکن سب جانتے تھے کہ اس کے بارے میں صحیح بات الہٰ دین ہی جانتا ہے۔ چونکہ راؤ اصغر الہٰ دین کی اس بارے میں بے خبری کی مجبوری کو جانتا تھا چنانچہ فوراً ہنستے ہوئے بولا۔

''لے بھائی الہٰ دین اور سن لو (پھر اسماعیل کی طرف منہ کر کے) بھائی اسماعیل تمھیں کس نے کہ دیا وہ کافر ہیں؟ تم بھی کاٹھ کیا اُلو رہے، بس شورہ پی لیا اور لیٹ گئے۔ او بھلے لوگا! بھائی الہٰ دین سے پوچھ، روس والے مسلمان ہیں یا کافر؟ (پھر الہٰ دین کی طرف منہ کر کے) الہٰ دینا بتا، اسماعیل کو روس والے کیا ہیں؟ او بھائی! وہ مسلمان ہیں مسلمان، گوشت کھاتے ہیں، سر پر ٹوپیاں رکھتے ہیں اور یہ جو سرخ جھنڈا ہے یہ علم ہے علم۔ امام حسین کا جھنڈا پہلے لال ہوتا تھا، پر تجھے کیا پتا؟''

اب دوسرے لوگوں کو بھی کچھ حوصلہ ہوا اور وہ بھی اسماعیل کی طرف دیکھ کر ہنسنے لگے۔ الہٰ دین جو معذوری کے سبب چارپائی پر سیدھا ہو کر نہیں بیٹھ سکتا تھا تکیے کا ہلکا سا سہارا لے کر پائیں کی جانب سرکا، اسماعیل سمیت سارا مجمع بابے الہٰ دین کی بات سننے کے لئے ہمہ تن گوش ہو گیا۔

''سائیں لوگا!'' الہٰ دین حقے کی نے ہاتھ میں لیتے ہوئے بولا۔

''مجھے یہ بتا اگر وہ مسلمان نہ ہوتے تو انھیں کیا ضرورت تھی غریبوں کو کھانا اور گھر دینے کی، جو جو ہمارے نبیؐ نے کہا ہے وہ پورا پورا تول کر وہی کچھ تو کر رہے ہیں، اسی لئے تو امام حسین کا علم کا نشان لال جھنڈا ان کے پاس ہے۔ دوسری بات یہ کہ اگر وہ کافر ہوتے تو ایران کا بادشاہ ان کے ساتھ کیوں صلح صفائی سے رہتا؟''

حیات دین جو ساری بات غور سے سن رہا تھا اس نے ہلکے سے خدشے کا اظہار کرتے ہوئے کہا۔

''پر میاں الہٰ دین، پرسوں شیخ غلام کہہ رہا تھا کہ وہ شراب بھی پیتے ہیں۔''

اس سے پہلے کہ اس کی اس بات سے لوگ دوبارہ روس سے بدظن ہوتے، راؤ اصغر پھر ہنستے ہوئے بولا۔

''حیاتے! اگر تُو سال سال بغیر نہائے اور دن رات افیم کھا کھا کر مسلمان رہ سکتا ہے تو وہ کیوں نہیں مسلمان رہ سکتے؟''

راؤ اصغر کی اس پھبتی پر سب نے زوردار قہقہہ لگایا اور حیات خاں کھسیانا سا ہو کے حقہ پینے لگا۔

اس کے بعد کافی دیر تک اِدھر اُدھر کی باتیں ہوتیں رہیں اور پھر راؤ اصغر اُٹھ کر چلا گیا۔ابھی وہ تھوڑی دور ہی پہنچا تھا کہ شیدا بٹیرا ایک بٹیرے کو مٹھلاتے ہوئے آن بیٹھا۔اس کے ایک کندھے پر تکونی رومال تھا جسے وہ روزانہ اپنے ہاتھ سے دھوتا اور کاندھے پر ڈال لیتا لیکن دوسرے کپڑے ہفتے بعد ہی بدلتا۔باپ سے آٹا پیسنے کا خراس وراثت میں ملا تھا جس کی حالت روز بروز بگڑتی جا رہی تھی۔ پتھر کے پُڑ گھس گھس کر آدھے رہ گئے تھے اور اونٹ خوراک کی کمی کی وجہ سے اس طرح ہڈیوں کا پنجر بن گیا تھا کہ جسم کے ہر حصے پر کوہان نکل آئے تھے۔اس کا سبب یہ تھا کہ شیدے کو سوائے بٹیروں کے کسی بات سے علاقہ نہیں تھا۔بس چلتا تو رہا سہا خراس بیچ کر اس کے بھی بٹیر خرید لیتا لیکن مصیبت یہ تھی کہ ایک تو چھوٹا بھائی اس میں رکاوٹ تھا دوسرا یہ کہ اب اس کا کوئی خریدنے والا نہیں تھا۔ چھوٹا بھائی شریف آدمی تھا ورنہ یہ خراس بھی کب کا اُجڑ چکا ہوتا اور شیدا برسوں پہلے تھڑے پر آ جاتا۔ یوں تو بابے الہٰ دین کے پاس آ کر بیٹھنے والا ہر شخص اپنی ذات میں عجوبہ تھا لیکن شیدے بٹیر کی بات ہی کچھ اور تھی۔اسے دیکھ کر ہر شخص چہک اُٹھتا اور ایک دوسرے کی طرف سے خوب چٹکلے چھوڑے جاتے۔شیدا بٹیرا ابھی بیٹھا ہی تھا کہ اتنے میں چراغ اُرائیں آ گیا۔چونکہ دونوں کی خوب لگتی تھی اس لئے محفل خوب گرم ہو جاتی۔بابے الہٰ دین نے شیدے سے اس کے بٹیرے کا حال احوال پوچھا اور ابھی وہ جواب دینے ہی لگا تھا کہ چراغ بول پڑا۔

''الہٰ دین! بٹیرے کا حال کیا ہوگا۔اس بچارے کی جان تو اس کے ہاتھوں کی بدبو سے ہی قبض ہوئی رہتی ہے۔''

چراغ کی پھبتی پر الہٰ دین سمیت وہاں بیٹھے ہوئے سب ہنس پڑے لیکن شیدے بٹیر نے فوراً ہی ایسا منہ توڑ جواب دیا کہ چراغ اُرائیں کی بولتی بند ہوگئی، بولا۔

''دیکھ الہٰ دین! اس تھوم خور کو سمجھا، جس کی بیوی صرف اس لئے طلاق لے گئی کہ یہ رات کو پادیں مار مار کر اس کو ہیضہ کر دیتا اور بچاری کو ساری رات سونے نہیں دیتا تھا۔اسی لئے اس کی بیماری نہیں جاتی تھی۔شوہدی سارا دن حواس باختہ باولی باولی پھرتی رہتی۔آخر اُس نے سوچا، جان ہے تو خاوند بہت ......لہذا چھوڑ کر چلی گئی، مگر اس ڈھیٹ کو ابھی تک شرم نہ آئی۔اسی بٹیرے کی قسم، میں ہوتا تو وہیں نیلا تھوتھا کھا کے مر جاتا مگر میں بھی کس کو کہہ رہا ہوں؟ یہ باتیں تو غیرت مندوں کے لئے ہیں۔''

شیدے کے جوابی حملے پر سب کی طرف سے زوردار قہقہہ لگا اور چراغ اُرائیں بچارا بجھ سا گیا۔ بہر حال حقے کے ساتھ باتوں اور قصہ گوئی کے پرے جمے ہوئے تھے۔انہی قصوں، آپ بیتیوں اور جگ بیتیوں میں کبھی کبھی بابو رجب علی کی شاعری چل پڑتی جس پر خاص کر مشتاق جلاہا جھوم جھوم کر واہ واہ

کرتا۔شام چھ بجے چونکہ لوگ اپنے کام کاج نپٹا کر فارغ ہو جاتے تھے اس لئے پورے دن کے معمول سے آٹھ دس لوگ اور بڑھ جاتے اور یہی وقت بابو رجب علی کی شاعری کا ہوتا۔ بابو رجب علی کا دادا پہلے پہل مسلمان ہوا تھا اس لئے لہجہ ابھی تک خالص سکھ تھا جس میں رجب علی کمشری پڑھتے ہوئے لہریں لیتا نظر آتا۔ اسے سننے کے لئے دوسرے راہگیر بھی رک جاتے۔اس کے ساتھ ہی شریف کھوکھر، مستا بھٹی، اسماعیل بھٹی، شیدا بٹیر، طفیل باجوہ، جمال بھٹی اور دوسرے دو چار آدمی بھی خوب داد دیتے۔ بابو رجب علی ساٹھ کے پیٹے میں تھا اور مشرقی پنجاب میں اس کی شاعری کی شہرت گھر گھر تھی۔ فیروز پور کی ایک بستی کا لاٹبہ سے اُٹھ کر اس گاؤں میں چلا آیا۔اب چونکہ یہاں کوئی سننے والا نہیں تھا اس لئے یہی چارپائی ان کو غنیمت تھی۔ آج بھی کوئی نئی چیز لکھی تھی، بھاگے ہوئے چلے آئے اور بیٹھتے ہی حقے کے دو چار گھونٹ لئے، جیب سے رومال نکال کر ماتھے کا پسینہ پونچھا، پھر رومال کو تہہ کر کے جیب میں رکھا اور دوسری جیب سے گورمکھی میں لکھا ہوا کاغذ نکال کر تھوڑا سا ادھر ادھر بیٹھے ہوؤں پر نظر ماری اور بولا۔

''لومترو! سنو، بالکل سجری کویتا لکھی آ،سن کے جی ٹھر جاوے گا۔'' تب اللہ دین سمیت سب ہمہ تن گوش ہو گئے۔اور انہوں نے قصہ شاہ داؤد سنانا شروع کر دیا۔

میاں جی کو چارپائی پر پچیس سال ہو گئے تھے۔اس عرصے میں ان کے ساتھ والے کئی پنچھی ایک ایک کر کے اُڑ گئے۔ مجھے اچھی طرح یاد ہے، وہ منگل وار آٹھ جولائی کا دن تھا۔گرمی سے زمین کا سینہ تپ کر ایسا جیسے آگ پر تانبا چڑھا ہو اور سورج کی شعاعیں آدمی تو کیا پانی کا کلیجہ چیر رہی تھیں۔میاں جی کی چارپائی معمول کے مطابق میں خود پیڑوں کی چھاؤں میں رکھ کر اور موڑھے بچھا کر کام پر چلا گیا۔اس دن مجھے رینالہ جانا تھا۔اور نذیر ہمیشہ کی طرح آج بھی گھر پر نہیں تھا۔جبکہ اماں رفیق کے ساتھ اس کے سسرال گئی تھی۔ مجھے یقین تھا کہ میں دوپہر تک لوٹ آؤں گا مگر لیٹ ہو گیا۔میاں جی کی مجھے فکر تو کافی تھی لیکن تردد اس لئے زیادہ نہیں تھا کہ آس پاس بیٹھنے والے اس کی خبر رکھیں گے۔لیکن میں جو تین بجے سہ پہر وہاں پہنچا تو کلیجہ دہل کر رک گیا اور جگر جل کر بھن گیا۔کیا دیکھتا ہوں، میاں جی اکیلے چارپائی پر بیٹھے ہیں۔کوئی آدم زاد وہاں موجود نہیں اور وہ چارپائی پر بیٹھے دھوپ کی کڑاہی میں جل رہے ہیں۔ دھوپ ایسی کہ خدا بھی اس سے پناہ مانگے۔ جولائی کی اس سخت دھوپ میں معذور اور اُٹھنے سے لاچار میاں جی اپنے پسینے کے پانی میں بار بار بھیگ رہے تھے اور بار بار سورج کی آگ اس پانی کو بھاپ بنا کر اُڑا رہی تھی۔

بیٹا کیا بتاؤں، اس دن تیرے دادا کو یوں دھوپ کے آگے لاچار دیکھ کر میری کیا حالت ہوئی۔ دل دھاڑیں مار مار کر رونے لگا۔جی چاہا سڑک پر ٹکریں ماروں۔اور ایسا پاگل پن چھایا کہ سڑک پر کھڑے ہو

کر گاؤں والوں کو بیہودہ گالیاں بکنے لگا کہ کیا میاں جی دھوپ میں بیٹھے ہوئے کسی کو نظر نہ آئے؟ حرامزادے دیکھ کر گزرتے رہے اور کسی نے چارپائی اُٹھا کر سائے میں نہیں کی۔ اسی غصے اور باؤلے پن میں کئی گالیاں میاں جی کو بھی دے گیا کہ اس نے کسی راہگیر کو کیوں نہیں کہا کہ چارپائی اٹھا کر سائے میں کر دے۔ میاں جی سر نیچا کئے مسلسل چپ بیٹھے میری بلند بانگ گالیاں سنتے رہے اور کچھ منہ سے نہ بولے۔ خیر اسی غصے میں میں نے ان کو اُٹھایا اور گھر کی طرف لے کر بھاگا۔ انہیں اُٹھاتے ہی ایسے لگا جیسے میں نے آگ کے کوئلے پکڑ لئے ہوں۔ جسم اس قدر گرم تھا۔ جلدی سے لے جا کر نلکے کے نیچے بٹھایا اور ٹھنڈا پانی اوپر پھینکنے لگا۔ بس پانی پھینکتا جاتا تھا اور لوگوں کو گالیاں دیتا جاتا تھا۔ اس بے انتہا غصے کے عالم میں میرے منہ سے جھاگ بہہ رہی تھی۔ میں سچ بتاؤں اگر تب کوئی گھر کا فرد گھر میں ہوتا، اور میاں جی کے ساتھ ایسا واقعہ ہو جاتا تو میں اسے مار مار کر ادھ موا کر دیتا۔ لیکن اب تو گھر میں نہ ہونے کی وجہ سے جتنا گھر والے قصور وار تھے اتنا ہی میں بھی تھا۔ اسی وجہ سے آج زندگی میں پہلی دفعہ میں نے میاں جی کے سامنے نہ صرف دلیری سے لوگوں کو گالیاں دیں بلکہ خود میاں جی پر بھی برس گیا تھا۔ اور وہ خلاف توقع چپ سنتے رہے۔ نہلانے کے بعد میں نے انہیں گھر میں موجود شہتوت کے نیچے بٹھایا اور پھر بڑی دیر تک دستی پنکھا جھلتا رہا۔ ساتھ ساتھ بڑبڑاتا بھی رہا۔ اس کے بعد مٹی کی کوری چاٹی سے پیتل کے دو گلاس ٹھنڈی لسی کے بھر کر پلائے۔ اور کھانا کھلایا۔ اس سارے عرصے میں وہ بالکل بھی نہیں بولے۔ اتنے میں پانچ بج گئے اور اماں بھی آ گئی۔ میں اس قدر شرمندہ تھا کہ اماں سے آنکھیں نہیں ملا رہا تھا۔ اماں جو سارا دن میاں جی کی پل پل خبر رکھتی، آج ہی گھر نہ تھی تو اس کہ یہ حالت ہو گئی۔ خیر اس کے آنے کے بعد میں خاموشی سے گھر سے باہر نکل گیا۔ لہذا اماں جی کو کچھ پتہ نہ چلا کہ کیا واقعہ ہوا ہے۔

دوسرے دن میں صبح اذان کے وقت اُٹھا تا کہ میاں جی کا حقہ تازہ کر دوں کیونکہ صبح کا ذب کے حقہ تازہ کرنے کا کام برسوں سے میرے ہی ذمے تھا۔ جب میں نے حقے پر چلم رکھ کر ان کی چارپائی کے پاس رکھی تو انہوں نے مجھے کہا۔

''پتر بشیر! ایک منٹ یہاں بیٹھو۔'' اب چونکہ میرا کل والا جوش ٹھنڈا ہو چکا تھا اور پورے حواس میں تھا اس لئے ڈرنے لگا کہ اب میاں جی پتا نہیں کیا کہیں گے۔ خیر ڈرتے ڈرتے ادوائن کی طرف بیٹھ گیا۔ اب وہ آہستہ سے بولے۔

''بیٹا! مجھے ایک بات بتا، تم لوگوں نے میری کتنے سال خدمت کی ہے؟''

میں چپ رہا اور کچھ جواب نہ دیا حتیٰ کہ آنکھیں بھی نیچے کئے رکھیں۔ آخر کچھ لمحوں کے بعد وہ خود

ہی بولے۔

''دیکھ پتر! آج اس چار پائی پر مجھے پچیس سال ہو گئے، اس سارے عرصے میں تم نے اور تمھاری ماں اور بھائیوں نے میری خدمت کا حق ادا کر دیا۔ جس کا اجر خدا ہی کے پاس ہے۔ لیکن دنیا کانچ کے پیڑ کی طرح ہے جس کا نہ تو سایہ ہے اور نہ ہی اس کا پھل ہضم ہوتا ہے۔ اب اگر کل میں کسی پاس بیٹھنے والے یا راہگیر کو کہہ دیتا کہ میری چار پائی چھاؤں میں کر دے۔ وہ چار پائی تو چھاؤں میں کر دیتا لیکن اس کے ساتھ ہی سارے گاؤں میں کہتا پھرتا، دیکھو بھائی! کیا خون سفید ہو گیا ہے۔ اللہ دین کے پانچ بیٹے ہیں لیکن وہ بچارا دھوپ میں لاچار پڑا جل رہا تھا، کوئی پوچھنے والا نہیں تھا۔ میں نے اس کی چار پائی اٹھا کر سائے میں کی اور ٹھنڈا پانی پلایا۔ بس خدا کسی کو نافرمان اولاد نہ دے اور معذور ہونے سے پہلے ہی اُٹھا لے۔ پتر! مجھے بتا، پھر تمھاری ساری عمر کی خدمت اور میری عزت بازاروں میں کس بھاؤ بکتی اور پاس آ کر بیٹھنے والوں کے آگے میرا کیا وقار رہتا؟ لیکن کل میں اس لئے چپ رہا کہ غصے میں آدمی کا دماغ کسی بات کو نہیں مانتا۔''

میاں جی کی اس بات میں ایسی شفقت اور محبت تھی کہ میرے آنسو نکل آئے اور میں پھوٹ پھوٹ کر رونے لگا۔ اسی حالت میں انھوں نے میرا سر اپنی گود میں رکھ لیا جس میں پوری کائنات کا پیار بھرا تھا۔''

اس کے بعد میرے والد نے دادا کی قبر کی مٹی پر ہاتھ پھیرتے ہوئے میری طرف دیکھا اور بولے۔

''بس بیٹا! اس واقعے کے چوتھے دن ہی تیرے دادا کی چار پائی اُٹھ کر اس قبرستان میں آ گئی، لیکن یاد رکھنا اس قبر میں تیرے دادا کی چار پائی دفن نہیں ہوئی بلکہ ایک پوری تہذیب دفن ہو گئی ہے۔''

اس کے بعد انہوں نے میرا بازو پکڑا اور قبر کے پہلو سے اُٹھ کھڑے ہوئے۔ پھر میرا سہارا لے کر چلنے لگے۔ اسی لمحے میں نے محسوس کیا کہ میرے والد صاحب کے ساتھ بھی ایک تہذیب وابستہ ہے۔ اور اب وہ بھی کافی بوڑھے ہو گئے ہیں۔

◄◄ ● ►►

• ڈاکٹر نگہت نسیم

ابو پاری

شاہو کو گم ہوئے چار گھنٹے ہو چکے تھے۔

کہاں گیا ہوگا؟

کس کے ساتھ ہوگا؟

ہائے اگر اسے کچھ ہو گیا تو...... میں یہ سوچتے ہی گھبرا گیا۔ ایک بار پھر ماہ نور، زیبا سے پوچھا کہ بھائی کو آخری بار انہوں نے کہاں دیکھا تھا؟ وہ دونوں روہانسی اسے ہی ڈھونڈ رہی تھیں اور بار بار یہی کہے جا رہی تھیں۔

''ابو جی! شاہو یہاں دروازے کے پاس ہی کھڑا تھا۔'' میں پھر چیخ پڑا۔

''اور تم لوگ سوئے ہوئے تھے اس وقت ...... اور...... آپ...... کہاں تھیں...... جو بیٹے کا خیال نہ رکھ پائیں......؟'' مجھے رہ رہ کر سلمیٰ پر غصہ آ رہا تھا کہ وہ تو ماں تھی، اس نے کیسے لاپروائی کر لی کہ شاہو کو داخلی دروازے پر دیکھا اور سرزنش نہیں کی۔

''آپ کو معلوم ہے نہ کہ وہ بول نہیں سکتا...... کسی کو اپنی بات سمجھا نہیں سکتا...... وہ اپنا دفاع بھی نہیں کر سکتا......'' اس کے ساتھ ہی میری آواز نے میرا ساتھ چھوڑ دیا۔ مجھے شاہو کی معذوری نے ذہنی مریض بنا ڈالا تھا۔ میں جو پوری دنیا کو اپنے کاندھے پر اٹھائے پھرتا تھا، اس کی پیدائش کے چھ ماہ بعد بھر بھری مٹی کی طرح زمین بوس ہو گیا۔

''سنئے! مل جائے گا شاہو......'' سلمیٰ کے نرم ہاتھ بھی مجھے اپنے شانوں پر کانٹوں کی طرح لگ رہے تھے۔

شاہو بھلا کہاں جا سکتا ہے؟ کوئی دوست تو دور کی بات اس کی تو اپنی ماں بھی اس کے لئے چھاؤں نہ تھی اور بہنیں بھی غمگسار نہ تھیں۔ گھر میں اسے اتنا ہی پوچھا جاتا جتنا ضروری ہوتا۔ میرے خدا! اسے تو سوائے بلا وجہ ہنسنے، ایک ٹک بولنے والے کو دیکھتے رہنے یا چلتے رہنے کے علاوہ کچھ اور آتا بھی تو نہ تھا۔ میری آنکھوں میں اپنے بیٹے شاہو کی تنہائی پر نمی سی اُتر آئی۔ قدرت بھی عجیب تھی۔ اس کی کل کائنات میں شاہو کو صرف دو لفظ نصیب ہوئے تھے...... 'ابو اور پاری' ...... پاری کا ذہن میں آتے ہی میں اسے ڈھونڈنے صحن سے اپنے کمرے میں آ گیا کہ اس وقت وہ دونوں زیادہ تر میرے ہی کمرے میں کھیلتے تھے۔ میں نے جہاں تک ممکن ہو سکتا تھا ہر

کونے میں، بیڈ کے نیچے، الماری کے اندر دیکھ ڈالا، پر پاری ہوتی تو ملتی۔ پاری شاہو کی بلی تھی جو ہم نے دو ماہ پہلے ڈاکٹر ریشم کے کہنے پر خریدی تھی۔ میں نے وہیں سے زیبا سے پاری کے بارے میں پوچھا تو اس نے بتایا کہ وہ بھی صبح ہی سے غائب ہے۔ اوہ میرے خدا! کہیں شاہو اسے ڈھونڈنے گھر سے باہر نہ چلا گیا ہو۔ سوچتے ہی میرے پیروں تلے جیسے زمین نکل گئی۔ حلق میں کانٹے سے پڑ گئے۔

''میرے خدا! چار گھنٹوں سے شاہو نہیں ہے اور تم لوگ اتنے سکون سے بیٹھے کیا میرا انتظار کر رہے تھے!'' میں اپنی بے بسی اور تینوں کی بے حسی پر چلا پڑا۔

''اور مانئے آپ اس ڈاکٹر ریشم کی باتیں۔'' سلمیٰ کو تو جیسے زہر اگلنے کا بہانہ مل گیا تھا۔ میں نے حیرانگی سے اسے دیکھا جو باورچی خانے سے مسلسل بول رہی تھی۔ خدایا یہ کونسا وقت ہے ڈاکٹر ریشم کو کوسنے کا، پر سلمیٰ کی شکی اور جھکی طبعیت سے کون جیتے۔ میں کمرے سے نکل کر دوبارہ صحن میں آ گیا جہاں داخلی دروازے کے عین سامنے ایک چھوٹا سا چبوترا بنا ہوا تھا۔ صبح میں شاہو کو یہیں بٹھا کر ناشتہ کروایا کرتا تھا اور یہیں سے اسے خدا حافظ کہہ کر آفس کے لئے گاڑی میں بیٹھ جاتا تھا۔ اور وہ مسکرا کر کہتا۔

''ابو...... پاری!'' میں نے ایک بار پھر اس کی تلاش میں چبوترے کے آس پاس، ادھر ادھر دیکھا۔ بارہ سالہ شاہو جس کی جسمانی ساخت اور ذہنی عمر صرف پانچ سال کی تھی، وہ کہیں پر نہیں تھا۔ پر میرے تصور میں وہ ابھی تک جیسے چبوترے پر ہی بیٹھا ہوا تھا۔ اور اس کے ساتھ اس کی بھوری بلی 'پاری' بھی اس سے جڑ کر بیٹھی ہوئی تھی۔ پاری کے بھورے جسم پر کالے رنگ کے دائرے اور کالے ہی پیر اسے کئی بلیوں میں منفرد کرتے تھے۔ جب وہ اپنے مخاطب کی بات سنتے ہوئے اپنے کان اسی رخ پر ہلاتی اور اپنی بڑی بڑی ہلکی بھوری آنکھیں کھولتی بند کرتی تو جیسے چابی سے چلنے والی کوئی گڑیا لگتی۔ اس کے گلے میں لال رنگ کے بینڈ کے ساتھ پرویا ہوا چھوٹا سا سنہرا گھنگھرو جہاں کہیں بجتا شاہو مسحور ہو کر اس کو ڈھونڈنے نکل پڑتا۔ پھر دونوں دنیا سے بے نیاز ایک دوسرے کے آمنے سامنے یوں بیٹھ جاتے جیسے دو دوست مدتوں بعد ایک دوسرے سے ملے ہوں۔ پر آج وہ دونوں دلدار گھر پر نہیں تھے۔

میں نے نمناک آنکھوں سے باہر بڑھتی ہوئی شام کو بے بسی سے دیکھا اور تیزی سے چھت کی طرف لپکا کہ کہیں وہ کھیلتے کھیلتے وہاں نہ چلے گئے ہوں۔ سیڑھیاں چڑھتے ہوئے مجھے شاہو کی زندگی کے اُتار چڑھاؤ بھی یاد آتے گئے۔ وہ، ماہ نور اور زیبا دونوں سے بڑا تھا۔ اس کا اصل نام شاہین تھا پر لاڈ میں پیار سے ہم سب اسے شاہو کہہ کر پکارتے تھے۔ میں شاہو کو پا کر اتنا خوش تھا کہ اس دن میرا دل کیا کہ خدا کو بھی مٹھائی بھیج دوں۔ میں اپنی اس نئی پہچان پر کہ میں اب سرخ وسفید، بولتی ہوئی آنکھوں اور پھولے ہوئے گالوں

والے شاہو کا باپ ہوں کئی بار خود پر فخر کرنے بیٹھ جاتا۔ میں اپنی خوشی میں مگن ہی رہتا جو سلمٰی کی تشویش مجھے خبردار نہ کرتی۔ شاہو کو گردن ٹکانے میں دقت ہو رہی تھی۔ سہارے سے بھی بیٹھ نہ پاتا تھا۔ میں اسے سلمٰی کا وہم ہی سمجھتا جو ایک دو ماہ کی دیر سویر ہوتی۔ پر شاہو نے جب مجھے ابو کہہ کر نہیں پکارا تو میں چونک گیا۔ اس نے میری طرف محبت سے نہیں دیکھا تو میں ڈر گیا۔ میں جب آفس سے آتا تو وہ لپک کر مجھ تک نہیں پہنچ پاتا تو میں خوفزدہ ہو گیا۔ سلمٰی جو پہلے ہی سے پریشان تھی اب خاموشی سے مجھ سے لاتعلق ہوگئی جیسے شاہو کی معذوری میں سارا قصور میرا تھا۔

سلمٰی کی لاتعلقی اتنی بڑھی کہ میں اکیلا ہی شاہو کو لئے ایک ڈاکٹر سے دوسرے ڈاکٹر تک دوڑتا رہا۔ پر ہماری قسمت لکھی جا چکی تھی۔ میں دن رات افسردہ اور الگ تھلگ رہنے لگا اور سلمٰی اپنے معذور بچے کو ذہنی طور قبول نہ کر سکنے کی وجہ سے اس سے بھی دور ہوگئی۔ پھر یوں ہوا کہ سلمٰی، ماہ نور اور زیبا ایک پارٹی بن گئے اور میں اپنے شاہو کے ساتھ اکیلا پڑ گیا۔ سارا دن آفس میں رہنے کے بعد گھر آتا تو مجھ سے جو جو بن پڑتا میں شاہو کے لئے کرتا۔ شاید اسی لئے کسی کو نہیں معلوم تھا کہ شاہو اور پاری کہاں چلے گئے۔ یوں لگ رہا تھا جیسے دل ہی دل میں سب دعا کر رہے ہوں کہ خدا نہ کرے جو شاہو ملے۔ مجھے شاہو کے ساتھ سلمٰی کی سرد مہری بہت دکھی کرتی تھی۔ پر ہر بار خود کو بہلانے بیٹھ جاتا کہ وہ عورت پہلے ہے پھر ماں ہے۔ معذور بچے کے کام دس بچوں کے برابر ہوتے ہیں۔ پیمپرز بدلنا، کھانا کھلانا، نہلانا دھلانا، اس کی حفاظت کرنا، اس کی باتوں تک رسائی پانا، لوگوں کے ہر وقت کے دل دکھا دینے والے سوالات کو جھیلنا...... ہر پل اپنی تمناؤں اور خوابوں کو اُجڑتے دیکھنا کچھ بھی تو آسان نہ تھا۔ شاید ہم میں سے کوئی بھی کسی کے لئے تسلی نہ بن سکا تھا۔ میں نے سرد آہ بھری۔ ان دونوں کو چھت پر بھی نہ پا کر مایوسی سے سر کو جھکائے سیڑھیاں اتر کر پھر صحن میں آ گیا۔

جب سے ماہ نور اور زیبا نے اسکول جانا شروع کیا تھا تب سے شاہو اور بھی تنہا ہو گیا تھا۔ سلمٰی کے گھر پر ہونے کے باوجود وہ اداس رہتا۔ میں جب بھی آفس سے واپس گھر آتا وہ اسی چبوترے پر ملتا جہاں چھوڑ کر گیا ہوتا جیسے سارا وقت وہ دھوپ چھاؤں کا گواہ رہا ہو۔ گھر بھر میں وہ صرف مجھ سے ہی مانوس تھا سو میری وجہ سے کھانا بھی ایک ہی وقت کھانے لگا تھا۔ اب تو کچھ ہفتوں سے اس کا وہ کھانا بھی برائے نام رہ گیا تھا۔ میں جب منت کرتا تو وہ اکثر میرے ہونٹوں پر ابو پاری کہتا ہوا اپنا منہ رکھ دیتا۔ ہائے! میرے بیٹے کو چومنا بھی نہیں آتا تھا۔ پچھلے ہفتے ہی تو پڑوس کے کریم صاحب کہہ رہے تھے کہ شاہو کا خیال رکھا کریں۔ اس کے سامنے گاڑی بھی آ جائے تو وہ ہٹنے کی بجائے اس کے آگے آگے چلتا رہتا ہے۔ کریم صاحب کا ساتھ شمیم صاحب نے بھی دیا کہ وہ بھی اسی طرح کے واقعات کے چشم دید گواہ تھے کہ کئی بار انھوں نے شاہو کو گلی کے

کتے کے ساتھ بیٹھے دیکھا تھا۔ کتا بھونکتا رہتا اور شاہو ہنستا رہتا۔ میں شرمندہ سا ہو گیا۔ کیا کہتا کہ میں تو سارا دن آفس میں ہوتا ہوں اور سلمیٰ کو کچھ بھی سمجھانا بیکار ہے۔

اس دن کی شرمندگی، ضمیر کی ملامت اور سلمیٰ کی روز کی بحث تکرار کا ایک فائدہ ہوا کہ شاہو کو اسپیشل اسکول میں داخل کروانے کا ارداہ جو کئی برسوں سے غیر اہم جان کر آج اور کل پر ٹل رہا تھا وہ تکمیل پا گیا۔ اس کا اسپیشل اسکول صبح نو بجے سے دوپہر تین بجے تک کا تھا اور فیس بھی نہ ہونے کے برابر تھی۔ دل میں سکون سا اتر آیا کہ اس بہانے سلمیٰ کو بھی تھوڑا آرام مل جائے گا اور وہ بھی کچھ سیکھ جائے گا۔

شاہو کے اسکول کی ڈاکٹر ریشم نے اس کا جسمانی اور نفسیاتی تجزیہ کرنے کے بعد یہ کہہ کر ہمیں حیران کر دیا کہ شاہو کو ڈپریشن ہے۔ وہ کہہ رہی تھی کہ دنیا اتنی خود غرض ہو چکی ہے کہ عام انسانوں کو قبولیت نہیں ملتی شاہین تو پھر ایک معذور بچہ ہے۔ میں بے بسی سے ڈاکٹر ریشم کو دیکھتا رہ گیا پر انہیں بتا نہ سکا کہ مجھے اپنے بیٹے کے ساتھ معذور کا لفظ کبھی اچھا نہیں لگا۔ ایسے لگتا ہے جیسے کسی نے مجھے باپ کی گالی دے دی ہو...... یا تہمت لگا کر بدنام کر ڈالا ہو، یا پھر اپنوں غیروں کی عدالت میں مجرم بنا دیا ہو۔ میں تو یہ بھی انہیں نہ بتا سکا کہ سلمیٰ اور بچے جہاں تک ممکن ہوتا شاہو سے فاصلہ رکھ کر چلتے تھے۔ اسی بے توجہی سے وہ الگ تھلگ رہنے لگا تھا۔ ڈاکٹر ریشم کی تجویز تھی کہ شاہو کو ڈپریشن سے باہر لانے کے لئے کوئی پالتو جانور کتا یا بلی رکھ دیں تا کہ اس کا دل لگ جائے، توجہ بٹ جائے۔ بہت سوچ سمجھ کر ہم سب نے فیصلہ کیا کہ کم خرچ اور کم توجہ پر بھی خوش رہنے والی ایک بلی خرید لیتے ہیں۔ اتفاق رائے سے اسی ہفتے بلی ہمارے گھر آ گئی۔ شاہو اسے دیکھ کر حیران سا تھا۔ پھر جانے کیا ہوا...... مسکراتے ہوئے اپنا منہ بلی کے سر پر رکھ دیا...... اور ''ابو پاری'' کہہ کر مجھے تائید کے لئے دیکھا۔ میں نے خوشی سے سر ہلاتے ہوئے پانچ ہفتے کی بلی کا نام 'پاری' رکھ دیا۔

پاری بڑی ہی ملنسار اور خوش اخلاق بلی تھی۔ پہلے ہی دن اس نے بھی شاہو سے دوستی کر لی۔ وہ جہاں جاتا وہ سائے کی طرح اس کے ساتھ ہوتی۔ کبھی اس کی گود میں بیٹھی ہوتی تو کبھی اس کو کھینچ کر باہر لے جا رہی ہوتی تو کبھی دونوں ایک پتلی سی ڈنڈی جس پر میں نے لال رومال باندھ دیا تھا اس سے کھیل رہے ہوتے۔ شاہو ڈنڈی گھماتا اور پاری اس کو پکڑنے کے لئے اس کے گرد گھومتی رہتی۔ کتنے مہینوں کے بعد شاہو مسکرایا تھا۔ یونہی ایک دن کھانا کھاتے ہوئے شاہو کے منہ سے نوالہ زمین پر گر گیا جسے پاری نے دوڑ کر اپنے دانتوں میں دبا لیا اور اس کے سامنے لا کر رکھ دیا۔ شاہو نے وہی نوالہ محبت سے پاری کو ایسے کھلایا جیسے میں اسے کھلایا کرتا تھا۔ شاہو میں ایک مہربان انسان دوست کو دیکھ کر میں حیران ہی تو رہ گیا تھا۔

جس دن شاہو دیر تک سوتا رہتا اس دن پاری کو تنہائی کاٹنی محال ہو جاتی۔ کبھی اس کے ماتھے کو چوم

کراسے جگا رہی ہوتی تو کبھی اس کے گالوں پر زبان پھیر کر شرارت کر رہی ہوتی۔شاہو کی آنکھ اس وقت طرح کھل جاتی جب وہ اس کی گردن پر پیار کر رہی ہوتی۔شاہو اسے دیکھ کر ادھ کھلی آنکھوں سے مسکرا دیتا۔اور پاری اس کی ساری رمزیں، باتیں سمجھ لیتی اوراس کے ساتھ اس وقت تک لیٹی رہتی جب تک شاہو خود نہ اٹھ جاتا۔ابھی کچھ ہفتوں پہلے ہی کی بات تھی......چھٹی کا دن تھا وہ اسی چبوترے پر ہی بیٹھا ہوا تھا۔اگلی کی طرف والی دیوار پر سے دو تین بلیاں کود کر ایک ساتھ گھر میں گھس آئیں۔شاہو انہیں دیکھ کر ہنستا جا رہا تھا۔اس سے پہلے کہ کوئی ان بلیوں کو شاہو کے پاس سے ہٹاتا، جانے کس کونے سے پاری اُڑتی ہوئی آئی اور غرا غرا کر پنجے مار مار کر انہیں گھر سے باہر نکال دیا اور خود شاہو کی کمر سے اپنی کمر ٹکا کر آنکھیں بند کر لیں۔اس دن شاہو چبوترے سے اس وقت تک نہ اُٹھا جب تک اس نے خود آنکھیں نہ کھولیں۔اسی رات پاری آخری نوالہ شاہو کے ہاتھ سے کھاتے ہوئے اس کی انگلیوں کو اپنی زبان سے چاٹ چاٹ کر خوشی کا اظہار کرتی رہی۔میں رات گئے تک سوچتا رہا کہ خدا نے بولنے والوں کو ایسی محبت سے کیوں محروم رکھا۔پھر دیر تک ایک ایسی محبت کے خواب دیکھتا رہا جو غمگساری اور دلداری کی رمزیں سکھاتی ہے۔اظہار اور رشتوں کی قید سے آزاد کر دیتی ہے۔

اب دونوں اکثر ساتھ ہی کھانا کھاتے تھے۔پاری جب تک شاہو کے ہاتھ سے اپنے کھانے کا آخری نوالہ نہ کھاتی اس کے پیچھے پیچھے پھرتی رہتی۔کھانے کے بعد شاہو ٹی وی دیکھ رہا ہوتا تو وہ اچک کر اس کی گود میں بیٹھ جاتی اور اپنی زبان سے خود کو صاف کرتے کرتے اس کے ہاتھ پاؤں بھی صاف کرتی جاتی۔شاہو کو یہ سب بہت اچھا لگتا تھا۔اب تو وہ پاری سے ہوں ہاں میں باتیں بھی کرنے لگا تھا۔باتیں کرتے ہوئے جب وہ اس کی کمر پر ہاتھ رکھتا تو اس کا لمس پاتے ہی پاری بل کھا کر اپنی گردن اس کے سامنے رکھ دیتی جسے شاہو اتنے پیار سے سہلاتا کہ پاری کی آنکھیں بند ہونے لگتیں۔میرا بس نہ چلتا تھا کہ میں ڈاکٹر ریشم کو دنیا کا سب سے بڑا مسیحا کہہ دیتا جن کی وجہ سے شاہو اب گھر میں کسی کو 'وجہ شرم' نہ لگتا تھا بلکہ پاری کی وجہ سے اکثر موضوع سخن رہتا۔شاہو کا یہ مثبت رویہ گھر کے ماحول کو جہاں خوشگوار بنا رہا تھا وہاں اس کی جانب سے سب اتنے مطمئن رہنے لگے تھے کہ اکثر گھر میں کسی کو دھیان ہی نہ رہتا کہ وہ کہاں ہے؟ آج بھی یقیناً یہی ہوا ہوگا۔پر اب سردیوں کا موسم شروع ہو چکا تھا۔آجکل ویسے بھی دھند نے صبح کو شام اور شام کو رات کا بنا رکھا تھا۔ایسے موسم اور وقت میں شاہو اور پاری کو کہاں ڈھونڈوں؟ اس پر گلی کے کتوں اور گاڑیوں کے ساتھ اندھیرے اور سردی کا خیال آتے ہی میری روح تک کانپ گئی۔اب مجھے دونوں کو گھر سے باہر ڈھونڈنے میں ایک سیکنڈ بھی دیر نہیں کرنی چاہئے۔میں نے جلدی سے کرسی کی پشت پر سے کالا

کوٹ اٹھا کر ابھی پہنا ہی تھا کہ ماہ نور کی آواز نے چونکا دیا۔

''ابو جی......ابو جی......! جلدی سے آئیے۔ شاہو اور پاری مل گئے ہیں۔'' ماہ نور کی آواز یوں لگی جیسے دونوں جہاں کی سب سے میٹھی آواز ہو۔

''کہاں سے ملے؟'' میں اپنی خوشی کو نہ چھپا سکا۔ ماہ نور مسکرا دی۔

''آئیے میرے ساتھ۔'' وہ اپنے ہونٹوں پر انگلی رکھے مجھے بھی خاموش رہنے کا کہتے ہوئے شاہو کے کمرے کی طرف چل دی جو اس کے اور زیبا کے کمرے کے ساتھ ہی تھا۔ گھر لینے کے بعد ہم نے خاص طور پر ایک دروازہ دونوں کمروں کے بیچ بنوایا تھا جو ہمیشہ کھلا ہی رہتا تھا کہ ماہ نور اور زیبا کی نظر آتے جاتے شاہو پر رہے۔ وہ دونوں اسی دروازے کے پیچھے سے ملے تھے۔ شاہو شدید سردی میں کمبل کے بغیر ٹھنڈی ننگی زمین پر گھٹنے سکیڑے بے خبر سو رہا تھا اور اس کے ساتھ ہی پاری نیلے پھولوں والا کمبل اوڑھے شاہو کے بازو پر اپنا سر اور ایک ہاتھ اس کی گردن پر رکھے سو رہی تھی۔ شاہو نے کھڑکی کی طرف سے آنے والی ہوا سے بچانے کے لئے کمبل کے کونے کو اپنی مٹھی میں دبا رکھا تھا کہ کہیں پاری کو ٹھنڈ نہ لگ جائے۔ دونوں ایک دوسرے کی طرف منہ کر کے بے خبر سو رہے تھے۔ شاہو رحم دلی اور محبت کے اوج کمال پر تھا۔

مجھے یاد آیا۔ کل ہی تو سب کے لئے نئے کمبل آئے تھے۔ میں نے جب شاہو سے پوچھا کہ اسے کون سا رنگ پسند ہے تو وہ مسکرا دیا اور آہستگی سے بولا۔

''ابو پاری!'' شاہو کے لئے یہی دو لفظ اس کی کل کائنات اور اس کے ہر احساس کا اظہار تھے۔ پاری جو اس کے ساتھ ہی بیٹھی ہوئی تھی اُچک کر نیلے پھولوں والے کمبل پر بیٹھ گئی اور گردن موڑ کر شاہو کی طرف دیکھنے لگی۔ اس کی آنکھیں جگنوؤں جیسی جل بجھ رہی تھیں۔ شاہو نے ہاتھ بڑھا کر کمبل اپنے سینے سے لگا لیا اور 'ابو پاری' کہتا ہوا، اکیلے ہی کمبل گھسیٹتا ہوا اپنے کمرے کی طرف چل دیا۔ اس کے پیچھے پیچھے مدھر گھنٹیاں بجاتی پاری جا رہی تھی۔ میں بے اختیار ہو کر وہیں دو زانوں بیٹھ گیا۔ میرا وجود آنسوؤں میں ڈھل گیا۔ خدایا جو محبت کرنا جانتے ہیں انہیں بولنا کیوں نہیں آتا۔

◄◄ ● ►►

● دلشاد نسیم

کہنی کی چوٹ

امیر علی کی بیوی کا انتقال ہو گیا، بالکل اچانک۔ شہر بھر میں موذی بخار نے کئی گھروں سے میتیں اٹھائیں ان میں سے ایک گھر امیر علی کا بھی تھا۔ موت نے رخسانہ بیگم کو جب لے جانے کا بہانہ بنایا تو یہ بھی نہ دیکھا اس کے بیٹوں کا کیا ہوگا۔ امیر علی کی طرف دیکھنے کا تو سوال ہی پیدا نہیں ہوتا تھا۔ امیر علی جب بیوی کو بچانے کی کوششوں میں لگا ہوا تھا وہ نہیں جانتا تھا اس کی محنت اس کی دعائیں رائیگاں ہو جائیں گی اور جب رخسانہ کے چہرے کو نرس سفید چادر سے ڈھک رہی تھی تو اسے لگا اس کی پوری کائنات پر کسی نے گہرا پردہ ڈال دیا ہو۔ بس اب اس کے لئے سب ختم ہو گیا۔ اسے یقین آ گیا کہ اگر اس پوری دنیا میں کوئی بے حس ہے تو بس یہ موت ہے جو کسی کے جذبے کسی کی چاہت کو نہیں دیکھتی۔

امیر علی کی اپنی عمر بھی کیا تھی بس پینتالیس سال...... بھلا یہ بھی کوئی عمر ہے ایسا عذاب سہنے کی اسے خود پہ ترس آ رہا تھا۔ رخسانہ کا آخری دیدار کرتے ہوئے اس کے ساتھ گزارے بیس سال بیس لمحوں میں اس کی آنکھوں کے سامنے گھوم گئے۔ وہ اس سے پانچ چھ برس چھوٹی تھی۔ کتنا خوبصورت وقت گزرا، کتنی حسین عورت تھی...... اب منوں مٹی کے نیچے جا سوئے گی۔ امیر علی کو اس وقت اپنے غم سے زیادہ حسین عورت کی جوان مرگی رلا گئی۔

بچے بہت چھوٹے نہ تھے کہ سنبھل نہ پاتے، سنبھل گئے۔ اسے بھی لگا جیسے وہ بھی رفتہ رفتہ سنبھل رہا ہے۔ بیوی کی موت کہنی کی چوٹ جیسی ہے لگے تو جان کھینچ لیتی ہے مگر یہ اذّیت بہت دیر تک نہیں رہتی، سنبھالا مل جاتا ہے لیکن امیر علی کے لئے کہنی کی چوٹ روگ بن گئی۔

چالیسواں ہوا تو سب دوست احباب اور رشتے داروں نے گھر میں عورت نہ رہنے پر اندیشہ ظاہر کیا کہ اب گھر، گھر نہیں رہے گا۔ گھر تو بناتی ہی عورت ہے جس گھر میں عورت نہ ہو اس گھر کے تالے زنگ آلود ہو جاتے ہیں، پہرے خاموش ہو جاتے ہیں، بچے من مانی کرنے لگتے ہیں۔ امیر علی سر جھکائے ساری حکائتیں سن رہا تھا۔ اسے یقین تھا اب کوئی دوست، عزیز، رشتے دار یہ ضرور کہے گا۔

''امیر علی ہے تو مشکل مگر تمھیں یہ کڑوی گولی نگلنی ہوگی۔ اپنے لئے نہ سہی بچوں کے لئے، گھر کے

لئے۔ہم جانتے ہیں رخسانہ کی جگہ کوئی نہیں لے سکتا مگر اسے مجبوری سمجھو اور شادی کر لو۔'' اور وہ روائتی پس و پیش کے بعد اِس عظیم پیشکش کو بصد انکسار قبول کر لے گا۔ظاہر ہے نظامِ زندگی بھی تو چلانا ہے۔ابھی پچھلی شب بستر پہ لیٹے لیٹے اس نے کس شدت سے رخسانہ کی کمی کو محسوس کیا تھا۔امیر علی نے آہ بھری۔کیسے جھٹ پٹ مرگئی بے چاری۔اس نے دکھ سے سوچا۔اس کی آنکھوں میں نمی آ گئی۔وہ مسلسل خود ترسی کے مرض میں مبتلا ہوئے جا رہا تھا۔جانے اور کتنی زندگی ہے۔جتنی بھی ہے تنہا کیسے کٹے گی؟ میں گھر دیکھوں یا دکان؟؟ جب سے رخسانہ مری ہے خدا گواہ ہے نہ کھانے کا ہوش رہا نہ کپڑوں کا نہ ہی گھر کی کسی اور شے کے ٹھکانے کا پتہ چل رہا تھا۔کوئی بیٹی ہوتی تو بات اور تھی مگر اب......رخسانہ مجھے معاف کر دینا۔ہمارا گھر مکان بنتا جا رہا ہے......بس ایک سرائے جیسا۔اگر سب مل کر مجھے شادی کے لئے مجبور کریں گے تو مجھے کرنی پڑے گی تیرے گھر کی، تیرے بچوں کی خاطر......مگر یہ کیا؟ اس نے سننے کے لئے ساری توجہ بڑے بیٹے رضوان کی طرف کر دی وہ مسلسل جرح کر رہا تھا۔

''یہ کیسے ممکن ہے......میں ابھی اِس جھنجٹ میں نہیں پڑنا چاہتا۔ابھی میری عمر ہی کیا ہے۔آپ لوگ ابو کی شادی کیوں نہیں کرا دیتے؟'' وہ ناگواری سے بولے جا رہا تھا۔اس نے پہلے تو غور سے بات کی نوعیت کو سمجھا پھر خود کو ٹٹولا۔اسے رضوان کی بات میں کافی وزن نظر آیا۔واقعی ابھی رضوان کی عمر ہی کیا تھی......صرف انیس سال۔امیر علی نے رضوان کی بات کو آگے بڑھانے کی خاطر کچھ کہنے کے لئے گلا صاف کیا مگر اس کے کہنے سے پہلے ہی خاندان کی ایک بزرگ عورت بول پڑی۔

''پاگل ہو گئے ہو کیا، باپ کی شادی کراؤ گے؟ سوتیلی ماں لاؤ گے؟ ایک بات بتائے دیتے ہیں تمہیں، سیانے کہتے ہیں ماں سوتیلی ہو تو باپ آپ ہی سوتیلا ہو جاتا ہے، تو اپنے چھوٹے بھائیوں کو سوتیلے پن کی آگ میں جلانا چاہتا ہے کیا؟''

امیر علی پریشان ہو گیا۔سب کے چہروں کو خالی خالی نظروں سے دیکھنے لگا۔وہی بوڑھی عورت پھر بولی۔

''امیر علی تیری کیا صلح ہے، اپنے بچوں کو سوتیلی ماں کے قہر میں رکھنا چاہتا ہے یا رضوان کو منائے گا؟''

امیر علی کے بولنے سے پیشتر ہی اس کی بڑی چچی نے کتھا کھائے دانتوں کے بیچ سپاری رکھ کر بھنچے بھنچے منہ سے کہا۔

''لو بھلا، امیر علی کو کیا اعتراض ہوگا، پکا پکایا ملے گا، کپڑا دھلا ہوا، طریقہ سلیقہ آ جائے گا پھر سے گھر میں۔اور ہاں بہو آ جائے گی تو سکون سے باہر نوکری کر سکے گا ورنہ تو سارا دھیان اِدھر بچوں میں لگا رہتا ہوگا بے چارے کا۔'' پھر لمبا سانس کھینچ کے دکھی لہجے میں بولیں۔

''رخسانہ کی بے وقت موت نے کیسے ادھ موا کر دیا ہے غریب کو۔''

امیر علی نے سب کی باتیں سنیں۔ اسے اپنی سوچ پر خود سے ہی شرم آنے لگی۔ اس نے سر جھکا کر سب کی باتوں پر سرِ تسلیم خم کر لیا۔ طے پایا رضوان کا بیاہ اگلے اتوار سادگی کے ساتھ کر دیا جائے گا۔ لڑکی چچی نے پہلے ہی نظر میں رکھی ہوئی تھی۔ ان کے شوہر کی بھتیجی کامنی۔ سب لوگ فیصلہ سنا کے چلتے بنے اور وہ رخسانہ کی قبر پہ آبیٹھا، اس سے معافی مانگنے کہ وہ گمراہ ہو گیا تھا۔ دل کی باتوں اور جسم کی تھکان نے اس پہ جادو کر دیا تھا ورنہ وہ رخسانہ کے سوا کسی اور کے بارے میں کہاں سوچنے والا تھا۔ شکر ہوا بروقت فیصلہ ہو گیا۔

کامنی بمشکل سترہ سال کی تھی۔ تیکھے نقوش، سانولا رنگ مگر جلد ایسی ملائم کہ پانی کا قطرہ بھی پھسل پھسل جائے۔ گالوں کے اندر ان گنت چراغ روشن رہتے۔ آنکھوں میں شرم وحیا سرمے کی طرح پہرے دیتی اور بدن میں ایسی سختی کہ جو اگر بھولے سے امیر علی کی نظر اس پہ جا پڑتی تو اسے جھرجھری سی آجاتی۔ کامنی کے آتے ہی گھر کا نقشہ بدل گیا تھا جیسا کہ چچی نے کہا تھا۔ اسے دھلا دھلایا ملتا۔ گھر کی ہر شے قرینے سے رہتی۔ دستر خوان بن مانگے سج جاتا۔ وہ سوچتا شاید اس کی بیٹی بھی ایسی ہنر منداور سلیقہ شعار نہ ہوتی۔ وہ دیکھتا کامنی صبح ہوتے ہی سب کو ناشتہ بنا کے دیتی۔ اسے اور رضوان کو دکان جانا ہوتا تھا۔ چھوٹے دونوں ابھی سکول کالج میں تھے۔ سب کو بھیج کے گھر کے کاموں میں لگ جاتی۔ پھر دوپہر کا کھانا، بے چاری کتنا تھک جاتی ہو گی۔ اسے ہمیشہ کامنی کا خیال رہتا۔ وہ سوچتا اتنی کم عمری میں اگر اس کی سگی بیٹی پر اتنی ذمہ داریاں پڑ جاتیں تو کیا وہ اس کا ساتھ نہ دیتا۔ جانے کیوں وہ غیر شعوری طور پر کامنی اور اپنی اس بیٹی میں مقابلہ کرتا رہتا جو تھی ہی نہیں۔ شاید اِس لئے کہ بیٹی کی محرومی کامنی نے آکے بہت خوبصورتی سے ختم کر دی تھی۔ وہ کوشش کرتا گھر کے چھوٹے چھوٹے کاموں میں کامنی کا ہاتھ بٹا دے۔ اس دن بھی دکان سے آکے موٹر سائیکل صحن میں کھڑی کرتے کرتے اس نے سوکھے کپڑے تار پہ لہراتے دیکھے تو اس سے رہا نہ گیا۔ یہ کپڑے اس نے پچھلے کل دھوئے تھے لیکن اسے اتارنے کا وقت ہی نہ مل سکا۔ امیر علی کو کامنی کی مصروفیت کا خیال تھا اِسی لئے اس نے کپڑے اتارنے شروع کر دیئے۔ یہ کام اس کے لئے کون سا نیا تھا۔ جب سے رخسانہ دنیا سے رخصت ہوئی تھی وہ سب ہی کام خود اپنے ہاتھوں سے کر رہا تھا۔ سوکھے کپڑے تار سے اتارنے کیا معنی رکھتے تھے۔ اسے تو اکثر کپڑے دھونے بھی پڑتے رہے ہیں۔ ہاں البتہ جنّتی رخسانہ کی زندگی میں کبھی اس نے کسی کام کو چھو کے نہ دیکھا تھا۔ اچانک کپڑے کھینچتے کھینچتے اس کے ہاتھ اپنی جگہ جم گئے۔ آج تک اس نے صرف پینٹ اور شرٹ ہی کو تار پہ لہراتے دیکھا تھا پہلی بار ایسا ہوا کہ مردانہ کپڑوں کے درمیان زنانہ خوشبو میں بسے کامنی کے کپڑے بھی سوکھ رہے تھے۔ وہ سونگھنا نہیں چاہتا تھا، ہاتھ بھی نہیں لگانا چاہتا تھا مگر...... امیر علی کا چہرہ سرخ ہو گیا۔ ماتھے

پر پسینے کے قطرے چمکنے لگے۔ لگا ہاتھ نے بے ساختہ ہی انگاروں کو چھولیا ہو۔ امیر علی نے محسوس کیا کپڑوں کی گٹھری بناتے وقت اس کے بازوؤں میں وہ طاقت نہیں رہی تھی جس کا اسے ہمیشہ گمان رہتا تھا۔

کامنی اس وقت روٹیاں سینک رہی تھی۔ چولہے کی گرمی اور آگ کی تپش نے اس کی جلد کے سارے دیئے روشن کرر کھے تھے۔ اس کی سیاہ کاجل سے بھری آنکھوں میں سرخ آگ کا عکس دھڑک رہا تھا۔ اچانک امیر علی کو کپڑوں کا گٹھر لاتا دیکھا تو گڑ بڑا گئی۔ توے پہ روٹی اتارے بغیر ہی لپکی۔ وہ جانتی تھی اس نے سوکھنے کو کون کون سے بچھوتار پہ ڈال رکھے تھے۔ تب ہی تو شرم سے اور بھی سرخ ہوگئی۔

''ہائے اللہ! ابو آپ نے کیوں اتارے کپڑے...... میں خود اتار لیتی فارغ ہو کے۔'' وہ نیچی نظر کیئے کیئے بولی۔

''میں بھی فارغ ہی تھا۔'' امیر علی نے نرمی سے انجان بن کے جواب دیا۔ کامنی نے شکر گزاری سے گٹھری اس کے ہاتھ سے لی اور ایک طرف رکھ کے دھیمے سے انداز میں بولی۔

''ابو آپ ہاتھ دھولیں۔ میں کھانا لگاتی ہوں۔''

''بچے کہاں ہیں؟'' امیر علی نے باورچی خانے کی ٹونٹی سے ہاتھ دھوتے دھوتے پوچھا۔

''فیضی اور ارسلان ہوم ورک کرر ہے ہیں اور 'یہ' کہہ رہے تھے ابھی بھوک نہیں۔''

''خیر تو ہے، بھوک کیوں نہیں؟'' امیر علی نے ہاتھ دھو کے ہوا میں ہاتھ جھٹک کے پانی کے چھینٹے اُڑاتے اُڑاتے پریشانی سے پوچھا۔ کامنی پھر شرما گئی اور جب وہ شرماتی امیر علی دل اچھل کے حلق میں آجاتا اور نظر جھک جاتی۔ خدا گواہ تھا امیر علی کے دل میں کامنی کو دیکھ کے کبھی برا خیال نہ آیا تھا مگر عورت کو اس نے قریب سے دیکھ رکھا تھا۔ وہ نسوانی اداؤں سے واقف تھا۔ بدن کے کیف سے واقف تھا۔ وہ جانتا تھا نئی بیاہتا کے شرمانے کے راز کیا ہیں۔ اس کی بوجھل پلکیں کیا چھپانا چاہتی ہیں اور بے وجہ مسکراتے ہونٹ کیا بتانا چاہتے ہیں۔

''دہی بھلے اور سموسے لے آئے تھے یہ۔ ہم سب نے مل کے ابھی کچھ دیر پہلے ہی کھائے ہیں۔''

امیر علی حیران رہ گیا۔ رضوان اور دہی بھلے، سموسے دو مختلف سی باتیں لگ رہی تھیں۔ کامنی امیر علی کی حیرت تک پہنچ گئی۔ کھانے کی ٹرے اس کے سامنے رکھتے رکھتے بولی۔

''میرا جی چاہ رہا تھا ابو۔ اس لئے لائے تھے۔'' مگر امیر علی اس کی سن کہاں رہا تھا۔ وہ تو جھکی ہوئی کامنی کی بھول بھلیوں میں گم تھا۔ شائد کامنی کو احساس ہوگیا۔ وہ دوپٹہ ٹھیک کرتی وہاں سے ہٹ گئی مگر منظر پھر بھی ٹھہر گیا۔

دن گزر رہے تھے۔ وہ دیکھ رہا تھا کامنی کی دونوں دیوروں سے محبت بھی گہری ہوتی جارہی تھی۔ رضوان کے دل پر تو وہ یوں قابض ہوئی جیسے کسی کنواری پہ آسیب۔ وہ جہاں جاتی رضوان کی نگاہیں اس کے

تعاقب میں رہتیں۔کامنی کو خوب اندازہ تھا اِسی لئے پلٹ پلٹ کے مسکراتی رہتی۔ بن بات کبھی آنکھوں سے تو کبھی ہونٹوں سے۔ دیکھا جائے تو اِس سے اچھی کیا بات ہوسکتی تھی کہ اس نے ساری ذمہ داریاں آہستہ آہستہ اپنے نازک کاندھوں پہ ڈال لی تھیں۔

وہ گرمیوں کے دن تھے اور حبس بھری راتیں اور اگر یہ دن گرمیوں کے نہ بھی ہوتے تب بھی امیر علی کے سب دن گرم اور تمام راتیں حبس زدہ ہو چکی تھیں۔ بات صرف اتنی تھی کہ وہ شریف انسان تھا۔ کچھ لوگ کہتے ہیں شریف وہ ہوتا ہے جسے موقع نہیں ملتا اور کچھ شریف ایسے بھی ہوتے ہیں جو میسر نہ آسکنے والی چیز کو مقدر کے سپرد کر دیتے ہیں۔ گویا جسے چھونا ممکن نہ لگے وہ ان کے حساب سے خدا ہی ہوتا ہے۔ امیر علی کی معاشرے میں بڑی عزت تھی۔ اس کی اولاد جیسے اپنے باپ کی شرافت کی قسمیں کھاتی تھی۔ جس طرح رضوان اس کے خاموش مشورے سے خوش تھا۔ سب مل کر اس سے اس کی طاقت چھین چکے تھے۔ دل کی ساری آرزوئیں اس کے لئے خدا بن چکی تھیں۔ حبس بھرے ماحول، سوچوں کی یلغار اور خود سے گھبرا کے امیر علی نے چھت پہ جائے پناہ ڈھونڈنی چاہی۔ اس کی عمر تو ایسی نہ تھی مگر اس کے تشخص نے اسے وقت سے پہلے بوڑھا اور کمزور کر دیا تھا۔ اب اس کے گھر میں بہو آ چکی تھی بہت جلد اسے دادا بھی بن جانا تھا۔ ایک ایک سیڑھی اس کے لئے بلند چوٹی کی چڑھائی جیسی مشکل ہو رہی تھی اور کیوں نہ ہوتی، اس کے اندر کا جوان امیر علی اپنی بیوی کے مرتے ہی خود کو ختم جو کر چکا تھا۔ رفتہ رفتہ اسے سمجھ آنے لگا تھا، ستی کی رسم ختم ہو جانے کے باوجود ابھی باقی ہے مرد اور عورت کی تشخیص کے بغیر۔ بس اب اس کو ادا کرنے کا طریقہ بدل گیا ہے۔

آخری سیڑھی پر پیر رکھتے ہوئے کامنی کی مدھر آواز نے اس کا راستہ روک لیا۔ اس نے سرگوشی میں کہا مگر سناٹے میں آواز کا سفر آسان ہو جاتا ہے۔ کامنی کی آواز بھی امیر علی تک با آسانی پہنچ گئی اس نے سنا وہ کہہ رہی تھی۔

''سنئے! کیا ہم ابو کی شادی نہیں کرا سکتے؟''

''کیا؟'' رضوان کو جیسے کرنٹ لگ گیا۔ آواز امیر علی کے کانوں سے ٹکرائی۔

''پاگل ہوگئی ہو کیا؟ ابو ہرگز نہیں مانیں گے۔''

''آپ کہہ کے تو دیکھیں...... مان جائیں گے۔'' اس نے اصرار کیا۔

''دیکھو! اگر انہوں نے شادی کرنی ہوتی تو تب ہی کہہ دیتے جب سب مجھے مجبور کر رہے تھے لیکن وہ اپنے بچوں پہ سوتیلی ماں لانا ہی نہیں چاہتے ویسے بھی میں ان کو اچھی طرح جانتا ہوں وہ امی کے علاوہ کسی عورت کو بیوی کا درجہ دے ہی نہیں سکتے۔''

''آپ سمجھتے کیوں نہیں؟'' وہ زچ ہو رہی تھی۔

''مرد کو ہمیشہ بیوی نہیں چاہئے ہوتی۔''

امیر علی کو یوں لگا جیسے کامنی نے اس کی چوری پکڑ لی ہو۔اسے کوئی نہیں دیکھ رہا تھا مگر اس کے اندر کا شریف آدمی پسینے پسینے ہو گیا۔ پھر چارپائی چر چرائی ۔یقیناً رضوان نے کروٹ لے کر اپنا رخ کامنی کی طرف کیا ہوگا۔امیر علی نے قدم پچھلی سیڑھی پہ دھرا۔سرگوشی اُبھری۔

''کتنا بور کرتی ہو تم...... دیکھو، کتنی ٹھنڈی میٹھی رات ہے۔شکر ہے چاند بھی نہیں چمک رہا، تاریکی ہی تاریکی ہے۔اِس پر تم ابو کی وکیل بنی بیٹھی ہو!''

''کیونکہ مجھ سے ان کی تنہائی دیکھی نہیں جاتی......وہ اتنے اکیلے اور......!'' کامنی بات کرتے کرتے خاموش ہوگئی۔شائد رضوان نے اس کے نرم ہونٹوں پہ انگلی رکھ دی ہوگی یا پھر......سوچ کے ہی امیر علی کے کان سلگ اٹھے دل کی دھڑکن بہت تیز ہوگئی۔

''یہ ہمارے پیار کا وقت ہے۔اِس میں، میں کسی کا ذکر برداشت نہیں کرسکتا، ابو کا بھی نہیں۔''

امیر علی کے جسم میں لرزہ سا آ گیا۔

''آہستہ بولیں رضوان! اگر ابو اوپر آ گئے......اور انہوں نے سن لیا تو......؟''

''کل سے ان کے کمرے میں تالا لگا کے آیا کروں گا میں، تاکہ تمھارا یہ دھڑکا بھی ختم ہو جائے کہ وہ اوپر آسکتے ہیں۔''

امیر علی کا ہاتھ بے ساختہ سینے پہ پڑا۔ درد کی شدید لہر اس کے سینے سے نکلی اور پورے جسم میں پھیل گئی۔اس کا پیر لڑکھڑایا اور وہ گرتا چلا گیا۔

ہوش آیا تو سب اس پہ جھکے ہوئے تھے۔کامنی بہت پریشان تھی۔امیر علی کی نظر چاروں طرف گھومی۔ وہ سمجھ گیا کہ وہ ہسپتال میں ہے۔کامنی کا چہرہ آنسوؤں سے تر تھا۔امیر علی کو ہوش میں آتا دیکھا تو بے تابی سے اس پہ جھکی۔

''ہائے اللہ ابو آپ ٹھیک ہیں ناں؟'' وہ رودی۔

''شکر ہے آپ کو ہوش آ گیا۔اگر آپ کو کچھ ہو جاتا تو ہائے اللہ!'' اس نے دونوں ہاتھوں سے اپنے گال پیٹے۔

''ڈاکٹر کہہ رہا تھا آپ کا جلدی ہوش میں آنا بہت ضروری ہے ۔ چوٹوں کی تو خیر ہے ٹھیک ہو جائیں گی، مگر......'' امیر علی نے کامنی کی بات سے توجہ ہٹانی چاہی۔ایک لمحے میں اسے سب کچھ یاد آ گیا۔محض اپنی توجہ بانٹنے کے لئے اس نے اپنے جسم کو حرکت دی۔اس نے محسوس کیا کہ اس کا پورا جسم درد سے چور چور پھوڑا

بنا ہوا ہے۔اس نے اپنا بایاں ہاتھ اٹھانا چاہا مگر کامنی نے جلدی سے امیر علی کے ہاتھ پہ ہاتھ رکھ دیا۔

''نہیں ابو ہاتھ نہ ہلایئے گا، کہنی کا جوڑ ہل گیا ہے۔ بہت گہری چوٹ لگی ہے۔ ڈاکٹر کہہ رہا تھا احتیاط بہت ضروری ہے۔اگر احتیاط نہیں کی تو کہنی کا جوڑ ٹھیک نہیں ہوگا...... کیوں رضوان؟''

جانے رضوان نے کیا جواب دیا۔امیر علی نے آنکھیں بند کر لیں۔ یہ تو وہ جان گیا تھا کہنی کی چوٹ بہت ظالم ہوتی ہے۔اچانک لگے تو لگتا ہے جیسے جان ہی نکل گئی ہو مگر سنبھالا مل جاتا ہے لیکن نہیں، سنبھالا اتنا آسان کہاں تھا۔اس نے سنا کامنی نے بھرپور معصومیت سے نمک پاشی کی۔

''رضوان! اگر ابو کی چوٹ ٹھیک نہ ہوئی تو ان کی زندگی ان پر کتنی بوجھ بن جائے گی؟''

امیر علی کی آنکھوں میں اپاہجی کا ممکنہ دکھ آنسو بن کے چمکنے لگا۔اس نے جسم کو ڈھیلا چھوڑ دیا...... جیسے جو ہونا ہے ہو جائے کیوں کہ کہنی کی چوٹ روگ تو بن سکتی ہے جا نہیں سکتی۔

◀◀ ● ▶▶

• وحید احمد قمر

ممتا

وہ کسی قسم کے شور کی آواز ہی تھی جس سے سعدیہ کی آنکھ کھل گئی، کمرے میں اندھیرا تھا۔اس نے ہاتھ بڑھا کر میز پر پڑا لیمپ آن کیا اور ساتھ پڑی گھڑی میں وقت دیکھا۔ چار بج رہے تھے۔ وہ یوں اچانک آنکھ کھل جانے پر حیران تھی کیونکہ کافی گہری نیند سوتی تھی۔ عام طور پر رات کی سوئی صبح سے پہلے نہ اُٹھتی تھی۔ ''شاید کسی ڈراؤنے خواب نے اٹھا دیا ہے۔'' اس نے سوچا، کچھ دیر خالی الذہنی کی کیفیت میں بیٹھی رہی پھر دوبارہ سونے کا ارادہ کرتے ہوئے روشنی بجھانے کے لئے ہاتھ بڑھایا ہی تھا کہ فائر کی تیز آواز نے رات کے سکون کو تہ و بالا کر دیا۔ وہ خوفزدہ ہو کر اُٹھ بیٹھی۔ آواز کافی قریب سے آئی تھی، شاید قریبی سڑک سے۔ چند منٹ کے وقفے سے دوسرا فائر ہوا، پھر تیسرا، چوتھا...... اور یہ سلسلہ چل نکلا۔ باقاعدہ فائرنگ ہونے لگی۔ یوں لگتا تھا جیسے دو متحارب گروہ آپس میں الجھ پڑے ہوں۔ سعدیہ سہم کر دیوار سے جا لگی۔ وہ بہت ڈر گئی تھی۔ اس نے کل شام کو ہی ٹی وی کی خبروں میں سنا تھا کہ چند خطرناک دہشت گرد حوالات سے فرار ہو گئے ہیں۔ پولیس نے شہر سے باہر جانے والے راستوں کی کڑی نگرانی شروع کر دی ہے اور سرگرمی سے ان مجرموں کو تلاش کر رہی ہے۔عوام سے اپیل کی گئی تھی کہ وہ گھروں کے دروازے، کھڑکیاں اچھی طرح بند کر لیں اور کسی قسم کی غیر معمولی صورتحال پیش آنے پر پولیس کو فون کریں۔ سعدیہ نے خبریں سنتے ہی کھڑکیاں اور دروازے اچھی طرح بند کر لئے تھے اور رات سونے سے پہلے ایک دفعہ پھر انہیں اچھی طرح چیک کیا تھا۔ اس وقت اس نے تصور بھی نہ کیا تھا کہ دہشت گرد اس طرف آ نکلیں گے کیونکہ سعدیہ کا گھر کافی گنجان آباد علاقے میں تھا۔ اور اس کے خیال میں مجرم فرار کے لئے عموماً ویران راستوں کو ترجیح دیا کرتے ہیں مگر فائرنگ کی آوازیں اس کے اس خیال کی نفی کر رہی تھیں۔ وہ کافی دیر تک ڈری سہمی بیٹھی رہی۔ فائرنگ کی شدت میں اب کمی آ گئی تھی۔ وقفے وقفے سے ایک آدھ فائر کی آواز سنائی دیتی اور پھر سناٹا چھا جاتا۔ ان وقفوں کے دوران دوڑتے قدموں کی آوازیں اور کئی قسم کا ملا جلا شور بھی سنائی دیتا رہا۔ پھر آہستہ آہستہ خاموشی چھا گئی۔ سعدیہ کافی دیر تک انتظار کرتی رہی کہ شاید پھر کوئی فائر ہو مگر ماحول پر اک پر ہول سا سناٹا چھا گیا۔ اس طرح سکوت ہو گیا تھا جیسے کچھ ہوا ہی نہ ہو۔

وہ کچھ دیر مزید خالی الذہنی کی کیفیت میں بیٹھی رہی۔ پھر اٹھ کر کچن کی طرف چل دی۔ پیاس سے اس کا گلا خشک ہو رہا تھا جبکہ دل زور زور سے دھڑک رہا تھا۔ اس نے فریج سے پانی کی بوتل نکالی اور ایک ہی سانس میں نصف بوتل خالی کر دی۔ کچھ اوسان بحال ہوئے تو قریبی کرسی پر بیٹھ گئی اور چھوٹے چھوٹے گھونٹ لینے لگی۔ پانی پینے کے بعد واش بیسن کے قریب آئی اور چہرے پر پانی کے چھینٹے مارنے لگی۔ منہ دھونے کے بعد کچھ اوسان بحال ہوئے تھے۔ اس نے دونوں ہاتھوں سے چہرے پر بکھرے بالوں کو سمیٹا اور ہیئر کلپ سے باندھنے لگی۔ ایسا کرتے وقت اچانک اس کی نگاہ کھڑکی کی طرف اٹھ گئی۔ ایک سایہ سا کھڑکی کے آگے سے گزر گیا تھا۔ وہ ایک دم ساکت ہوگئی۔ اسی وقت کچن کی بیرونی دیوار کی طرف کھٹکا سا سنائی دیا۔ اس نے کچن کے بیرونی دروازے کے ہینڈل کو گھومتے دیکھا۔ مگر چونکہ دروازہ اندر سے بند تھا اس لئے باہر سے کھولا نہ جا سکتا تھا۔ تو گویا بالکونی میں کوئی موجود تھا۔ اس کا دل دھک دھک کرنے لگا۔ چند لمحوں کے بعد سیاہ ہیولا پھر کھڑکی میں نظر آیا۔ وہ شاید اب کھڑکی پر زور آزمائی کرنا چاہتا تھا مگر غنیمت یہ تھی کہ کھڑکی میں لوہے کی مضبوط گرل کے علاوہ ایسا موٹا شیشہ لگا ہوا تھا جس کے آر پار نہ دیکھا جا سکتا تھا۔ مگر یہ بات ہی کافی دہشت زدہ کر دینے والی تھی کہ بالکونی میں کوئی موجود تھا جو گھر کے اندر گھس آنا چاہتا تھا جبکہ ذرا ہی دیر پہلے باہر سے ہولناک قسم کی فائرنگ کی آوازیں بھی آتی رہی تھیں۔ سعدیہ کا دل بیٹھا جا رہا تھا۔ اگر وہ شخص کسی طرح اندر آنے میں کامیاب ہو گیا تو...... اس سے آگے وہ سوچنا نہیں چاہتی تھی۔ اس نے دوپٹے سے چہرے پر آئے پسینے کو پونچھا اور تیزی سے اندرونی کمرے کی طرف بڑھی۔ تاکہ فون پر پولیس کو اطلاع دے سکے۔ ابھی وہ راہداری میں ہی تھی کہ اسے کچن کا بیرونی دروازہ دھڑ دھڑائے جانے کی آواز آئی۔ آوازیں کافی اونچی اور مسلسل تھیں یوں لگتا تھا جیسے کوئی دروازے کو باہر سے کھولنے کے لئے زور آزمائی کر رہا ہو۔ وہ واپس کچن میں پلٹ آئی۔ دروازے پر باہر سے ضربیں لگائی جا رہی تھیں۔ سعدیہ نے یہ سمجھنے میں دیر نہ لگائی کہ ضربیں اگر اسی شدت سے جاری رہیں تو دروازہ کسی بھی وقت ٹوٹ سکتا ہے۔ کچن کی طرف والی بالکونی بالکل ویران رہتی تھی۔ یہ عمارت کا پچھواڑا تھا۔ یوں بھی کچھ دیر پہلے ہوئی فائرنگ کی وجہ سے سب لوگ اپنے اپنے گھروں میں دبک کر بیٹھ گئے تھے۔ اگر کوئی یہ آوازیں سنتا بھی تو شاید ہی ان کی طرف توجہ دیتا اور مدد کے لئے آتا۔ اس لئے اپنی حفاظت کے لیئے جو کرنا تھا سعدیہ کو خود ہی کرنا تھا۔ اس نے جلدی جلدی کھانے کی میز گھسیٹی اور کسی نہ کسی طرح دروازے کے آگے سرکا لائی۔ میز کو دروازے کے آگے رکھنے کے بعد وہ برتنوں کی الماری کی طرف بڑھی۔ الماری کے نیچے پہیئے لگے ہوئے تھے۔ اس لئے سعدیہ آسانی سے اسے بیرونی دروازے کے سامنے ٹکی میز کے آگے اس طرح لے آئی کہ اب اگر دروازہ ٹوٹ بھی جاتا تو میز اور الماری کے دباؤ کی وجہ سے اندر کو نہیں کھل سکتا تھا۔ مزید احتیاط کے طور پر اس نے ایک چھوٹی میز الماری اور اندرونی دیوار کے درمیان پھنسا دی۔ اب گویا اپنی

دانست میں اس نے اندر آنے والے کی راہ میں مضبوط رکاوٹیں قائم کر دی تھیں۔ دوسری طرف دروازے پر پڑنے والی ٹھوکروں اور ضربوں کی شدت میں اضافہ ہو گیا تھا۔ ایسا لگتا تھا کہ کچھ ہی دیر میں دروازہ ٹوٹ جائے گا۔ اور یہی ہوا۔ چند لمحوں بعد دروازہ اُکھڑ گیا تھا۔ سعدیہ گھبرا اُٹھی اور تیزی سے اندرونی راہداری کی طرف بھاگی اور کچن کے اندرونی دروازے کو بند کر کے چٹخنی چڑھا دی۔ اسی وقت کچن سے کچھ گرنے کی آواز آئی، ساتھ ہی برتنوں کے ٹوٹنے اور بکھرنے کا شور بھی، گویا برتنوں کی الماری اپنی جگہ پر قائم نہ رہ سکی تھی۔ سعدیہ دروازے کے ساتھ لگی گہری گہری سانسیں لے رہی تھی۔ اس کا سارا جسم پسینے میں شرابور تھا۔ پھر اس دروازے کا ہینڈل گھومتا محسوس ہوا جس کے ساتھ وہ لگی کھڑی تھی۔ خوف کی ایک لہر اس کے پورے جسم میں سرایت کر گئی۔ اس کی سمجھ میں نہ آ رہا تھا کہ اب کیا کرے۔ لاشعوری طور پر وہ اس انتظار میں تھی کہ شاید اس دروازے پر بھی ضربیں پڑنی شروع ہوں مگر جب کچھ دیر گزر گئی اور کوئی آواز سنائی نہ دی تو اسے تعجب ہوا مگر اگلے ہی لمحے یہ تعجب دہشت میں بدل گیا۔ شاید وہ شخص سٹور کی طرف بڑھ گیا ہو۔ اگر ایسا ہوا ہے تو راہداری تک پہنچنا اس کے لئے بالکل آسان ہو جائے گا۔ سعدیہ کا دل بیٹھ گیا۔ اس نے سہمے ہوئے انداز میں راہداری کے اس سرے کی طرف دیکھا جہاں سٹور تھا اور پھر اس کی اوپر کی سانس اوپر اور نیچے کی نیچے رہ گئی۔

وہ راہداری میں قدم رکھ رہا تھا...... سرتا پا سیاہ لباس میں ملبوس۔ اس کے دائیں ہاتھ میں پستول دبا ہوا تھا۔ وہ نپے تلے انداز میں قدم بڑھاتا سعدیہ کی طرف بڑھنے لگا۔ جبکہ سعدیہ دیوار سے لگی اندرونی کمرے کی طرف کھسکنے لگی۔ اس کے سارے جسم پر کپکپی طاری تھی۔ بال ایک دفعہ پھر کھل کر چہرے پر بکھر گئے تھے جبکہ سینہ لوہار کی دھونکنی کی طرح چل رہا تھا۔ جونہی وہ اندرونی کمرے کے دروازے پر پہنچی سیاہ پوش کی گرجدار آواز گونجی۔

''ٹھہرو!''

سعدیہ اپنی جگہ پر ساکت ہو گئی۔ وہ ذرا ہی دیر میں سعدیہ کے سر پر آ پہنچا۔ اس کے پستول کا رخ سعدیہ کے سینے کی طرف تھا۔ سعدیہ کا دل اچھل کر حلق میں آ گیا۔

''شاید تم گھر میں اکیلی ہو۔''

اس بار سیاہ پوش کا لہجہ نسبتاً دھیما تھا۔ سعدیہ کا سر اثبات میں ہل گیا۔ پھر اچانک کسی خیال کے آتے ہی نفی میں سر ہلاتے ہوئے پھنسی پھنسی آواز میں بولی۔

'' اوپر میرے بچے سو رہے ہیں۔ شور کی اواز سن کر شاید وہ جاگ اُٹھے ہوں۔ مجھے اوپر اپنے بچوں کے پاس جانے دو۔ وہ ڈر رہے ہونگے۔'' سعدیہ کے لہجے میں دنیا جہاں کا درد سمٹ آیا۔

'' نہیں!'' سیاہ پوش نے پستول کو جنبش دے کر کہا۔

''تم کہیں نہیں جاؤ گی، اگر بچے اٹھے ہوتے تو ان میں سے کوئی نیچے ضرور آتا۔ وہ اتنے چھوٹے بھی نہ ہونگے کہ سیڑھیوں سے نیچے نہ اتر سکیں، کیوں؟''

''ہاں!'' سعدیہ کا سر اثبات میں ہل گیا۔ یوں بھی میرے بچے کافی گہری نیند سوتے ہیں۔''

'' تمہارا خاوند کہاں ہے؟''

''رات کی ڈیوٹی پر......وہ ڈاکٹر ہیں۔''

سیاہ پوش کی آنکھوں میں چمک سی لہرائی۔

'' پھر تو گھر میں فرسٹ ایڈ کا سامان بھی ہوگا۔''

''ہاں ہے......گھر میں ضروری استعمال کی تمام دوائیں ہر وقت موجود رہتی ہیں۔''

''چلو، فرسٹ ایڈ بکس لے کر آؤ۔ فائرنگ کے تبادلے کے دوران ایک گولی میری ٹانگ کو چھوکر گزر گئی ہے۔ معمولی زخم ہے مگر خون تھم نہیں رہا۔''

سعدیہ نے بے اختیار اس کی ٹانگوں کی طرف دیکھا۔ دائیں ٹانگ پر گھٹنے سے ذرا نیچے خون رس رہا تھا۔ سعدیہ کمرے میں داخل ہوئی اور الماری کی طرف بڑھی۔ سیاہ پوش اس کے پیچھے پیچھے کمرے میں چلا آیا تھا۔ سعدیہ نے الماری کا پٹ کھولنے کے لئے ہاتھ بڑھایا ہی تھا کہ سیاہ پوش بولا۔

''ذرا ٹھہرو!''

سعدیہ کا اُٹھا ہوا ہاتھ رک گیا۔ لیکن اس نے پلٹ کر نہ دیکھا تھا۔

''کیا فرسٹ ایڈ بکس الماری میں ہے؟'' سیاہ پوش اس کے برابر پہنچتا ہوا بولا۔ سعدیہ نے اثبات میں سر ہلایا۔

''تم ٹھہرو، میں الماری سے بکس نکالتا ہوں۔''

سعدیہ ایک طویل سانس لے کر رہ گئی۔ سیاہ پوش نے ایک جھٹکے سے الماری کھول دی۔

سامنے الماری کے اوپری خانے میں ایک ننھا سا پستول چمک رہا تھا۔

سیاہ پوش نے معنی خیز نظروں سے سعدیہ کی طرف دیکھا اس کی سرخ آنکھوں میں سختی آ گئی تھی۔ سعدیہ نظریں چرا کر دوسری سمت دیکھنے لگی۔

''تم بہت خطرناک لڑکی ہو، اور دلیر بھی۔ مگر میرے ساتھ کسی قسم کی چالاکی تمہارے لئے سخت نقصان دہ ثابت ہوگی۔''

سعدیہ خاموشی سے ہونٹ کاٹتی رہی۔

''دیکھو لڑکی، تمھیں میرے ساتھ تعاون کرنا چاہیے، اسی میں تمہاری بھلائی ہے۔''

سعدیہ نے اسکی طرف دیکھا۔ وہ کہتا رہا۔ اگر تم تعاون کرنے پر آمادہ نہیں ہو تو تمھاری موت پر مجھے ذرا بھی افسوس نہ ہوگا۔'' اس کے لہجے میں سفا کی در آئی۔

'' تم کیا چاہتے ہو؟'' سعدیہ نے تھکے تھکے لہجے میں کہا۔

''سب سے پہلے اپنے زخم کی ڈریسنگ، اور اس وقت تک تمھارے گھر میں قیام جب تک پولیس اس علاقے سے چلی نہیں جاتی۔''

'' تمھارے زخم کی ڈریسنگ تو میں کر دونگی۔ مگر زیادہ یہاں ٹھہرنا خود تمھارے لئے نقصان دہ ثابت ہوسکتا ہے۔ میرے شوہر علی الصبح ڈیوٹی سے واپس آ جاتے ہیں۔''

''فی الحال میرے زخم کی ڈریسنگ ہونی چاہئے، بعد کا بعد میں دیکھا جائیگا۔''

''اچھا...... الماری کے نچلے خانے میں فرسٹ ایڈ بکس پڑا ہے، وہ نکالو۔'' سیاہ پوش نے بکس نکالا اور الماری میں پڑے پستول کو بھی اٹھا کر اپنی جیب میں ڈال لیا۔ جبکہ اپنے پستول کا رخ سعدیہ کی طرف کرتے ہوئے قریبی کرسی پر بیٹھ گیا۔

''تم پستول جیب میں رکھ لو۔ مجھے اس سے خوف محسوس ہوتا ہے۔ اس کی موجودگی میں اچھی طرح زخم کی دیکھ بھال نہ کر سکونگی۔''

''تم پر اعتبار نہیں کر سکتا۔''

''دیکھو! میں ایک نرس رہ چکی ہوں اور یہ بات میری تربیت میں شامل ہے کہ مریض کا علاج پوری دیانتداری سے کرنا ہے۔''

سیاہ پوش چند لمحے خاموشی سے سعدیہ کی طرف دیکھتا رہا جیسے اس کے لہجے کی صداقت کو پرکھنے کی کوشش کر رہا ہو۔ پھر اس نے پستول جیب میں رکھتے ہوئے کہا۔

''تم یہ نہ سمجھنا کہ پستول جیب میں رکھنے کے بعد تم کسی قسم کی کوئی حرکت کر سکوگی۔ میں خالی ہاتھ سے بھی پلک جھپکنے میں تمہیں دبوچ سکتا ہوں۔''

سعدیہ خاموش رہی۔ اس نے فرسٹ ایڈ بکس کھولا اور سیاہ پوش کا زخم دیکھنے لگی۔

کچھ وقت زخم صاف کرنے اور مرہم پٹی میں گزر گیا۔ جب سعدیہ اس کام سے فارغ ہوئی تو سیاہ پوش کے منہ سے بے اختیار نکلا۔

''تم نے تو انتہائی ماہرانہ انداز میں ڈریسنگ کی ہے۔''

''میں نے کہا نا کہ میں ایک نرس ہوں۔ وہ تو بچوں کی پیدائش کے بعد جاب چھوڑ دی کہ بچوں کی

دیکھ بھال ہی ایک کل وقتی جاب ہے۔"

"تمہارے کتنے بچے ہیں؟"

دو، چار سالہ جویریہ اور چھ سالہ احمد۔ جسے میں پیار سے ساشا کہتی ہوں۔"

"ساشا، یہ تو رشین لفظ ہے شاید؟" سیاہ پوش بولا۔

"میں تھوڑی بہت رشین جانتا ہوں۔"

"ہاں، ان دنوں میں ایک رشین سٹیٹ میں جاب کرتی تھی جب احمد پیدا ہوا تھا۔ وہاں بعض مائیں اپنے چھوٹے بچوں کو اسی طرح کے ناموں سے پکارتی ہیں۔" سعدیہ کے لہجے میں پیار سمٹ آیا۔

"تم اپنے بچوں سے بہت پیار کرتی ہو؟"

"بہت زیادہ۔ ہر عورت کی طرح میرا خاوند اور بچے ہی میری کل زندگی کا سرمایہ ہیں۔ مگر ہر عورت کی طرح نہیں کہنا چاہیے میں نے کچھ عورتوں کو اپنے خاوند سے بے وفائی کرتے اور بچے چھوڑ کر کیریئر کے پیچھے بھاگتے دیکھا ہے۔"

"مگر تم ان عورتوں میں سے نہیں ہو۔ اپنے گھر کی حفاظت اور بچوں سے محبت کے اس جذبے سے میں بہت متاثر ہوا ہوں۔" سیاہ پوش کا لہجہ بے حد نرم تھا۔

اسی وقت اطلاعی گھنٹی کی آواز سنائی دی۔ سیاہ پوش اچھل کر کھڑا ہو گیا۔ اس نے دونوں پستول نکال کر ہاتھوں میں لے لئے تھے۔

"کون ہو سکتا ہے، تمھارا خاوند؟" اس کی آواز میں غراہٹ تھی۔ ذرا دیر پہلے والی نرمی کا لہجے میں شائبہ تک نہ تھا۔ سعدیہ نے نفی میں سر ہلایا۔

" صہیب عموماً ساڑھے چھ سے پہلے نہیں آتے، ابھی تو شاید پانچ بجے ہونگے۔"

" پھر یہ کون آ گیا...... پولیس؟" سیاہ پوش کے لہجے میں گھبراہٹ تھی۔ اطلاعی گھنٹی پھر بجی۔

سعدیہ بولی۔

"دیکھو! تم جس طرف سے آئے ہو اسی طرف سے نکل جاؤ۔ اگر یہاں رہے تو کسی چوہے کی طرح پکڑے جاؤ گے۔"

"تم ٹھیک کہتی ہو۔" سیاہ پوش نے کہا اور کچن کی طرف بڑھ گیا جبکہ سعدیہ تیزی سے بیرونی دروازے کی طرف بڑھی، گھنٹی اب مسلسل بج رہی تھی۔

"اے! تم کہاں چلیں۔" سیاہ پوش کی درشت آواز نے اس کے قدم روک لئے۔

''جلدی سے مرے آگے کچن کی طرف چلو۔''اس نے دائیں ہاتھ میں دبے پستول سے اشارہ کیا۔سعدیہ خاموش کھڑی رہی۔

''چلو!'' وہ غرایااور وہ کچن کی طرف چل دی۔سیاہ پوش اس کے پیچھے پیچھے آیا تھا۔اطلاعی گھنٹی کی آواز اب نہیں آرہی تھی۔کچن کے فرش پر برتنوں کی الماری گری پڑی تھی اور برتن فرش پر بکھرے ہوئے تھے۔سعدیہ نے رک کر سیاہ پوش کو دیکھا۔وہ اسے پستول سے کور کرتا ہوا اُکھڑے ہوئے دروازے کی جانب بڑھااور سر نکال کر باہر جھانکا۔پھر سعدیہ کی طرف دیکھ کر پر تشویش لہجے میں بولا۔

'' پچھلی گلی میں بھی پولیس موجود ہے۔چلو، واپس کمرے میں۔'' اس باراس نے سختی سے سعدیہ کا بازو پکڑااور اندر کمرے میں دھکیل لایا۔پستول کی نالی اس نے سعدیہ کی کنپٹی سے لگادی تھی۔سعدیہ تھرتھر کانپنے لگی۔

'' تم کیا کرنے جارہے ہو؟'' اس نے لرزتی ہوئی آواز میں کہا۔

اب بیرونی دروازے کو کئی ہاتھوں سے پیٹا جارہا تھا۔

''یقیناً باہر پولیس ہے۔وہ شاید کچن کا اُکھڑا ہوا دروازہ دیکھ کر اس طرف آئے ہیں۔اب میرے بچاؤ کی صرف ایک ہی صورت ہے کہ تمہیں یرغمال بنالوں۔'' سیاہ پوش سفاک لہجے میں بولا۔

سعدیہ کے بازو پر اسکی گرفت مزید سخت ہوگئی تھی۔وہ خوفزدہ سی اسے دیکھتی رہ گئی۔اُس کے چہرے پر انتہائی کرختگی اور آنکھوں میں وحشت تھی۔سعدیہ نے ایک جھرجھری لی۔اس کا سارا جسم کانپ رہاتھا۔دوسری طرف دروازہ مسلسل دھڑ دھڑایا جارہاتھا۔بلکہ اب دروازے پر ضربیں بھی لگنی شروع ہوگئی تھیں۔سیاہ پوش کہہ رہاتھا۔

''دروازہ ٹوٹنے کی صورت میں پولیس سیدھی یہیں آئے گی۔شاید وہ لوگ کچن کی بالکونی سے بھی اوپر چڑھنے کی کوشش کررہے ہونگے۔میں دونوں طرف سے گھر کر نہ رہ جاؤں۔چلواوپر۔'' اس نے سعدیہ کو سیڑھیوں کی طرف دھکیلا۔

''نہیں ، اوپر میرے بچے ہیں۔وہ تمہیں دیکھ کر ڈر جائیں گے۔میں تمھیں اوپر نہیں جانے دونگی۔'' سعدیہ نے سخت لہجے میں کہا۔نہ جانے اس میں اتنی جراءت کہاں سے آگئی تھی۔بیرونی دروازے پر پڑنے والی ضربیں شدید ہوگئی تھیں۔

'' تم بہت ضدی ہواور کسی بھی وقت میرے لئے خطرناک ثابت ہوسکتی ہو۔لہذا اب میں تمھیں چھوڑ کر تمھارے بچوں کو ہی یرغمال بناؤنگا۔''

سیاہ پوش نے یہ کہہ کر سعدیہ کو صوفے پر دھکیلا اور تیزی سے سیڑھیوں کی طرف بڑھا۔

سعدیہ صوفے پر گرتے ہی اُٹھ کھڑی ہوئی اور دھاڑتی ہوئی بولی۔

''رُک جاو، ورنہ میں تمھیں جان سے ماردونگی۔'' سعدیہ نے چیختی ہوئی آواز میں کہا۔ پھر جیسے اس کے جسم میں بجلی بھرگئی۔ اس نے چھوٹی میز پر پڑی پھل کاٹنے والی چھری اُٹھائی اور بے تحاشا سیاہ پوش کی طرف لپکتے ہوئے اس کے سر پر جا پہنچی۔ سیاہ پوش اسکی موجودگی محسوس کر کے پلٹا۔ عین اسی وقت سعدیہ نے ہاتھ میں پکڑی چھری پوری قوت سے سیاہ پوش کے ٹھیک دل کے مقام میں پیوست کردی اور پے در پے وار کرتی چلی گئی۔ سیاہ پوش لڑکھڑایا اور تیورا کر گرا۔ پھر سیڑھیوں پر نیچے کی طرف لڑھکتا چلا گیا۔ عین اسی وقت کمرے میں پولیس گھس آئی۔ سعدیہ نے دیکھا ساتھ اس کا شوہر بھی تھا۔ وہ بھاگتا ہوا سیڑھیاں چڑھتا سعدیہ کے پاس پہنچا اور اسے سہارا دے کر نیچے اُتار لایا۔ سعدیہ نے کپکپاتی ہوئی آواز میں کہا۔

''یہ شخص میرے بچوں کو نقصان پہنچانا چاہتا تھا صہیب۔ پولیس کو بتاؤ میں قاتلہ نہیں ہوں۔ میں نے اپنے بچوں کی جان بچانے کے لئے اسے مارا ہے۔'' پھر وہ انسپکٹر کی طرف دیکھ کر بولی۔

'' اوپر میرے بچے سو رہے ہیں، میری جویریہ اور ساشا۔'' اس کے حواس جواب دے رہے تھے۔ اگلے ہی لمحے وہ اپنے خاوند کے بازوؤں میں جھول گئی۔ صہیب نے آہستگی سے اسے صوفے پر لٹا دیا۔

پولیس انسپکٹر سیاہ پوش کے قریب بیٹھ کر اسکی نبض دیکھ رہا تھا۔

''یہ مر چکا ہے۔'' انسپکٹر نے کہا اور اٹھ کر صہیب کے قریب آیا۔ یہ بہت خطرناک دہشت گرد تھا اور اسکی گرفتاری پر انعام بھی مقرر تھا۔ آپ کی بیوی نے ایک بڑا کارنامہ سرانجام دیا ہے۔'' وہ کچھ دیر رکا، ایک نظر دہشت گرد کی لاش پر ڈالی اور پھر بولا۔

''ایک بات سمجھ میں نہیں آئی۔ بقول آپ کی بیوی کے اوپر آپ کے بچے سو رہے ہیں جن کو بچانے کے لئے انہوں نے مجرم پر وار کیا مگر حیرت کی بات ہے کہ اس شور شرابے اور ہنگامے نے بھی بچوں کی نیند میں خلل نہیں ڈالا۔''

صہیب نے آہ بھر کر کہا۔

''انسپکٹر، کچھ عرصہ قبل میرے دونوں بچے سکول سے واپس آتے ہوئے بم دھماکے میں جاں بحق ہو گئے تھے۔''

◄◄ ● ►►

● شاہین کاظمی

نرتکی

مدھو نے گہری سانس لے کے بدن ڈھیلا چھوڑ دیا۔اس کے چہرے پر تھکن تھی، پیشانی پر آئے پسینے کے قطرے پونچھتے ہوئے وہ گرنے کے سے انداز میں بیٹھ گئی۔

''کیا ہوا آج اتنی جلدی تھک گئیں؟'' سنگتراش کا دھیان ٹوٹا تو وہ اپنی ناگواری نہ چھپا سکا۔

''جلدی؟ مہاراج !دن کا تیسرا پہر ڈھلنے کو ہے اور آپ کو اب بھی جلدی لگتی ہے۔'' اس کے بدن میں بلا کی اینٹھن تھی۔صبح سے ایک ہی زاویئے پر کھڑے انگ انگ میں تھکن اُتر آئی تھی۔

''تم جانتی ہو نا یہ مورتی میرے لئے کتنی ضروری ہے۔میں اسے وقت پر ختم کرنا چاہتا ہوں اور تم ہو کہ......'' سنگتراش کے لہجے میں ترشی تھی۔

''دیکھو راجہ، مدھو کو کسی کا حکم ماننا پسند نہیں ہے، تمھیں اپنی مورتی سے پیار ہے اور مجھے اپنے آپ سے۔'' اس نے پاس پڑی ہوئی چادر اٹھا کر لپیٹ لی۔اس کے گال دہک رہے تھے، اور بدن میں ہلکی ہلکی کپکپاہٹ تھی۔

پچھلے کئی دنوں سے اس کی طبیعت بوجھل تھی۔سورج ڈھلتے ہی بدن پھنکنے لگتا۔ریشہ ریشہ الگ ہوتا ہوا محسوس ہوتا، لیکن پیٹ کی آگ بدن کی آگ سے کہیں زیادہ تیز ہوتی ہے۔سو وہ بھی سب بھلا کر گھنٹوں رقص کا ایک ہی زاویہ بنائے ساکت کھڑی رہتی۔پاؤں شل ہو جاتے۔آنکھوں کے آگے ناچتے سیاہ دائرے پھیل کر سارے رنگ نگل لیتے۔اسے لگتا جیسے وہ کسی جادوئی اثر میں ہو۔سنگتراش کا تیشہ پتھر پر نہیں اسے اپنے آپ پر چلتا محسوس ہوتا۔لیکن بھوک ناگ کو کون قابو کر سکا ہے۔پھنکارتا ہے تو بڑے بڑے ڈھے جاتے ہیں اور وہ تو پھر ایک کمزور عورت تھی۔اس پر بوڑھے باپ اور بہن کا بوجھ، اس کے پاؤں کو متحرک رکھنے کو کافی تھا۔

اس چھوٹے سے گاؤں میں مدھو کا خاندان پشتوں سے آباد تھا۔سبھی چھوٹے موٹے کام کر کے جیون کی گاڑی کو دھکا لگائے ہوئے تھے۔مدھو اس خاندان میں کیا آئی خاندان کے نصیب کی ٹمٹماتی لو بھی بھڑک کر بجھ گئی۔ماں اس کی پیدائش پر چل بسی اور جاتے جاتے عمر بھر کی نحوست مدھو کے حصے میں لکھ گئی۔بابا

کچھ دنوں تک تو سوگ میں رہا، پھر ایک دن گھر سے غائب ہو گیا۔ واپسی پر سرخ جوڑے میں لپٹی سلونی شاماں اس کے ساتھ تھی۔ وہ تن من دونوں سے کالی تھی۔ ذرا ذرا سی غلطی پر ایسی چار چوٹ کی مار دیتی کہ مدھو دنوں آنسو پیتی رہ جاتی۔ شاماں نے معذور بیٹی کو جنم دیا تو مدھو کی نحوست اور نفرت کئی درجے پھلانگ گئی۔ اسے اندر کمرے میں آنے کی اجازت نہ تھی۔ جاڑوں کی لمبی سیاہ راتیں ہوتیں یا گرمیوں کی چلچلاتی دوپہریں، وہ صحن کے کونے میں بنی چھوٹی سی کوٹھری میں گذار دیتی۔ شاماں کو یاد آتا تو کھانا پٹخ کر چلی جاتی ورنہ بہت بار ایسا ہوا کہ مدھو بھوکی ہی سوگئی۔ اس کا سارا بچپن تنہا گذرا۔ لوگ اس کے سائے سے بھی بدکتے تھے۔ گلی میں اسے آتا دیکھ کر عورتیں دروازے بند کر لیتیں۔ شاماں کے سنائے ہوئے نحوست کے قصے ہر کان تک پہنچے اور مدھو کے لئے گھر باہر دونوں جہنم بن گئے۔ شاماں مدھو کو دیکھتی تو اس کے سینے پر جیسے سانپ لوٹنے لگتے۔ جانے کیا کھا کر مدھو کی ماں نے اسے جنا تھا۔ جو بھی دیکھتا دیکھتا ہی رہ جاتا۔ گلال ملے میدے کی سی رنگت، سرخ رسیلے ہونٹ، سیاہ لانبے بال، جنھیں ہفتوں تیل صابن نصیب نہ ہوتا، لیکن ان کی چمک پھر بھی چندھیائے رکھتی۔

شاماں کی نفرت مدھو کے ساتھ جوان ہوتی گئی۔ مدھو بھی اپنے نام کی ایک تھی۔ اس نے درد اپنے اندر اتارنا سیکھ لیا تھا، لیکن اندر اترا ہوا درد زہر بن جاتا ہے اور یہی مدھو کے ساتھ ہوا۔ اس کی زبان کا ڈسا پانی نہیں مانگتا تھا۔ ایسی ایسی گالیاں اور کوسنے دیتی کہ شاماں جیسی عورت بھی زچ ہو جاتی۔

وہ اٹھارہ سال کی ہو چکی تھی، اور گاؤں کی نوٹنکی میں اس کی دلچسپی بڑھتی جا رہی تھی۔ شاماں کے لاکھ کوسنے کے باوجود اس نے وہاں اپنی مفت 'پرفارمینس' ترک نہ کی۔ کیا غضب کا ناچتی تھی۔ نوٹنکی کے کرتا دھرتا بنسی مہاراج اسے بیٹی کی طرح چاہتے تھے۔ انھوں نے مدھو ہی کے کہنے پر اسے ناچ کی باقاعدہ تعلیم بھی دینا شروع کر دی۔

''گروجی! میرے پاس گرو دکشنا دینے کو کچھ بھی نہیں۔'' وہ ان کے پیر چھوتے ہوئے بولی۔ جانے کیوں اس کی آواز بھرّا گئی تھی۔

''ایک چیز تم گرو دکشنا میں دے سکتی ہو بٹیا۔'' مہاراج اپنے نرم لہجے میں بولے۔

''کہئے مہاراج!'' وہ سراپا عقیدت تھی۔

''تم پورے من سے نرت سیکھو اور پھر اس کلا میں اپنا نام کماؤ، یہی میری گرو دکشنا ہوگی۔'' انھوں نے بہت محبت سے اس کے سر پر ہاتھ رکھا تو مدھو کی آنکھوں کے گوشے بھیگنے لگے۔ اس نے اپنا تن من سب رقص میں جھونک دیا۔ اس کا چاندنی جیسا دودھیا بدن جب دھیرے دھیرے اپنے راز کھولتے ہوئے نرت

کے بھاؤ بتاتا تو بڑے بڑوں کے ایمان ڈولنے لگتے۔ گروجی اس سے بہت خوش تھے۔

اس دن برابر والے گاؤں میں کسی کی شادی تھی۔ نوٹنکی ٹولی وہاں مدعو تھی۔ گرومہاراج نے خاص طور پر مدھو کو آنے کو کہا تھا۔ تیز روشنیوں میں سرخ گھاگھرے اور چھوٹی سے کسی ہوئی چولی میں جب مدھو کے سیماب بدن کے زاویے کھلنا شروع ہوئے تو دل گھنگھرو بن گئے۔ پیسوں کی جیسے برسات شروع ہو گئی۔ نذرانے میں ملے چار سو کے نوٹوں کے لئے چھوٹی سی چولی مزید چھوٹی ہو گئی۔

اسی دن شاماں نے ہمیشہ کے لئے آنکھیں موند لیں۔ مگر جاتے سمے ایک معذور بیٹی، بوڑھا بیمار شوہر اور گھنگھرو مدھو کو بخش گئی۔ مدھو بھی جانے نصیب میں کیا لکھوا کر لائی تھی، ساری عمر دوسروں کے رحم و کرم پر گذار دی۔ جو دوسروں نے چاہا وہی ہوا۔ وہ چاہے بابا ہو، شاماں ہو، یا یہ رینو کا...... نہ چاہتے ہوئے بھی اسے اس کی دیکھ بھال کرنا پڑتی۔

''کیا میرا جیون کی سندرتا پر کوئی حق نہیں ہے؟ ماں کا مرنا میرا دوش کیسے ہوا؟ رینو کا روگ لکھوا کر لائی تو کیا بھگوان سے میں نے سفارش کی تھی؟ اور اب شاماں گئی، اس سے تو اچھا تھا بھگوان مجھے ہی اُٹھا لیتا۔''

اسے شاماں کے مرنے کا ملال تھا، کم از کم گھر میں زندگی کا احساس تو رہتا تھا۔ اب تو قبرستان کی سی خاموشی تھی۔ مدھو کا دم گھٹنے لگتا۔ رینو کا سارا دن خاموشی سے جھلنگا سے چارپائی پر پڑی رہتی۔ مدھو کھانا رکھ دیتی تو کھا لیتی، ورنہ بڑے بڑے دیدے گھماتے ہوئے نامراد جانے خلاؤں میں کیا گھورا کرتی۔ بابا نے بھی شاماں کے بعد چپ سادھ لی تھی۔ کبھی مدھو سے آنکھ ملا کر بات نہ کی۔ شاید اندر ہی اندر شرمسار تھا۔ شاماں کی ہر زیادتی پر اس نے اپنا منہ بند ہی رکھا تھا۔ اور اب تقدیر نے اسے مدھو ہی کے رحم و کرم پر لا پھینکا تھا۔ لیکن مدھو سب بھلا کر ان دونوں کی دیکھ ریکھ میں لگ گئی۔ اس پر دوہری ذمہ داری آن پڑی تھی۔ اوپر سے سماج کی نفرت کا بھاری طوق۔ اسے زندگی بوجھ لگنے لگتی۔ روز سوت کات کر چادر بنانا کب آسان ہوتا ہے۔ گونوٹنکی میں اس کا کام بہت سراہا جاتا تھا۔ اس سے کم از کم پیسوں کی چنتا کم ہو گئی تھی، لیکن کبھی کبھی وہ اتنا اکتا جاتی کہ اس کا مرنے کو جی چاہنے لگتا۔

بلراج سے اس کی ملاقات گرومہاراج نے کروائی تھی۔ اسے راج بھون کے لئے مورتی تراشنا تھی، اور وہ کسی سندر، ملیح چہرے کی تلاش میں تھا۔ جب گرومہاراج نے اسے مدھو سے ملوایا تو اسے لگا اس کی تلاش مکمل ہو گئی ہے۔ بلراج نے خاصی بڑی رقم اسے یکمشت ادا کر دی تھی۔ لیکن ایک مسئلہ تھا۔ مورتی مکمل ہونے تک اسے بلراج کے ساتھ اس کے سٹوڈیو میں ہی جا کر رہنا تھا۔

''گروجی! بابا اور رینو کا کا کیا ہوگا۔'' مدھو قدرے فکرمند تھی۔

''تم فکر نہ کرو پتری! میں کوئی انتظام کروا دونگا۔تم جاؤ، ایسے موقعے بار بار نہیں ملتے۔راج بھون مورتی کے لئے تمہارا چناؤ بڑی بات ہے بٹیا! بہت بڑی بات، مانو تمہارے تو دن پھر گئے۔'' گرومہاراج بہت خوش تھے۔

اس نے ان روپیوں میں سے کچھ روپئے بابا کے ہاتھ میں تھمائے اور جانے کی اجازت چاہی۔

''بابا! سندری موسی روز آ کر کھانا اور دوسرے کام کر دیا کرے گی۔ رات کو بھیم چاچا ادھر ہی سوئیں گے۔تم پریشان نہ ہونا، میں نے سب انتظام کر دیا ہے۔بس کچھ ہی دنوں میں لوٹ آؤں گی۔'' بابا نے ایک نظر اسے دیکھا اور اپنا کانپتا ہاتھ اس کے سر پر رکھ دیا۔مدھو کو لگا جیسے جلتی دھوپ میں اچانک کہیں سے آنے والا بادل برسنے لگا ہو۔

لمبے گیسو، غلافی آنکھوں اور گھٹے ہوئے تنومند جسم والا بلراج ساحر تھا۔اس کے ہاتھوں کے لمس سے پتھروں میں جیسے زندگی اُگنے لگتی۔ تیشے کی ہر حرکت پتھر میں ڈھلی زندگی کے نشیب وفراز سے نقاب سرکاتی جاتی۔بلراج خاصا منہ پھٹ اور بے باک تھا۔مدھو پہروں اس کے سامنے بے لباس کھڑی رہتی۔شروع شروع میں اسے یہ سب بہت مشکل لگتا۔بلراج کے بار بار کہنے کے باوجود اس کے بدن میں ایک اَن دیکھا سا تناؤ رہتا۔بلراج کے نگاہیں اسے چبھنے لگتیں اور نہ چاہتے ہوئے بھی وہ بدن چرانے لگتی۔

''دیکھو مدھو! ایسے کام نہیں چلے گا۔تمھارے بدن کا تناؤ مجھے کچھ کرنے نہیں دیتا۔''بلراج سخت غصے میں تھا۔

''سوچو تم یہاں اکیلی ہو بالکل اکیلی۔'' اس کے کھردرے ہاتھ مدھو کے برہنہ شانوں پر ٹکے ہوئے تھے۔مدھو کا بدن آنچ دینے لگا۔کھردرے ہاتھوں نے کہیں اندر کوئی احساس جگا دیا تھا۔بلراج نے بھی اس کی کپکپاہٹ محسوس کر لی تھی۔اُس کے لبوں پر عجیب سی مسکراہٹ ابھری۔اس نے ایک جھٹکے سے اسے بانہوں میں بھرلیا۔مدھو نے وحشت زدہ انداز میں اسے دیکھا، لیکن لہو میں جاگتی آنچ نے اسے بے سدھ کر دیا تھا۔ بہت دھیرے سے اس نے آنکھیں موندلیں۔جسم کے مختلف حصوں کو چھوتی ہوئی تیز گرم سانسیں کسی نئے جہاں کا دروا کر رہی تھیں۔مدھو کے لئے یہ سب کچھ بہت نیا تھا۔انوکھا اور خوبصورت، چکا چوند کر دینے والا، محبتوں کو ترسی ہوئی، ہوس کے کھردرے ہاتھوں کو محبت کا الوہی لمس جان کر تن من ہار بیٹھی تھی اور وہ بھی اپنے سے بیس سال بڑے مرد کے سامنے۔بلراج جب مختلف زاویوں سے اس کے برہنہ جسم کو دیکھتا اور چھوتا تو مدھو کے انگ انگ سے جیسے مدھرا چھلکنے لگتی۔قدم بن پئے بہکنے لگتے۔آنکھوں میں تیرتے گلابی ڈورے روح تک میں خمار بھر دیتے۔خود سپردگی کی منزلیں طے کرتے کرتے مدھو کو اچانک

احساس ہوا کہ چاہنے اور چاہے جانے کا احساس کتنا خوبصورت ہوتا ہے۔

''بلراج مجھے چھوڑ تو نہ دو گے۔'' وسوسے مدھو کو ڈسنے لگتے۔

''جیون کون تیاگتا ہے مدھو!'' بلراج کی سرگوشی مدھو کو سرشار کر جاتی۔

مورتی مکمل ہونے والی تھی۔ مدھو کا دل انجانے خدشوں سے لرز لرز جاتا۔ دن بدن پھولتے پیٹ کو چھپانا اب ناممکن تھا۔ بلراج کو علم ہوا تو اس نے چند نوٹ اس کے ہاتھ پر رکھتے ہوئے بہت سرد مہری سے اسے اس پاپ سے مکت ہونے کا مشورہ دے ڈالا۔ مدھو سکتے کی سی کیفیت میں کھڑی اسے دیکھتی رہ گئی۔

''یہ تم کہہ رہے ہو بلراج؟'' اس کی آنکھوں میں حیرت اور دکھ تھا۔

''تمہارے بھلے کی بات کی ہے، کشٹ بھوگنا چاہتی ہو تو اور بات ہے۔'' اس کا لہجہ بہت سرد تھا۔

''کیا مطلب ہے تمہارا؟ تم پتا ہو اس کے۔''

''پتا؟'' بلراج کا قہقہہ بہت طویل تھا۔

''ارے کاہے ہلکان ہوتی ہے اس بالی عمریا میں، عیش کے دن ہیں بس عیش سے غرض رکھ۔'' وہ داہنی آنکھ دبا کر بولا۔

''یہاں تو یہ سب چلتا رہتا ہے، اب میں ہر ایک کو تو گلے میں لٹکانے سے رہا۔''

اس کے لہجے کی اَنی مدھو کو دل میں اُترتی ہوئی محسوس ہوئی۔

بلراج کے لئے تو یہ بہت عام سی بات تھی۔ راجہ صاحب کا خاص اور منہ چڑھا تھا۔ گو، راج، راجواڑوے ختم ہوئے زمانے بیت گئے تھے۔ راجہ صاحب بھی بس اب نام ہی کے راجہ رہ گئے تھے۔ نہ وہ پہلے والا کرّ وفر تھا نہ ہی وہ لوگ جو راجاؤں کا مان سمان ہوا کرتے تھے۔ لیکن مرے ہوئے ہاتھی کی بھی اپنی اہمیت ہوتی ہے۔ راجہ صاحب اپنی پشتینی حویلی کو راج بھون کا نام دے کر ہی بہت خوش تھے۔ حویلی میں وہی نوکروں کی فوج، وہی تام جھام، وہی اللے تللے آج بھی اسی طرح برقرار تھے۔ ہر سال شیوراتری پر راج بھون کے دیوان خاص میں نئی مورتی ایستادہ کی جاتی تھی۔ یہ پرکھوں سے چلی آرہی ایک رسم تھی جسے ابھی تک نبھایا جا رہا تھا۔ بلراج ہر بار ایک شاہکار تخلیق کرتا تھا۔ اسی لئے راجہ صاحب اسے بہت مانتے تھے۔

مدھو ایک ٹک اسے دیکھے گئی۔ گو وہ بچپن ہی سے ٹھکرائے جانے کا درد سہتی آئی تھی۔ لیکن آج جانے کیوں دل کی رگیں ٹوٹتی ہوئی محسوس ہو رہی تھیں۔ غصہ بے بسی میں اور بے بسی آنسوؤں میں ڈھل گئی۔ آج سے پہلے وہ نصیب پر شاکی رہی تھی، آج اس کا گلہ اپنے آپ سے تھا۔

''اور سنو! صبح وقت سے اُٹھ جانا۔ مورتی میں جو تھوڑا بہت کام باقی ہے وہ ختم کرنا ہے۔ راجہ

صاحب نے دو دن بعد کا مہورت نکلوایا ہے استھاپنا کے لئے۔'' بہت آرام سے کہہ کر وہ باہر نکل گیا۔ مدھو کے اندر جیسے چھنا کے سے کوئی چیز ٹوٹ گئی۔ اس نے نفرت سے اپنے پھولے ہوئے پیٹ کو دیکھا اور زمین پر تھوک دیا۔ اس کی وہی ازلی بے حسی عود آئی تھی۔ اسی رات نہایت خاموشی سے وہ اپنے گاؤں واپس آ گئی۔ سندری موسی وہیں موجود تھی۔ جہاندیدہ عورت تھی بنا کہے اس کی حالت سمجھ گئی۔

''چل میرے ساتھ۔'' وہ اس کا ہاتھ پکڑ کر قدرے سختی سے بولی۔

''میں شالنی سے بات کرتی ہوں کوئی کاڑھا ہی بنا کر دے دے تجھے، کس کس سے چھپائے گی اس پاپ کو؟''

''ابھی آتی ہوں، اسے اندر رکھ لوں۔'' اس نے زمین پر پڑی کپڑوں کی پوٹلی کی طرف اشارہ کیا۔ گرہ کھول کر اس نے چادر میں لپٹی ہوئی کوئی چیز نکالی۔ یہ اسکے اپنے سنگی مجسمے کا ٹوٹا ہوا پاؤں تھا، جس کی چھنگلی غائب تھی۔ پاؤں میں بندھے گھنگھرو سنگتراش کے ماہر فن ہونے کی بیّن دلیل تھے۔ ایک گہری سانس لے کر اس نے ٹوٹا ہوا پاؤں جستی صندوق میں رکھا اور چپ چاپ موسی کے ساتھ ہو لی۔ اس بار سنگتراش کا تیشہ خود اسی کو گھائل کر گیا تھا۔

◀◀ ● ▶▶

● نور العین ساحرہ

سانپ

ثمن نے کار سے اترتے وقت ہر طرف پھیلے گھنے سنسان جنگل کی چنگھاڑتی خاموشی کو روح کی گہرائی تک محسوس کیا اور خوف کی ایک سرد لہر اس کی ریڑھ کی ہڈی میں سرایت کرگئی۔ اس نے اظہار سے گریز کیا کہ خود کو بزدل ظاہر نہیں کرنا چاہتی تھی۔ پہلے ہی سب لوگ اس کے سانپ سے بے پناہ خوف کی وجہ سے ہر وقت اس کا مذاق اڑانے سے باز نہیں آتے تھے۔

ایک ہاتھ میں پرس اور دوسرے میں کتاب کے ساتھ ساتھ پانی کی بوتل پکڑے جنگل کی طرف ابھی پہلا قدم اٹھایا ہی تھا کہ وہ بوتل اس کے ہاتھ سے چھوٹ کر گھنی جھاڑی میں لڑھک گئی۔

''اوہ گاڈ! اتنی گرمی ہے پہلے ہی سے اور میرا پانی بھی گر گیا۔'' اس نے بے بسی اور بے زاری کے ملے جلے احساس کے ساتھ آگ برساتے سورج کو دیکھ کر باآواز بلند احتجاج کیا۔ اپنے ماتھے سے پسینہ صاف کیا اور جھاڑی میں سے پانی کی بوتل اٹھانے کو جھکی۔

''رک جاؤ ثمن! میں کار سے دوسری بوتل نکال لاتا ہوں۔ اس جھاڑی میں کوئی سانپ بھی ہو سکتا۔ بھلے وہ بچارہ معصوم سا بغیر زہر کے گارڈن سنیک ہی کیوں نہ ہوا...... مگر تم نے تو اس کی دہشت سے ہی مر جانا ہے۔'' اس کے بھائی جمی نے اس کو جھکتے دیکھ کر روکنا چاہا تو وہ گھبرا کر پیچھے بھاگی اور خوفزدہ ہو کر کار کے بونٹ پر چڑھ کر یوں بیٹھ گئی گویا واقعی زہریلا ترین سانپ دیکھ ہی لیا ہو۔

وہ ہمیشہ سانپ کے نام تک سے یونہی ڈرتی تھی حتیٰ کہ اس کا ذکر بھی سن لیتی یا کسی کتاب میں اس کی تصویر بھی دیکھ لیتی تو پیر اُٹھا کر پلنگ یا صوفے پر رکھ لیا کرتی اور بند آنکھوں سے صفحہ پلٹنے کے باوجود خوف سے گھنٹوں دل دھک دھک کرتا رہتا۔ اب وہ خود کو کوس رہی تھی کہ وہ ماما اور سبین کے منع کرنے کے باوجود ایڈونچر کے شوق میں کیوں جمی اور صبی کے ساتھ اس ویران جنگل میں چلی آئی تھی۔ وہ دونوں سخت گرمی کے دنوں میں اکثر اپنے دوستوں کے ساتھ جنگل میں چھپی اس نہر میں نہانے آیا کرتے تھے۔ وہ جھنجھلائی۔

''کیوں لائے ہو تم دونوں مجھے یہاں اور میں بھی کتنی پاگل ہوں جو جنگل دیکھنے کے شوق میں مان بھی گئی۔ اچھا خاصا انجوائے کر رہی تھی اپنی فرینڈز کے ساتھ۔ سبین کی سالگرہ کی تیاری بھی مجھے ہی کرنی

تھی۔‘‘اس پر جمی غصے سے چڑ کر بولا۔

’’ارے بابا! صرف دو گھنٹے کی تو بات ہے۔تم نہر میں پیر لٹکا کر اپنی کوئی اچھی سی کتاب پڑھنا اور ہمارے جوتے، کپڑے اور سیل فون کی حفاظت کرنا تاکہ پچھلی بار کی طرح کوئی انہیں چرا نہ لے جائے۔ہم صرف دو گھنٹے نہر میں نہانے کے بعد واپس چلیں گے۔ راستے میں تمھاری فیورٹ ببل ٹی بھی پلائیں گے۔ پھر تم جی بھر کے اپنی پیاری دوست کی سالگرہ کی تیاری کرتی رہنا۔‘‘

باتیں کرتے کرتے تینوں جنگل کے اندر دوبارہ قدم بڑھا چکے تھے۔ پارکنگ لاٹ میں ان کے علاوہ بھی ایک کار موجود تھی جس سے ظاہر ہوتا تھا کہ کچھ اور لوگ بھی اردگرد موجود ہیں۔اس کار کو دیکھ کر ثمن کا خوف تھوڑا سا کم ہوا ہی تھا کہ سامنے گھٹنوں تک لمبی گھاس میں صبی اور جمی کو مزے سے چہل قدمی کرتے دیکھ کر وہ ٹھٹھک کر وہیں رک گئی اور جھلا کر بولی۔

’’تم جانتے ہو جنگلوں میں کتنے سانپ ہوتے ہیں اور اتنی شدید جھلستی ہوئی دوپہر میں تو ضرور اپنے بل سے باہر بھی نکلیں گے۔ میں باز آئی ایسے ایڈونچر سے۔ ہرگز اس گھاس میں نہیں آ سکتی۔اس سے اچھا ہے کار میں بیٹھ کر تم دونوں کا انتظار کرلوں۔تم لوگ نہا کر وہیں آ جانا۔‘‘

وہ دونوں پلٹے اور کوئی بحث کئے بنا اس کو بازوؤں سے پکڑ کر زبردستی نہر کی طرف چل پڑے۔ اپنا کوئی بس نہ چلتا دیکھ کر وہ بھی چپ چاپ ان کے ساتھ گھسیٹے ہوئے نہر کے کنارے تک پہنچ گئی۔ یہاں پہنچ کر جو منظر دیکھا تو اس کی ساری کلفت دور ہوگئی اور اسے یقین ہونے لگا کہ اس کا یہاں آنے کا فیصلہ اتنا بھی غلط نہ تھا۔ایک عجیب ٹھنڈک، تازگی، زندگی اور خوبصورتی کا احساس اس کے رگ وپے میں اُتر گیا۔نہر کافی بڑی اور چوڑی تھی مگر اس مقام پر زیادہ گہری نہ تھی۔ بیچ میں کہیں کہیں کائی زدہ نوکیلے پتھر بھی پانی سے باہر نکلے نظر آ رہے تھے جن کے اوپر احتیاط سے چل کر پل کی طرح نہر کے پار بھی جایا جا سکتا تھا۔نہر کے گدلے سے پانی میں چھوٹی چھوٹی ہزاروں مچھلیاں جیسے کوئی جشن منا رہی تھیں۔اسے ایسا لگا وہ کسی پرستان میں پہنچ گئی ہے اور ابھی پریاں یہاں غسل کرنے کو آنے والی ہیں۔دونوں طرف گہرا گھنا جنگل تھا اور پتوں کے اندر سے چھن چھن کر آتی روشنی نہر کے پانی میں جہاں جہاں پڑتی وہاں شعاؤں کی چمک آنکھوں کو خیرہ کرتی جا رہی تھی۔ وہ قدرت کی اس بے پناہ خوبصورتی اور صناعی سے مسحور ایسے ساکت کھڑی تھی جیسے کہ ذرا سی حرکت کرنے کی صورت میں وہ سارا منظر کسی کیلنڈر کے صفحے کی طرح پلٹ جائے گا۔جمی اور صبی نے اپنے تیراکی کے لباس پہن لئے تھے اور اس کے لئے پتھروں پر ایک چادر بچھا کر سارا سامان بھی سیٹ کر دیا۔وہ پانی میں پیر لٹکا کر مزے سے کتاب گود میں لے کر پڑھنے کی بجائے قدرت کی خوبصورتی میں کھو سی گئی۔نہر

کے درمیان بڑے بڑے پتوں اور سفید پھولوں والا خوبصورت درخت موجود تھا۔ ایک لمحے کے لئے اس نے خود کو اس درخت کے سائے تلے کسی ملکہ کی طرح تخت پر بیٹھا محسوس کیا جس کے پتے ہوا سے ہل کر مورچھل کا کام دے رہے تھے۔ وہ خود کو روک نہ پائی اور ان نوکیلے پتھروں پر سنبھل سنبھل کر پیر رکھتی گرتی پڑتی کسی نہ کسی طرح اس درخت کے نیچے جا کھڑی ہوئی۔ راستے میں کئی بار پھسلتے پھسلتے بچی تھی۔ صبی اور جمی نے اس حرکت پر تالیاں پیٹ پیٹ کے کسی کرتب دکھانے والی خاتون کی طرح اس کو ڈھیروں داد دی۔ وہ اس وقت بہت خوش تھی اور بالکل بھول چکی تھی کہ وہ یہاں آنے پر ابھی کتنا ناراض ہو رہی تھی۔ وہ دونوں تو تیرتے ہوئے گہرے پانی میں جانے والے تھے اس لئے جب پانی میں اُترنے لگے تو اچانک معلوم ہوا کہ صبی اپنی لائف جیکٹ تو کار ہی میں چھوڑ آیا تھا۔ وہ لینے جا رہا تھا کہ جمی کو بھی اپنی کئی چیزیں یاد آ گئیں جو اس وقت کار سے لانا بہت ضروری تھیں۔ اتنی لمبی لسٹ سن کر صبی گھبرا گیا اور غصے سے بولا۔

''تم چلو خود بھی میرے ساتھ۔ میں اکیلا اتنا سامان کیسے لا سکتا ہوں بھلا؟''

ان دونوں نے پلٹ کر ثمن کی طرف اجازت طلب نظروں سے دیکھا اور کہا۔

'' صرف پانچ منٹ لگیں گے۔ تم اکیلی گھبرا تو نہیں جاؤ گی؟'' اس نے ایک ذرا ہلکا سا خوف محسوس کیا۔ پھر کافی دور کچھ دوسرے لوگوں کو نہاتے دیکھ کر خوش ہوگئی جو دھبوں کی طرح نظر آ رہے تھے اور مسکرا کر بولی۔

''نہیں، میں ٹھیک ہوں، تم لوگ جاؤ۔ اپنا سیل فون ساتھ لے جانا اور میرا یہاں چھوڑ جانا۔ اگر کوئی ایمرجنسی ہوئی تو کال کرلوں گی۔ ویسے بھی کار اتنی دور بھی نہیں کہ کسی مشکل کی صورت میری چیخ بھی نہ سن پاؤ۔''

جیسے ہی وہ دونوں کار کے نزدیک پہنچے تو کار کی حالت دیکھ کر دنگ رہ گئے۔ کسی نے وہاں سے گزرتے وقت ان کی کار کو بری طرح ٹکر ماری تھی اور گاڑی کا پچھلا دروزاہ بالکل ٹوٹ کر اندر دھنس گیا تھا۔ پچھلا شیشہ بھی ٹوٹ گیا تھا۔ جمی نے ابھی بالکل نئی کار لی تھی۔ اس کا یہ حشر دیکھ کر وہ ہکا بکا رہ گیا اور غم یہ تھا کہ ٹکر کرنے والا بھی پکڑا نہیں جا سکتا تھا کہ اس کی انشورنس یہ نقصان بھر دیتی۔ سارا نقصان خود اس کے اپنے ذمے آ گیا تھا۔ وہ دونوں کار کی حالت دیکھ کر بار بار گھر اور انشورنش کمپنی کو فون کرنے میں اتنے گھبرائے کہ ثمن کے بارے تو بالکل بھول ہی گئے۔

ثمن مکمل طور پر اس حسین ترین منظر میں گم ہو کر اپنے حواس کھو چکی تھی۔ اس کو یہ احساس تک نہیں ہو رہا تھا کہ وہ وہاں بالکل اکیلی تھی اور صبی، جمی کو گئے پانچ نہیں بلکہ تیس منٹ ہو چکے تھے جو یقیناً فکر مند ہونے والی بات تھی۔ اس نے دل ہی دل میں فیصلہ کر لیا تھا کہ ہر بار صبی اور جمی کے ساتھ یہاں ضرور آیا

کرے گی بلکہ باقی گھر والوں کو بھی یہیں پکنک منانے پر اکسائے گی۔اس کو پہلی بار احساس ہوا کہ خاموشی کیسے محوکلام ہوسکتی ہے اور اس کی اپنی ایک زبان ایک فیلنگ ہوتی ہے۔ ہر طرف جنگلی پھولوں کی بھینی بھینی خوشبو، تا حد نظر پھیلی ہریالی، دھیرے دھیرے بہتے پانی کی دلکش موسیقی اور اس پر پتوں سے چھن چھن کر آنے والی سورج کی شعاؤں کا دلچسپ رقص اس کے دل ونظر کو خیرہ کر رہا تھا۔اس نے خوشبو محسوس کرنے کے لئے سفید پھول والی ٹہنی کو اپنے چہرے کے قریب تر کر لیا۔

اب وہ وہیں بیٹھنے کے لئے مناسب جگہ کی تلاش میں نظریں دوڑا رہی کہ خوف سے اپنی جگہ جم کر رہ گئی اور جیسے سانس لینا ہی بھول گئی۔جن پتھروں پر پیر رکھ کر چلتی آئی تھی وہیں ایک پتھر کی اوٹ میں بہت بڑا زہریلا سانپ لیٹا شاید ان ہی ساری کیفیات سے لطف اندوز ہو رہا تھا جن کا کچھ دیر پہلے تک وہ خود شکار رہی تھی۔کافی دیر تو وہ خوف سے پتھر بنی رہی پھر دھیرے دھیرے حواس میں آنے لگی۔ یہ سوچ کر تھر تھر کانپنے لگی کہ سانپ کے اتنا قریب سے گزر کر آئی تھی۔اس کو کچھ اندازہ نہیں تھا وہ سانپ اس وقت بھی موجود تھا یا بعد میں آ کر وہاں لیٹ گیا تھا۔اس نے کبھی تصور بھی نہیں کیا تھا زندگی میں اصلی سانپ سے اس کا واسطہ پڑے گا وہ بھی اس قدر قریب سے کہ روح فنا ہونے لگے۔اب زندگی اور زندہ رہنے کی تمام حسیات تیزی سے بیدار ہونے لگی تھیں۔خوف کی شدت سے بے ہوش ہونے کی بجائے اس نے خود میں ایک عجیب حیران کن حد تک بہادری کی لہر سرایت کرتی محسوس کی اور تخت اور تختہ یا تنگ آمد بجنگ آمد کے مقولے پر عمل کرنے کو جیسے تیار ہوگئی۔اس کو بہت سمجھداری اور احتیاط سے خود کو بچانا تھا۔اچانک یہ بھی احساس ہوا کہ صبی اور جبی کو گئے بھی تو بہت دیر ہو چکی تھی، شاید آدھا گھنٹہ یا کچھ زیادہ ہی۔اپنی جگہ یہ بات بھی کم پریشان کن نہ تھی۔پہلی بار ہاتھ پر گھڑی نہ باندھنے کی عادت پر بہت غصہ آیا۔وہ چیخنا نہیں چاہتی تھی کیونکہ کہیں پڑھا تھا کہ سانپ سن نہیں سکتا صرف آواز کی لہروں کو محسوس کر کے ری ایکشن دیتا ہے۔سو وہ بولنے کی حماقت نہیں کر سکتی تھی۔تیزی سے اس کے دماغ نے سارے حساب کتاب کر ڈالے اور اس نے چپکے چپکے اپنے قدم اس کنارے کی طرف بڑھانا شروع کر دیئے جو اس کے سامان اور کار کی مخالف سمت میں تھا لیکن قریب تھا۔ اس کو کچھ علم نہیں تھا وہاں سے واپسی کیسے ہوتی مگر اس وقت تو سانپ سے دور جانا سب سے زیادہ اہم تھا۔ جیسے ہی وہ اس کنارے پر پہنچی اور مڑ کر دیکھا تو سانپ کو بھی اپنی طرف آتا پا کر چیخی اور دیوانہ وار جنگل میں بھاگی۔بار بار پیچھے مڑ کر دیکھتی جاتی تھی۔سانپ نے جیسے اس کا پیچھا کرنے کا ارادہ ملتوی کر دیا تھا اور مزے سے کنڈلی مار کر کنارے پر ہی بیٹھ گیا تھا۔وہ پیچھے مڑ مڑ کر دیکھتے ہوئے تیزی سے بھاگ رہی تھی کہ اچانک کسی سے ٹکرا کر گر پڑی۔سامنے دیکھا تو دو اجنبی ہاتھ میں شراب کے کھلے کین پکڑے حیرت سے اس کو دیکھ

رہے تھے۔ان کو دیکھ کر اسے ایسا لگا جیسے نئی زندگی مل گئی ہو۔صحرا میں بھٹکتے ہوئے کسی آبادی کا راستہ مل گیا ہو۔وہ بے ربط ٹوٹے پھوٹے لفظوں میں ان کو بتانے کی کوشش کرنے لگی مگران کے چہرے پر اُلجھن دیکھ کر یاد آیا کہ وہ تو اردو بول رہی ہے۔ان کو کیا خاک سمجھ آئے گی۔جانے کون لوگ ہیں کونسی قومیت رکھتے ہیں۔ یہ وقت ایسی باتیں سوچنے کا نہیں تھا۔وہ جلدی سے اب وہی کوشش انگلش میں کرنے لگی کہ یہ زبان تو ہرایک کو تھوڑی بہت آتی ہی ہے۔اس کے باوجود ان لوگوں کو کوئی ردعمل ظاہر نہ کرتے دیکھ کر اک دم خاموش سی ہوگئی۔ایسا لگا جیسے کہیں کچھ ٹھیک نہیں ہے۔ایک خوف کی لہراس کے بدن میں دوڑنے لگی اور ان دیکھے انجانے خطرے کا احساس کنڈلی مار کر دل میں بیٹھ گیا۔دہشت سے کانپتی ان کی طرف دیکھنے لگی۔وہ نشے میں کافی دھت تھے اور بہت واضح طور پران کی آنکھوں میں ہمدردی کی بجائے ہوس کے ہزاروں پھنکارتے زہریلے سانپوں کو اپنی طرف لپکتا دیکھ سکتی تھی۔وہ اپنے اپنے شراب کے کین پھینک کراس کی طرف بڑھنے کو پرتول رہے تھے اوران کے چہرے پر بہت شیطانی مسکراہٹ تھی۔

''نہیں،نہیں، پلیز ! میرے ساتھ ایسا مت کرو۔تمھارا جو بھی مذہب ہے یہ بہت بڑا گناہ ہے۔ اخلاقی اورقانونی طور پر بھی جرم ہے۔میں ابھی 911 کو کال کرتی ہوں۔'' وہ بے بس مجبورلڑکی جوان درندہ نما انسانوں سے مدد کی خواہاں تھی،خود کو پہلے سے بھی بڑے عذاب میں گھرا دیکھ کر جیسے ہمت ہارگئی اورزمین پرڈھے سی گئی۔وہ دونوں اس کے عین سر پرپہنچ چکے تھے اوراپنی حفاظت کے لئے اس کے پاس کچھ بھی موجود نہیں تھا۔اس نے لاچاری سے ادھرادھر کسی ہتھیارنما چیز کی تلاش میں نظر دوڑائی جونا کام لوٹ آئی تھی۔اتنی دیرمیں ایک شخص نیچے جھکا اوراس کو اپنی آغوش میں لینے کی کوشش کرنے لگا۔اس نے بے بسی سے آخری بار آسمان کی طرف امید بھری نظروں سے دیکھا کہ شاید کہیں سے ابابیلیں چونچ میں پتھر لئے آموجود ہوں اور آج بھی کوئی معجزہ رونما ہوجائے۔اسی لمحے اپنے بچاؤ کی خاطر تیزی سے چلتے دماغ میں امید کا کوندا سا لپکا۔اس کو ہتھیارمل گیا تھا۔وہ اپنی طرف بڑھتے ہوئے شخص کو کسی طرح پیچھے دھکیل کراسی سانپ کے پاس پہنچ گئی۔جس سے بھاگ کر وہ ان سانپوں کے چنگل میں پھنس گئی تھی۔سانپ کی موجودگی سے بے خبر، وہ دونوں اس کے پیچھے لپکے۔اتنی دیرمیں وہ تیزی سے جھکی اورسیدھے ہاتھ سے سانپ کو منہ کی طرف سے اُٹھا کران دونوں کی طرف اچھال دیا۔یہ سب اس برق رفتاری سے انجام پایا کہ کسی کو کچھ بھی سمجھنے کا موقع نہیں مل سکا۔سانپ نے اپنے ساتھ رونما ہونے والے اس واقعے پر برہمی کا اظہاران میں سے ایک آدمی کے ہاتھ پرڈس کر کیا۔اتنے زہریلے سانپ کو دیکھ کر وہ دونوں بہت خوفزدہ ہوگئے تھے۔جس کوڈسا تھا وہ زمین پرگرنے کے انداز میں بیٹھ گیا۔اس نے دیکھ لیا تھا سانپ بہت خطرناک تھا اب شاید ہی وہ بچ پاتا۔

اس کا ساتھی اس غیر متوقع صورت حال سے ہراساں ہو کر اسے سنبھالنے میں لگا تھا۔اس نے خوف اور حیرت کے ملے جلے تاثرات کے ساتھ مڑ کر اس بہادر لڑکی کو دیکھا تھا۔سانپ کی تصویر دیکھ کر خوف اور دہشت سے سن ہو جانے والی ثمن کی جگہ وہاں اب ایک پر اعتماد اور بہادر لڑکی کھڑی تھی۔اس کو خود بھی یقین نہیں ہو رہا تھا کچھ دیر پہلے تک یہی سانپ اس کے اپنے ہاتھوں میں موجود تھا۔اس نے پھر نظر اٹھا کر آسمان کی طرف دیکھا اور تشکر سے احساس سے مسکرا دی۔شاید ایک اور معجزہ رونما ہو چکا تھا اور وہ سانپ سر سراتا ہوا کہیں گھنی جھاڑیوں میں گم ہو رہا تھا۔

◂◂ ● ▸▸

• عمر احمد بنگش

ناٹکا

''پتی والا پان لگائیو......'' محمد شوکت عرف شوکی اُداس نے سڑک کے بیچ سے ہی آواز لگائی مگر کھوکھے والا بدستور منہ پر کھڑے گاہکوں کو سگریٹ پان اور ٹھنڈی بوتلیں برتانے میں مصروف رہا۔

''تیرے کان میں بھی حرام اُگ آیا ہے کیا؟ جلدی سے پان لگا......'' شوکی جواب فٹ پاتھ پر تھا، یوں مخاطب کیا تو شنوائی ہوئی مگر منہ پھاڑ کر گالی واپس کی گئی اور مزید کچھ کہے کھوکھے والے نے کاغذ کی پُڑیا میں لپٹا پان اس کی جانب اچھال دیا۔ شوکی تیز پتی والا پان منہ میں اڑس، ہلکے دانتوں سے چباتا تھیٹر کی جانب بڑھ گیا۔

تھیٹر کے داخلی راستے میں سامنے کی دیوار پر اشتہار آویزاں ہے۔ آٹھ فٹ چوڑی اور پانچ فٹ عرض کی پینا فلیکس پلاسٹک کے اشتہار پر تین مقامی اداکاراؤں کے میک اَپ زدہ چہروں کی خاصی مضحکہ خیز تصویریں چھپی ہیں۔ ان تصویروں کے اردگرد کی خالی جگہ پر لگ بھگ آدھے درجن اداکاروں کی تصویریں چھوٹے گول دائروں میں اشتہار کے سرمئی پس منظر میں یوں بکھری ہیں کہ مٹی میں رُلتی بلوروں کا گماں ہو۔ نیچے کے ایک کونے میں معاون اداکاروں کے نام درج ہیں جن میں ایک نام شوکی اُداس کا بھی ہے۔ سر راہ ٹنگے اتنے بڑے اشتہار پر اپنا نام دیکھ کر اس کا سینہ چوڑا سا ہو گیا۔

اشتہار میں اپنے نام کے سرور سے سرشار، منہ میں پان اور ہاتھ میں پان کی کتھے سے رنگی ہوئی پڑیا کا کاغذ مسل کر روڑی بنائی اور اسے ایک جانب کو اچھال کر کتھے سے لال ہوتا ہاتھ دیوار پر رگڑ کر پونچھا اور پھر تیل پلائے لانبے بالوں پر پھیرتے ہوئے بائیں ہاتھ پر ٹکٹ کی کھڑکی کی جانب مڑ گیا۔ کھڑکی کے سامنے ٹکٹ خریدنے والوں کا اچھا خاصہ مجمع تھا کہ آج رات شہر کی مشہور رقاصہ جلوے دکھانے کو سٹیج پر اُترنے والی تھی۔ یہاں رک کر اس نے داہنے ہاتھ سے کان میں ڈلی بالی کو ادب سے چھوا گویا کسی مزار کی جالی پر ٹنگی منت ہو۔ پھر ماتھے پر ہاتھ ٹکا کر با آواز بلند اجتماعی سلام گزار کیا۔ چند ایک نے مڑ کر دیکھا مگر جواب دینے کی زحمت نہیں کی۔ رش میں سے راستہ بناتا ٹکٹ کی کھڑکی کے ساتھ ملحق پروڈیوسر صاحب کے دفتر میں حاضری دینے کی غرض سے آگے بڑھ کے دروازہ کھولا اور اندر داخل ہو گیا۔

دفتر دس ضرب بارہ فٹ کا معمولی کمرہ تھا جس کا فرش کھدرا سا اور دیواریں میلی تھیں۔ دیواروں پر فلمی پوسٹر چسپاں تھے، جن میں سے اکثر کی روشنائی اب عرصہ گزر جانے پر مدھم پڑ گئی تھی۔ دیواریں ان فلمی پوسٹروں کے سبب اور بھی بھدی محسوس ہو رہی تھیں۔ کمرے کے وسط میں ایک چوکور میز پر الا بلا دھر رکھا تھا، جس کے گرد ایک دفتری اور سامنے تین مہمانوں کی کرسیاں ترتیب سے بچھی ہوئی تھیں۔ دروازے سے داخل ہوں تو دائیں طرف کی دیوار کے ساتھ جوڑ کر ایک پرانے فیشن کا صوفہ بچھا ہوا تھا جو اس کمرے کے حساب سے خاصہ بے ڈھنگا محسوس ہوتا تھا۔ دفتر میں اس وقت پروڈیوسر صاحب کے ساتھ سٹیج ڈراموں کی اداکارہ شبانہ اپنی ماں کے ہمراہ موجود سنبھل کر بیٹھی تھی۔ شبانہ کو سٹیج کی دنیا میں اصل نام سے کم ہی لوگ جانتے تھے، فلمی نام شب چوہدری ہر خاص و عام میں یکساں مقبول تھا۔ یہ پانی چڑھے سونے سے لدی پھندی اور خاصے چست ریشمی لباس میں، چہرے پر مسکراہٹ سجائے، ایک ادا سے کبھی بالوں کی لٹ سنبھالتی اور پھر سنہری چوڑیوں سے کھیلتی ہوئی پروڈیوسر صاحب کی طرف متوجہ ہو کر بیٹھی تھی۔ ایک لمحے کو اگر خاصی بے باک نظر آتی تو دوجی ہی نظر میں یوں سنبھل جاتی کہ جیسے گٹھری ہو۔ پروڈیوسر صاحب پچاس کے پیٹے میں درمیانے قد کے آدمی ہوں گے، شبانہ کے پہلو میں اس پر یوں جھک کر کھڑے تھے کہ ایسا معلوم ہوتا ہے کہ کمر میں یہ خم ازلی ہے۔ اس پر یوں جھک کر وہ خدا جانے شبانہ کو کیا سمجھا رہے تھے۔ پروڈیوسر صاحب کی سرگوشیاں سی گو اس کو سنائی نہ دیں پر شبانہ ایسے دکھتی تھی جیسے کوئی پتلی ہو جس کی ڈور پروڈیوسر صاحب نے تھام رکھی تھی۔ پروڈیوسر صاحب کی ہر بات اور اشارے پر اثبات میں ایک ناز سے جی ہاں، جی ضرور کی رٹ الاپتے تھک نہیں رہی تھی اور سامنے کرسی پر بیٹھی اس کی ماں اس پر اپنے دونوں ہاتھوں کو آگے کھینچ کر مٹھیاں بنا کر سر تک واپس کھینچ کر بلائیں لیتی جاتی تھی۔ باوجود اس عورت کی خوشامدیوں تو خاصی بے تکی محسوس ہوتی تھی مگر پھر بھی یہ ایسی ہوشیار تھی گویا کسی تیار باغ کا مالی ہو۔ شوکی کو یوں اس طرح بے دھڑک دفتر میں گھستے دیکھ کر پروڈیوسر صاحب کا پارہ چڑھ گیا۔ اسے وہیں کھڑے کھڑے جھڑک دیا۔

''ابے! تو یہاں کاہے کو گھسا چلا آ رہا ہے؟ سیٹھ کی اولاد کو دیکھو...... شو شروع ہونے میں پندرہ منٹ باقی ہیں اور یہ لاٹ صاحب ابھی تشریف لا رہے ہیں...... سین کی تیاری کیا تیرا باپ کرے گا؟''

شوکی کھسیانا سا اُلٹے قدموں باہر نکل آیا اور ہال کے ہنگامی راستے سے گزرتے ہوئے بڑبڑایا۔

''حرامی کا بڑھاپا دیکھو اور کیسے سلیش کی طرح چپک رہا تھا۔''

یہاں سے سیدھا چلتے ہوئے یہ ہال کے بالکل پچھواڑے پہنچ گیا جہاں سے سیدھا ڈریسنگ روم کی پشت کا دروازہ کھلتا تھا۔ ڈریسنگ روم میں خاصہ شور مچ رہا تھا۔ اسے اپنے سین کے لئے تیار ہونے میں

بمشکل پانچ منٹ لگے اور یہ وہاں سے باہر گیلری میں نکل آیا۔

آج رات ڈرامے کے تین شو تھے۔ دو گھنٹے کے ناٹک میں شوکی کا کردار ایک محافظ کا ہے جو ملیشیا لباس پہنے، ہاتھ میں بندوق اٹھائے بس چند منٹ کے لئے مرکزی اداکارہ کے ساتھ سٹیج پر نمودار ہوتا ہے۔ پھر دو ڈائیلاگ ہکلاتے ہوئے یوں ادا کرنے کہ معنی فحش ہو جائیں اور آخر میں دوسرے کرداروں کے ہاتھوں چند فقرے اور جھوٹ موٹ کی مار کھا کر ہٹ رہتا۔ اس مختصر سین کے بعد فوراً بعد رقص شروع ہو رہتا اور اس کی گلوخلاصی ہو جاتی، اللہ اللہ خیر صلا۔ مگر پروڈیوسر صاحب نے اس کو یوں جھڑکا تھا گویا یہ ڈرامے کا مرکزی کردار ہے جس کو تقریباً ہر وقت سٹیج پر گزارنا ہو۔ ڈرامے کو شروع ہوئے اب تھوڑی دیر ہو گئی تھی اور شوکی کو ابھی بھی خاصہ وقت میسر تھا۔ یہ گیلری میں دیوار سے کرسی ٹکا کر بیٹھ گیا اور سگریٹ سلگا لی۔ ڈریسنگ روم اور سٹیج کے بیچ اس مختصر گیلری میں تھیٹر عملے اور فنکاروں نے اودھم مچا رکھا تھا۔ ایک کونے پر ڈریسنگ روم اور دوسرے پر سٹیج تھا، دونوں ہی سرے اس وقت بقعہ نور بنے ہوئے تھے اور بیچ کی گیلری میں صرف ایک زرد بلب روشن تھا جس کی میلی روشنی نے لمبوترے راستے میں افسردگی بھر رکھی بھر دی تھی۔

پتہ نہیں یہ سگریٹ کا اثر تھا یا گیلری میں بے وجہ اداسی، ماضی کی یاد شوکی کو غڑاپ سے نگل گئی۔ اس گیلری سے اس کی بے شمار یادیں وابستہ ہیں۔ گو شوکی کو سٹیج پر ڈرامے کرتے چھ برس سے زائد ہو چلے تھے مگر اس مقام سے نسبت اس سے بھی پہلے کی ہے۔ شوکی کا باپ بائیس سال تک اسی تھیٹر میں باہر جنگلے پر ٹکٹ چیک کرنے اور مفت بروں پر نظر رکھنے کا بیگار کرتا رہا جبکہ ماں کی ساری جوانی اسی سٹیج پر رقص کرتے گزر گئی۔ تب اسٹیج کا رنگ کچھ اور ہوا کرتا تھا۔ فنکار کی عزت تھی اور جیسے ہی شو ختم ہوتا، یہی گیلری مداحوں سے یوں بھر جایا کرتی تھی کہ فرداً فرداً سب پر داد کے ڈونگرے برستے اگلے شو کا وقت ہو جاتا اور سب پر بھاگم بھاگ طاری ہو جاتی۔ ہر رات دوسرا شو چڑھتا تو سب چھوٹے بڑے فنکار تعریفوں کی گرمائش سے جیسے میدے کا کلچہ پھول جائے، اسی طرح کُپا ہوئے سٹیج پر نمودار ہوتے۔

ہال میں پٹتی تالیوں اور بڑھتے شور سے خیال ٹوٹ گیا اور اس نے سگرٹ کی راکھ جھاڑ کر ایک کش لیا۔ ماجھو چاچے کی لڑکی نگینہ ایک واہیات گانے پر بے ہنگم رقص کر کے لوٹ رہی تھی۔ اس نے تیز بینگنی رنگ کی کرتی پہن رکھی ہے جو پسینے میں نچڑ رہی تھی۔ نیچے لاچہ تھا جو خاصہ گھیر دار تھا مگر پھر بھی جب قدم آگے رکھتی تو ٹانگیں مناسب حد تک عریاں ہو جاتیں اور اگلے قدم پر گو گھیر سے عریانی ڈھک جاتی مگر اس چھپن چھپائی سے دیکھنے والے کی آنکھ میں تشنگی سی رہ جاتی۔ شوکی ٹھنڈی آہ بھر کر رہ گیا۔

نگینہ کے جاتے ہی اس نے بوجوہ سگرٹ دیوار سے رگڑ کر بجھایا اور ادھ پیا ٹوٹا جیب میں ٹھونس

دیا۔ گیلری میں اسے سیٹھ واجد آتا ہوا دکھائی دیا۔ سیٹھ صاحب کا شہر کی لوہا مارکیٹ میں اچھا خاصہ گودام تھا اور کچھ ہفتے قبل سیٹھ صاحب کا چھوٹا لڑکا بلدیاتی ووٹوں میں ناظمی کا الیکشن جیت کر آیا تھا۔ یہ ادب سے کھڑا ہوا اور جھک کر سیٹھ صاحب کو سلام کیا۔ سیٹھ صاحب سے ایک قدم پیچھے چلتے منشی نے شوکی سے شب چوہدری کے بارے استفسار کیا تو شوکی نے بے دلی سے پروڈیوسر صاحب کے کمرے کی طرف اشارہ کر دیا۔ یہ دونوں وہیں سے الٹے قدموں لوٹ گئے۔

یہ پھر سے وہیں بیٹھ رہا۔ گیلری سے ابھی ابھی گزری نگینہ سے ہوتی سیٹھ واجد اور پروڈیوسر صاحب کا کمرہ، سوچیں پھر سے در آئیں۔ اب تھیٹر میں مداحوں کی بجائے گاہک آنے لگے ہیں، شوکی نے سوچا۔ فقرے بازی فحش ہوگئی اور رقص واہیاتی رہ گیا۔ نگینہ کو ہی دیکھ لو، بے حیا، کیسے مٹک مٹک کر چلتی ہے۔ جسم کی نمائش یوں کرتی ہے جیسے سر بازار ننگا گوشت بکنے کو ٹنگا ہو۔ پھر باہر اسٹیج کے ٹکٹ کاؤنٹر کا منشی الگ دلال بنا سودے کرواتا ہے۔ اللہ کی پناہ، اب تو آئے روز چھاپے پڑ رہے تھے۔ تھیٹر میں جہاں کبھی سچا تماشا ہوا کرتا تھا، خود تماشا بن کر رہ گیا ہے۔ خود اسے انھی واہیاتیوں میں ناحق دو ایک بار حوالات کا مزہ چکھنا پڑا تھا۔

ابھی اس نے سگرٹ دوبارہ سلگایا ہی تھا کہ پروڈیوسر صاحب شبانہ کی ماں کو ساتھ لئے آتے دکھائی دیئے۔ اس نے سگرٹ پھر رگڑ دیا۔ سارے ایکسٹرا اور عملہ آگے بڑھ کر پروڈیوسر صاحب کو سلام کرتے اور ان کے لئے ہٹ کر راستہ چھوڑ دیتے۔ شبانہ ان کے ساتھ نہیں تھی جس سے شوکی کو الجھن سی ہونے لگی۔ کچھ ہی دیر میں اس کا سین جاری ہونا تھا اور یہ نہ جانے کہاں رہ گئی ہے۔ یہ دونوں ڈریسنگ روم کی جانب نکل گئے اور اس کی جانب دونوں میں سے ایک نے بھی توجہ نہیں دی۔

شوکی کا سین شروع ہوا تو سٹیج پر داخلہ سکرپٹ کی عین ضرورت کے مطابق نہ ہو پایا۔ شبانہ خاصی دیر تک سیٹھ صاحب کے ساتھ باہر دفتر میں بیٹھی رہی تھی، اور جب ڈریسنگ روم کی جانب آئی تو بال الجھے اور میک اپ جیسے بہتا ہوا لگ رہا تھا۔ اس کو سلجھاتے دیر ہوگئی اور سٹیج پر جاری سین میں فقرے بازی کو خواہ مخواہ طول دینا پڑ گیا۔ سٹیج کے پیچھے اسی سبب کچھ بدمزگی پیدا ہوگئی۔ سب شوکی پر برس رہے تھے اور یہ سب پر بھنایا ہوا کچھ کہہ بھی نہیں سکتا تھا۔ اسی کشمکش میں جب اسٹیج پر اُترا تو ڈائیلاگ ایسے الجھے اور پھیکے انداز میں ادا کئے کہ سکرپٹ کے کرداروں سے پہلے بھرے ہال نے اس کے کھڑے کھڑے لتے لے لئے۔ سین کا تو ویسے بھی ستیاناس ہو چکا تھا، اداکاروں نے بھی اس موقع کا خوب فائدہ اٹھایا اور اگلے دس منٹ تک فقرے بازی میں اس کی وہ خبر لی کہ پٹتی تالیوں اور قہقہوں، سیٹیوں میں کان بہرے ہو رہے تھے۔ چونکہ یہ سٹیج پر آئے روز کا معاملہ تھا تو یہ اس کھینچ تان کے جواباً بس سٹیج پر یہاں وہاں چکر لگاتا اور بھرم رکھنے کو ہر فقرے پر خباثت سے

ہنس رہتا مگر بٹی داد کے جوش میں ڈرامے کے ہیرو نے شوکی کی ماں بارے ایک فقرہ کس دیا۔ بھلے یہ معمولی سی بات تھی مگر فقرہ گویا پتھر پر بھاری ہتھوڑے کی طرح گرا اور اچھا خاصا شوکی اداس، بچوں کی طرح پھوٹ کر یوں رو دیا جیسے پہاڑ کی پتھریلی چٹان پر آخری ضرب پڑنے سے پانی کا فوارہ ابل پڑتا ہے۔ مجمع کو تو جیسے لقوہ مار گیا ہو، مگر جلد ہی دھیان پس منظر سے موسیقی کی لے بلند ہونے پر بٹ گیا اور یہ قمیص کی آستین آنکھوں پر ملتا، چھوٹے بوجھل قدموں سٹیج سے یوں اترا جیسے کوئی ناکام چلتا ہو۔

سٹیج پر اب شہر کی مشہور رقاصہ شب چوہدری جلوے دکھا رہی ہے، اسے اپنے بھائی شوکی کے برعکس سویر تک آنسو بہانے کی فرصت ملنے والی نہیں تھی۔

◀◀ ● ▶▶

• ڈاکٹر افشاں ملک

یاجوج ماجوج

امینہ بین نے کئی دن کے بعد زبان کھولی تھی۔ جب سے وہ یہاں آئی تھی پتھر کی مورت کی طرح ساکت رہی۔ جب بھی کوئی اس سے یہ پوچھتا کہ تم پر اور تمھارے خاندان پر کیا گذری تو وہ ڈبڈبائی آنکھوں سے ایک ایک کی طرف دیکھتی اور خاموش ہو جاتی۔ جیسے لفظ اس کے جذبۂ اظہار کا ساتھ نہ دے رہے ہوں۔ امینہ بین احمد آباد کے فساد میں اپنے سب عزیزوں کو گنوا کر کسی طرح زندہ بچ نکلی تھی۔ وہ کسی نہ کسی طرح بچتی بچاتی ہمارے یہاں آٹھہری تھی۔ ہمیں امینہ بین کے بارے میں اب تک جو کچھ معلو ہو سکا تھا اس سے ہم صرف یہ جان پائے تھے کہ امینہ بین کسی گرلس انٹر کالج میں دینیات کی لیکچرر تھی۔ یہاں آکر وہ گھر گرہستی کے کاموں میں اس لئے نوکرانیوں کی طرح لگی رہتی تاکہ ہم لوگ اسے ان چاہا بوجھ نہ محسوس کریں۔ گھر کے سبھی لوگ کبھی کبھی یہ جاننے کے لئے متجسس ہو جاتے کہ فسادات میں اس پر کیا گذری اور اس کے خاندان میں کون کون تھا جو فسادیوں کے ہاتھوں مارا گیا۔

نصف مارچ کا سورج آسمان کے بیچوں بیچ چمک رہا تھا۔ ہم سب برآمدے میں امینہ بین کو گھیرے ہوئے بیٹھے تھے تبھی اچانک ہم لوگوں کے درمیان گجرات کے المناک قتلِ عام کا ذکر چھڑ گیا۔ امینہ بین کچھ دیر خاموش بیٹھی سب کچھ سنتی رہی اور پھر میرے بارہ سال کے بیٹے جاوید کو بانہہ سے پکڑ کر کھینچتے ہوئے اپنے پہلو میں لٹا کر بولی۔

''بیٹے تم جانتے ہو کہ حضرت نوحؑ کے بیٹے 'کنعان' نے اپنے باپ کے دین سے بغاوت کی اور منکر ہو گیا۔ اس نے وہ راستہ اختیار کیا جو مفسدوں اور ظالموں کا راستہ ہے۔ تب قدرت نے اس کی نسل سے ایک ایسی قوم پیدا کی جسے ایک لازوال بھوک میں مبتلا کر دیا گیا تھا۔ یہ بھوک انسانی خون کی تھی۔ یاجوج ماجوج کا یہ قبیلہ اس وقت تک چین سے نہیں بیٹھتا تھا جب تک انسانی خون اور لحم و پوست سے اپنی بھوک مٹا نہیں لیتا تھا۔ تب اس معاشرے کا نظام چلانے والے خیر پسند اصحاب اقتدار نے ایک مضبوط اور بہت چوڑی دیوار تعمیر کروائی اور اس دیوار کے اندر یاجوج ماجوج کے خونخوار قبیلے کو ہمیشہ کے لئے قید کر دیا۔''

میرا بیٹا حیرت کے ساتھ امینہ بین سے یہ کہانی سنتا رہا۔ اس نے پوچھا۔

''کیوں خالہ جان یہ واقعہ کب کا ہے؟''

امینہ بین جس کی آنکھیں ابھی تک آنسوؤں سے بھری تھیں رقت آمیز لہجے میں بولی۔

''قریب پانچ ہزار سال پہلے کا......تب دنیا تہذیب کے اپنے پہلے سفر پر روانہ ہوئی تھی۔لوگ آپس میں مل جل کر محبت کے ساتھ رہنا شروع کر رہے تھے،بستیاں بسائی جا چکی تھیں اور نسل آدم کھیتی کرنا سیکھ چکی تھی۔''

امینہ بین نے اس قدیم قصے کو آگے بڑھاتے ہوئے جاوید سے کہا۔

''یاجوج ماجوج کی اس لازوال بھوک میں مبتلا نسل کے لوگ فصیل کی نہایت چوڑی دیوار کو اپنی زبانوں سے اس وقت چاٹنا شروع کر دیتے جب سورج غروب ہو چکا ہوتا۔ وہ رات بھر پتھر کی اس دیوار کو چاٹتے رہتے یہاں تک کہ صبح ہونے تک دیوار پتّے کی طرح پتلی ہو جاتی۔لیکن جیسے ہی صبح کی پہلی کرن زمین پر پڑتی تو دیوار پھیل کر اتنی ہی چوڑی ہو جاتی جتنی کہ وہ پہلے تھی۔ یاجوج ماجوج گلا پھاڑ کر چلاتے کیوں کہ ان کی رات بھر کی ساری محنت اکارت چلی گئی ہوتی۔صبح ہونے تک جب یہ دیوار کاغذ کی طرح پتلی رہ جاتی تو یاجوج ماجوج خوش ہوتے کہ اگلے کچھ ہی لمحوں میں وہ اس سنگین حصار سے باہر ہوں گے اور انسانی خون اور گوشت سے اپنی بھوک مٹائیں گے۔لیکن ان کی یہ آرزو پوری نہ ہوتی اور سورج کی پہلی کرن پتھر کی اس دیوار کو جسے یاجوج ماجوج چاٹ کر پتے کی طرح پتلا کر دیتے تھے اتنی دبیز بنا دیتی جتنی کہ وہ تھی۔''

جاوید ہی نہیں ہم سب اس قدیم قصے کو امینہ بین کی زبان سے حیرت کے ساتھ سن رہے تھے۔ اچانک ہم نے دیکھا کہ امینہ بین کی آنکھیں جواب تک کسی گہرے صدمے کے باعث نم تھیں غصّے اور اضطراب کے ملے جلے جذبے سے سرخ ہو گئیں۔اس نے کہا۔

''یہ سلسلہ پچھلے پانچ ہزار سال سے چل رہا تھا۔یاجوج ماجوج ہر رات اس دیوار کو چاٹ چاٹ کر کاغذ کے ورق کی طرح پتلا بنا دیتے،اور صبح ہوتے ہی وہ اتنی ہی موٹی ہو جاتی۔اس طرح قومیں ان کے ظلم اور بربریت سے محفوظ رہتیں!''

''یاجوج ماجوج کی خونخوار قوم اکیلے ایک دیش میں نہیں تھی۔ یہاں تک کہ اس دیش میں بھی تھی جہاں ہم اور تم ہیں۔لیکن ہر دیش کے حاکموں نے انھیں محصور کئے رکھنے کے لئے ایسی ہی دیواریں تعمیر کرادی تھیں۔ ہر جگہ یاجوج ماجوج اپنے پورے قبیلے کے ساتھ رات بھر ان دیواروں کو چاٹنے کی کوشش کرتے تاکہ وہ دیواروں کو توڑ کر باہر نکل سکیں اور ان بے ضرر انسانوں کو کھا کر اپنی بھوک مٹا سکیں جنھیں محفوظ رکھنے کے لئے یاجوج ماجوج اور اس کی نسل کو حصار میں ڈال دیا گیا تھا۔''

ہم سبھی توقع کر رہے تھے کہ امینہ بین اپنے ساتھ گزرے ہوئے ان واقعات کا تذکرہ کرے گی جن سے

جان بچا کر وہ یہاں آئی ہے لیکن اس نے فسادات کے تعلق سے کوئی بات نہیں کہی، قصّے کو آگے بڑھاتی ہوئی بولی۔

''پھر یوں ہوا بیٹے جاوید کہ ایک بہت طویل رات شروع ہوگئی۔ سورج کو وقت پر طلوع کرنے والی طاقتوں نے اس گہری، کالی اور طویل رات کے علم برداروں سے خفیہ سمجھوتا کرلیا۔ ادھر سورج غروب ہوتے ہی یاجوج ماجوج اور اس کی پوری نسل کے خونخوار لوگوں نے پتھر کی اس دیوار کو اپنی زبانوں سے چاٹنا شروع کیا۔ صبح ہونے تک دیوار ہر بار کی طرح گھس کر کاغذ کی طرح پتلی ہوگئی۔ ٹھیک یہی وہ وقت تھا جب سورج کی پہلی کرن کو نمودار ہو کر دیوار کو پھر اتنا ہی دبیز بنا دینا تھا۔ لیکن اس دن سورج نہیں نکلا۔ رات کی تاریکی جوں کی توں چھائی رہی۔ یاجوج ماجوج کی تیز لپلپاتی زبانوں نے اور تیزی سے حصار کو چاٹا۔ اگلے ہی پل دیوار ختم ہوگئی۔ خونخوار یاجوج ماجوج نسل کے قبیلے والے بستیوں میں جا گھسے۔ ان کے دانت لوہے کے تھے اور وہ ہاتھوں میں نوکیلے ہتھیار لئے ہوئے تھے۔ ان کے رنگ کالے تھے اور آنکھیں انگاروں کی طرح دہک رہی تھیں انھوں نے بستیوں میں پھیل کر انسانی خون سے اپنی پیاس بجھائی لاشوں کی ہڈیوں کو چبایا، عورتوں سے اپنی بھوک مٹائی۔ انھیں آگ میں بھونا' کھایا۔ بچوں کو تین برچھی والے ہتھیاروں پر ٹانگا' وحشی قہقہے لگائے۔ میں نے دیکھا سڑکوں پر خون اس طرح بہہ رہا تھا جیسے برسات کے پانی کا ریلا بہتا ہے۔ بستیاں جلا دی گئی تھیں۔ وہ لوگ خاموش تماشائی بت بنے کھڑے تھے جو اس خونخوار نسل کو دوبارہ اس دیوار کے پیچھے بند کر سکتے تھے جو دیر سے سورج نکلنے کے بعد دوبارہ پھیل کر دبیز ہوگئی تھی۔ اب یہ حصار خالی تھا۔ اس میں بند وہ خونخوار نسل آزاد ہوگئی تھی جس نے میرے چھوٹے سے گھر میں گھس کر پہلے میرے گھر میں لوٹ پاٹ کی، پھر میرے بیٹے اور شوہر کے سامنے میری بیٹی کی آبروریزی کی......!

''میں یہ نہیں جانتی کہ یاجوج ماجوج کی یہ نسل اب تک کہاں کہاں پھیل چکی ہے' کیونکہ اسے واپس اس فصیل کے اندر بند کرنے کی کوئی تدبیر نہیں کی گئی ہے جس سے لوگ اپنی جان و مال کو محفوظ سمجھ سکتے ہوں۔''

ابھی امینہ بین یاجوج ماجوج کا یہ قصّہ جو قدیم سے لیکر آج کے عہد تک پھیل گیا تھا ختم بھی نہیں کر پائی تھی کہ باہر سے ہیبتناک شور میں لپٹی ہوئی 'مخصوص' نعروں کی آوازیں آئیں اور امینہ بین بولتے بولتے اچانک بیہوش ہوگئی۔ شاید اسے لگا جیسے یاجوج ماجوج کی نسل اس شہر میں بھی داخل ہوگئی ہے جہاں وہ جان بچا کر پناہ گزین ہوگئی تھی۔

◄◄ ● ►►

• سبین علی

کینچوا

احمد ساری رات نہ سو سکا تھا، بے چینی اور تلخی سے کبھی پہلو بدلتا تو کبھی کھجلی شروع کر دیتا۔اسی دوران رہی سہی کسر ٹونی نے بھونک بھونک کر پوری کر دی. ایک لمحے کے لئے بھی میرے بچے کو سکون کی نیند میسر نہ آئی تھی ۔ایسے میں بھلا ماں کو قرار کیسے آتا۔آخر ہوا کیا اور کیوں ؟انہیں سوچوں میں غلطاں و پیچاں رہی ،کبھی عجیب واہمے ستاتے ،کہیں کسی کی نظر نہ لگ گئی ہو میرے لعل کو؟ کوئی نئی الرجی نہ ہو......؟

محض دو سال کا ہی تو تھا ،گورے رنگ میں ویسے ہی سکن انفیکشن کی مدافعت کم ہوتی ہے۔اگر احمد کو مچھر بھی کاٹ لیتا تو کئی دنوں اس کا نشان نہ جاتا تھا۔اس لئے میں ہمیشہ بہت احتیاط کرتی تھی۔گھر کے کونوں کھدروں کی صفائی سے لے کر مچھر بھگانے والے سپرے بھی تواتر سے لگائے رکھتی تھی۔

صبح ہوئی تو دیکھا کہ اس کی کہنیوں کے اندر ہلکے سفید اور سرخی مائل دانے بنے ہوئے تھے۔میں ڈر گئی کہ کہیں خسرہ تو نہیں نکل رہا مگر پھر سوچا کہ ساتھ بخار تو ہے نہیں اس لئے یہ خسرہ نہیں ہوسکتا۔جب سے پاکستان گئی تھی احمد سارا دن ٹونی کے ساتھ کھیلتا رہتا۔کئی بار روکنے کی کوشش کی مگر بے سود،اور ہمارا پالتو کتا ٹونی بھی گویا مہینوں سے احمد کا ہی منتظر تھا۔جب بھی احمد اس کے کینل کے قریب جاتا وہ دم ہلا ہلا کر خوشی کا اظہار کرتا۔اگر کھلا ہوتا یا رسی لمبی ہوتی تو اس کے پاؤں چاٹنے سے بھی باز نہ آتا۔تب مجھے سخت کوفت ہوتی اور فوراً نہلانے کے بعد اس کے کپڑے تبدیل کرتی۔دل میں ایک اور خدشے نے سر اُبھارا......کہیں ٹونی کی وجہ سے کوئی انفیکشن نہ ہو گیا ہو۔

جب صبح گھر والوں سے احمد کی نئی الرجی کا ذکر کیا تو اس کی دادی کہنے لگیں اتنے واہمے مت پالا کرو۔بچوں کے سر پر چھوٹی موٹی تکلیفیں آتی رہتی ہیں۔یہ کوئی ایسی خاص بات نہیں۔خشکی کی وجہ سے خارش ہوئی ہو گی۔اور فکر مت کرو۔ٹونی کی ساری ویکسین کروائی ہوئی ہے۔مگر میرا دل کہہ رہا تھا کہیں نا کہیں کوئی گڑبڑ ضرور ہے۔

ہمارے گھر کے ساتھ ایک کمرے، برآمدے، چھوٹے سے باورچی خانے اور غسل خانے پر مشتمل کوارٹر بنا ہوا تھا، جسے میری ساس نے ایک مجبور عورت کو بغیر کرائے کے رہنے پر دیا ہوا تھا۔بدلے میں وہ گھر کے کاموں میں ہاتھ بٹا دیتی تھی۔ وہ کوارٹر ہمارے گھر کے پچھلے صحن سے جڑا تھا اور بیچ میں کوئی دیوار نہ تھی۔سارا دن ہمارے بچے ادھر سے ادھر دندناتے پھرتے۔اس عورت فوزیہ کے تین بچے تھے جن

میں سے ایک بیٹا حارث معذور تھا۔ اس دن عرصے بعد جب کسی کام سے کوارٹر کا رخ کیا تو حارث کو دیکھ کر ٹھٹھک گئی. سانولے رنگ اور موٹی آنکھوں والا بچہ بہت خوبصورت تھا۔ اس کی کالی سیاہ سرگیں آنکھیں تھیں جن کی سپیدی بہت نمایاں تھی۔ ان پر لمبی گھنی پلکیں سایہ فگن محسوس تھیں۔ سر پر چمکدار گھنے بال اور تیکھے نقوش تھے۔ وہ زمین پر رینگنے کی ناکام کوشش میں مصروف تھا۔ اس کا لباس اور پھر سارا وجود مٹی ہو رہا تھا۔ مگر مٹی اسے سمیٹنے میں ناکام نظر آ رہی تھی۔ اس کی آنکھیں گفتگو کر رہیں تھیں اور ہونٹوں کے کناروں میں نرم تبسم رقصاں تھا، گویا مٹی کو دوستی کا پیغام دے کر کچھ پانا چاہتا ہو۔ مجھے ایسا محسوس ہوا گویا کسی نے میرا دل مٹھی میں لے کر بھینچ دیا ہو۔ میں نے فوزیہ سے پوچھا اسے کیا ہوا تھا؟

''باجی آپ کو نہیں پتا؟ اس کو پولیو ہوا تھا جی۔'' فوزیہ نے جواب دیا۔

''پولیو......!''.. میں نے تاسف سے کہا۔

''کیوں اس کی ویکسین نہیں کرائی تھی؟ اور جب پولیو کا بخار ہوا تب ہسپتال میں داخل کرواتی۔ اگر اچھی دیکھ بھال ہو جاتی تو نقصان اتنا شدید نہ ہوتا۔''

''نائیں باجی! حفاظتی ٹیکے تو لگوائے تھے جی اس کو۔ اور جب بھی قطرے پلانے والی آتی ہیں تو جی ہم ہر بار اس کو قطرے بھی پلواتے ہیں۔'' فوزیہ نے معصومیت سے جواب دیا۔

''مگر اب قطرے پلانے کا کیا فائدہ؟ قطرے پہلے پلانے تھے نا۔'' میں نے کہا۔

''باجی! بس جو ہونا تھا ہو گیا۔ اب تو بس سارا دن اس بیچارے کی دیکھ بھال میں گزر جاتا ہے، کیا کروں دوسرے بچوں کو دیکھنے کا بھی وقت نہیں ملتا۔ ابھی اسی مہینے کچھ دن اوپر ہوئے تھے کہ دوائی کھالی۔ یہ بیچارہ تو محتاج ہو گیا۔ اب اور کیا کرنے ہیں، اسے کون سنبھالے گا؟''

''اوہو! مجھے بے حد افسوس ہوا۔ اسی لئے اتنی کمزور لگ رہی ہو۔'' میں نے فوزیہ سے کہا۔ اسی دوران میرا بیٹا احمد کھیلتا ہوا اندر آ گیا۔ حارث کی آنکھوں میں جگنو چمکنے لگے۔ وہ بے زبان کینچوے کی مانند اپنے سوکھے ہوئے اعضاء زمین پر گھسٹنے لگا۔ اس کی آنکھوں میں ایک پیغام اُبھرا......اس کی احساسات کی ترسیل صرف آنکھیں ہی کر پا رہی تھیں۔ کینچوے کی خوراک، اوڑھنا بچھونا، پلنا، بڑھنا اور سمونا سب مٹی میں ہوتا ہے......مگر مٹی ہمیشہ کینچوے کی پناہ نہیں دیتی۔ اگر مٹی میں نمک کی آمیزش کر دی جائے تو کینچوا کہاں پناہ پائے گا؟ کینچوے کی حرکت آگے بڑھنے کی بجائے محض مٹی میں لوٹنے اور پلٹیاں مارنے تک رہ جاتی ہے۔ اسے دیکھ کر مجھے نہ چاہتے ہوئے بھی ایسا ہی محسوس ہو رہا تھا۔ احمد اسے اپنی توتلی آوازیں دینے لگا۔

''حالث! حالث!! اِدل آؤ۔''

اور یہ سن کر کینچوے کی آنکھوں کی چمک کئی گنا بڑھ گئی۔ مٹی پر گھسٹتے ہوئے دو قدم جتنا بھی بڑھ نہ پایا تھا کہ فوزیہ نے اٹھا کر باہر صحن میں چارپائی پر لٹا دیا۔ میں نے تاسف سے اس کا ہاتھ پکڑا۔ سوکھے سڑے بازو زخم خوردہ تھے۔ جابجا دانے دھبے اور پیپ کے نشان کچھ اور ہی کہانی بیان کر رہے تھے۔

شام کو احمد کے چیک آپ کے لئے ڈاکٹر کے پاس گئی تو میرا شک یقین میں بدل گیا۔ احمد کو سکیبیز کا انفیکشن ہوا تھا۔ ڈاکٹر نے دوا لکھ دی۔ احتیاطی تدابیر بتائیں۔ پھر حیرت سے پوچھا کہ آپ سکیبیز تک کیسے جا پہنچیں؟ میں نے جواب میں صرف مسکرانے پر اکتفا کیا۔ رات کو میں فوزیہ کے پاس گئی اور پوچھا کہ حارث کو خارش کب سے ہے؟ باقی بچوں کو بھی ہوئی ہو گی؟

فوزیہ نے جواب دیا۔

''باجی! ایک سال ہو گیا۔ باقی سب کو تو دوا سے آرام آ گیا تھا مگر اس کا پتا نہیں تھا۔ میں سمجھی بستر پر پڑے رہنے سے زخم بن رہے ہیں۔ یہ بیچارہ تو کھجلا بھی نہیں سکتا، باجی! ہم نے بڑی دوائیں لگائی ہیں اس کو پر آرام نہیں آتا۔''

میں نے اسے دوائیاں اور لوشن دیتے ہوئے کہا۔

'' دیکھو فوزیہ! تم سمجھدار ہو۔ اگر صفائی رکھو گی تو اس کا انفیکشن ٹھیک ہو گا۔ مگر صرف صفائی ہی نہیں، دوا کے ساتھ تین دن تک صبح شام اس کے کپڑے اور چادریں تبدیل کرو اور پھر انہیں ابلتے ہوئے پانی میں دھونا۔ ایک ہفتے میں سب زخم ٹھیک ہو جائیں گے۔''

دس پندرہ دن بعد کی بات ہے، صبح سویرے اخبار گیٹ کے نیچے سے نکال کر میں احمد کے پیچھے پیچھے فوزیہ کے کوارٹر تک جا پہنچی۔ احمد کو دیکھ کر حارث اسی طرح ہمکنے لگا۔ احمد ادھر ادھر پھدک رہا تھا اور حارث کی نظریں اس کا طواف کر رہی تھیں۔ پھر احمد اپنی تین پہیوں والی سائکل چلانے لگا۔ حارث نے اُٹھنے کی ناکام کوشش کی گویا سائکل پر بیٹھنا چاہ رہا ہو۔ فوزیہ حسرت سے اسے تک رہی تھی۔ جب میری نظر حارث پر پڑی تو وہ انتہائی محویت اور محبت بھری نظروں سے مجھے دیکھنے لگا، گویا میرا شکریہ ادا کر رہا ہو۔ اس کے سارے زخم مندمل ہو چکے تھے۔ اس پل دو معصوم بچوں کے درمیان ان کہی آفاقی محبت ہر شے پر بھاری پڑ رہی تھی۔

فوزیہ گیلی آنکھوں کے کناروں کو پونچھتے ہوئے کہنے لگی۔

''باجی! میں کیسے آپ کا شکریہ ادا کروں؟ آپ نے مجھ غریب پر اور اس بچے پر ایسا احسان کیا ہے کہ عمر بھر چکا نہیں پاؤں گی۔'' یہ سن کر میں مارے خفت وندامت کے نظریں چرانے لگی۔ حارث کی آنکھوں کی چمک نے مجھے ضمیر کے کٹہرے میں لا کھڑا کیا تھا۔ میں نے اپنا شرمسار چہرہ اخبار میں چھپا لیا۔ آج کے اخبار

میں یہ خبر جلی حرفوں میں شایع ہوئی تھی کہ طالبان نے پولیو پلانے والے عملے کو گولیوں سے بھون ڈالا تھا۔
مجھے محسوس ہو رہا تھا کہ مجھ سمیت سارا شہر ایک چمکیلی آنکھوں والے کینچوے کے سامنے نظر اٹھانے کے قابل نہیں رہا۔

● سیمیں کرن

طاہرہ......سنو......!

''سنو، میری بات سنو۔لمس تو بس اِک احساس کا نام ہے۔احساس کرو تو ہے ورنہ کچھ بھی نہیں۔ لمس اپنی ذات میں خود اِک زبان ہے۔اِک بھاشا ہے۔یہ بھاشا سمجھ میں آنے لگے، دل کے تاروں کو چھُو لے تو یہ ہے ورنہ کچھ بھی نہیں۔اِس زبان کے اپنے قاعدے ہیں، اپنے اصول وضوابط، کوئی گورا، کالا، مرد، عورت، مشرقی، مغربی اِس سے انکار نہیں کرسکتا۔اِس بولی کو جان لو، سمجھ لو، زندگی آسان ہوجائے گی۔لمس تو صرف اِک احساس کا نام ہے۔احساس زندہ، احساس موجود تو 'ہے' کے زمرے میں ورنہ کچھ بھی نہیں۔ کرخت سے کرخت لمس بھی احساس نہ ہو تو کچھ بھی تو نہیں۔تم میری بات سمجھ رہی ہو؟ دیکھو میری بات کی گہرائی کو سمجھو، میں تمھیں کیا بتانا چاہ رہی ہوں؟''

رِدا علی نے اُس روتی بلکتی لڑکی کو دیکھا مگر وہ کہاں کچھ سمجھنے والی تھی، بس روئے چلی جارہی تھی۔ اس کے بلکنے میں ایک ہی فریاد تھی۔خود پہ ہونے والے ظلم کی فریاد، المیہ بیان کرتی تھی اور اپنے مجروح اور کھلے ہوئے احساس پر ماتم کناں تھی۔وہ اپنی روح پہ لگے زخموں کو ٹٹول رہی تھی۔اپنا کتھارسس، اپنی کتھا، اپنا مجروح احساس یا پھر خود کو احساس سے ماورا کرنے کی داستان تھی!

''دیکھو! لمس ایک برقی ننگے تار کی مانند ہے۔بہتا کرنٹ......اس کا سوئچ اپنے ہاتھ میں رکھو۔ اس سوئچ کو آن آف کرنے کا ہنر ہر عورت کو آنا چاہیے ورنہ زندگی ہر لحہ مجروح ہوگی، بے حرمت ہوگی......تم سن رہی ہو نا، سمجھ رہی ہو، میں کیا کہہ رہی ہوں تم سے؟''

مگر طاہرہ کب سنتی تھی، کب کچھ سمجھتی تھی، وہ تو بس زارزار روتی تھی۔ایک فریاد و آہ وفغاں تھی اُس کے لبوں پہ، اس کی آنکھوں میں۔رِدا علی کچھ دیر کو خاموش ہوگئی اور بس آہستہ آہستہ اس کے ہاتھوں کو اپنے ملائم ہاتھوں میں لے کر تھپتھپانے لگی۔اُس کے بالوں میں دھیرے دھیرے انگلیاں پھیرنے لگی۔طاہرہ کے آنسو تھمنے لگے۔

رِدا دھیرے سے بولی۔

''دیکھا محسوس کیا لمس کی زبان کو، کتنی پرتاثیر ہوتی ہے یہ......!''

طاہرہ جو کچھ پرسکون ہوگئی تھی، اِک دم تڑپ کر بولی۔

''ہاں محسوس ہوتی ہے، محسوس ہوئی لمس کے جبر کو سہا تازیانے کی طرح، زخم زخم ہوں میں اسی لئے تو روتی ہوں۔ اگر نہ سمجھتی، جانتی، نہ محسوس کرتی تو کیوں آتی آپ کے پاس......؟''

رِدا علی کچھ دیر کو لا جواب سی ہوگئی۔ کچھ دیر خود کو مجتمع کرتی رہی۔ ہمت جٹاتی رہی بولنے کو۔ پھر گویا ہوئی۔

''ہاں! میں سمجھتی ہوں اور یہی تو تمہیں سمجھانا چاہ رہی ہوں کہ عورت کو یہ زبان اِس طرح جاننا چاہیے کہ اِس کا کنٹرول سوئچ اپنے ہاتھوں میں رکھے...... بالکل ویسے جیسے کوئی آواز نہ سننے کو جی چاہے تو کانوں میں روئی ٹھونس لی جاتی ہے۔ مجھے لگتا ہے کہ تمہیں اپنے زخم کھول کر دِکھانے پڑیں گے تبھی سمجھوگی۔ یوں بھلا کیسے جانوگی؟''

یہ کہہ کر رِدا نے یوں سر جھکا لیا جیسے سینے کے داغ خود گویا ہوں۔

''پہلی بار یہ سوئچ میرے ہاتھ تب لگا جب...... جب بہت چھوٹی تھی میں۔ میرا بڑا بھائی ایک وحشی جانور تھا۔ ہاں وہ مجھ پر جانوروں کی طرح ہی تشدد کرتا تھا۔ جانے مجھے جانور سمجھتا تھا۔ میں روز اُس سے مار کھاتی تھی اور روز جسم سے زیادہ روح زخمی ہوتی تھی۔ زار زار گھنٹوں روتی رہتی۔ ایک وقت آیا کہ وہ مجھے مارنے کو بڑھتا اور میں خوف سے پہلے رونا شروع کر دیتی۔ حالانکہ چوٹ کی بدن کو عادت ہوگئی تھی مگر روح کو عادت نہیں ہو پا رہی تھی۔ ایک دن میں اپنی اس حالت پہ رو پڑی۔ اُس سے اگلے روز جب وہ مجھے مارنے کو بڑھا تو میں نے خود کو حالات و واقعات سے بے نیاز کر لیا جیسے یوگی خود کو کر لیتے ہیں۔ کسی خیال کسی سوچ کسی مراقبے میں چلے جاتے ہیں۔ یہ عجب مشق تھی۔ عجیب یوگا تھا۔ ایک مشقِ ستم تھا، اور ایک ستمگر۔ وہ کچھ دیر مجھے مارتا رہا مگر جب مار کو بے اثر دیکھا تو جیسے ہار سا گیا۔ کچھ دن کے بعد اُس نے مجھے مارنا چھوڑ دیا۔ تب پہلی بار یہ سوئچ میرے ہاتھ لگا۔ ایک جبر کو، لمسِ کرخت کو میں نے پہلی بار اِس سوئچ کی مدد سے شکست دی۔''

طاہرہ تڑپ کر بولی۔

''نہیں نہیں غلط مماثلت ہے۔ میرے بدن کے زخم میری روح کے زخموں سے گہرے نہیں ہیں۔ میری روح مجروح ہے، جو ظلم جو جبر میرے ساتھ ہوا وہ تو بدترین ہے۔ اس سے زیادہ کسی کی ہتک اور کیا ہوگی!''

بس اِس سے آگے اُس سے کچھ بولا نہ گیا۔ گلے میں آنسوؤں کا پھندہ لگ گیا۔ وہ پھر سے رونے لگی۔ روتی چلی گئی۔ کسی طرح اُس کی تشفی نہ ہوتی تھی اور بس وہ جب سے آئی تھی روئے ہی چلے جا رہی تھی۔ اک ہی فریاد کئے جاتی تھی۔

''کیا کروں میں! بڑا ظلم ہوا میرے ساتھ۔ انصاف ملنے کے بعد بھی مجھے نہیں لگتا کہ میرے ساتھ انصاف ہوگیا، میری روح داغدار ہوگئی ہے، میلی ہوگئی ہے، اس کثافت کو کیسے دھوؤں؟''

رِدا علی اُسے پھر تھپکنے لگی۔ اُس کے ہاتھوں اور بالوں میں انگلیاں پھیرتے اُس کے آنسوؤں کو

پوروں پہ چنتے وہ پھر بولی۔

''یہی نکتہ تو سمجھانے کی کوشش کر رہی ہوں، تم کیوں نہیں سمجھ رہی۔تم نے اِس سوئچ کو کیوں نہیں کھوجا؟اس کو ہاتھ میں لے لیتی تو زندگی آسان ہو جاتی۔''

طاہرہ پھر بلکنے لگی۔

''رِدا بی بی! یہ سب کہنا آسان ہے۔ جو مجھ پر بیتی وہ میں ہی جانتی ہوں۔ کس جہنم میں جلی ہوں، اُس آگ میں سب سوئچ پگھل جاتے ہیں۔آپ بھی نہیں جانتی،نہیں سمجھ سکتیں۔''

رِدا اُس کی بات کی تلخی کو سمجھ بھی سکتی تھی اور اُس کی تشفی بھی کرنا چاہتی تھی۔ وہ خود بھی تو بہت سے دوزخ جھیل چکی تھی، آخر عورت تھی! وہ پھر بولی۔

''میں سمجھ سکتی ہوں، ایسے مت کہو، میں جانتی ہوں، میں سمجھ سکتی ہوں، ایک عورت، ایک حساس عورت کیسے ممکن ہے کہ لمس کے جبر کو نہ سمجھ سکے۔ساری زندگی اِن دوزخوں ہی میں تو گزار دیتی ہے وہ!''

رِدا طاہرہ کا چہرہ اپنے ہاتھوں میں لے کر بولی۔

''میری بات سنو، جان لو، میں نے اِس سوئچ کو اِک بار کھوج کر بار بار تب آن آف کیا جب مجھے اِس کی ضرورت پڑی۔تبھی زندگی کو آسان کر پائی ہوں خود پہ!''

اور طاہرہ جیسے استفسار کرتی تھی کہ کب، کیسے؟ رِدا پھر جیسے خود کو مجتمع کرنے لگی۔

''بہت دفعہ، تب تب جب...... ایک بار ایک دوکان پر اپنی ماں کے ساتھ بیٹھی تھی...... اک نوعمر لڑکی تھی، نو خیز سی...... دوکان دار نے تھان کھول کر ہمارے زانوؤں پر کپڑا پھیلا دیا۔ کچھ دیر بعد مجھے محسوس ہوا کہ اُس نے تھان پھیلاتے اپنے ہاتھ میرے زانو پہ رکھ دیا۔ مجھے یوں لگا کہ پورے بدن میں ایک کرنٹ پھیل گیا ہو۔ ناگواری اور کراہیت سمٹ کر میرے چہرے کو لہو رنگ کر گئی۔ میں نے ہمت مجتمع کر کے اُس کے چہرے کی جانب دیکھا۔ وہاں بے حیائی اور معنی خیز غلیظ اشارے پھیلے تھے۔ میں نے ماں کی طرف اور دکان میں اِدھر اُدھر لوگوں کے رش کو دیکھا اور جانے کیسے انجانے میں میرا ہاتھ اسی سوئچ پہ جا پڑا۔ میں نے اپنے بدن کو سخت اور بے جان و بے حس کر لیا۔ اتنا سخت کہ اُس کی لذت کا بحر خشک ہو گیا اور کھسیانا سا ہو کر اُس نے اپنا ہاتھ ہٹا لیا۔ سنا تم نے طاہرہ!''

طاہرہ پھر رو دی۔

''آپ یہ کہہ سکتی ہیں رِدا بی بی! کیونکہ آپ نے اُس جبر کو شکست دے دی۔ میں نہیں دے پائی۔ میرا بدن بھی تار تار ہوا اور وہ گھن میری روح کا داغ بن گئی۔ اب کیا کروں میں، گھن رچی ہے مجھ میں؟ کیسے خود کو پاک کروں، آپ کے پاس انصاف کے لئے آئی تھی۔ سوچا تھا، آپ سے مل کر میرے زخم مندمل ہو جائیں گے، مرہم مل

جائے گا، تشفی ہو جائے گی۔ مگر ہوا کیا؟ آپ کے پاس جو کچھ آپ کے بارے میں آپ کی نیک خصلت کے بارے میں سن کر آئی تھی وہ سب پورا ہوا۔ آپ کی مدد سے ظالموں کو سزا ہو گئی۔ مجھے انصاف بھی مل گیا...... مگر پھر میرے دل کی آگ کیوں سرد نہیں ہوتی؟ مجھے کیوں لگتا ہے کہ مجھ پہ لگی غلاظت اب کبھی نہیں دُھل سکتی؟؟ یہ غلاظت روح کا حصہ بن گئی ہے۔ اس کی تشفی، اس کی صفائی کیسے ہوگی؟ یہ سمجھ نہیں آتا، اس روح کے داغ کو کیسے دھوؤں؟"

رِدا پھر تحمل سے بولی۔

"یہی تو کتنی دیر سے سمجھا رہی ہوں کہ لمس کا جبر بدن کو تار تار تو کر سکتا ہے مگر روح کو نہیں۔ بس اس سوچ کو اپنے ہاتھ میں لے لو۔ یہ ایک بڑا حادثہ تھا مگر اِس مردانہ غلیظ معاشرے میں جانے کہاں کہاں تمھیں ہر طرح کے جبر کا سامنا کرنا پڑے گا...... کوئی گندے غلیظ رینگتے ہاتھ...... کسی کی کہنی...... کوئی غلیظ نظریں...... کسی کی مکروہ انگلیاں......" وہ بولتے بولتے بھی جیسے ہانپ گئی......

"تو، تو تم لمس کے کس کس جبر کو روح کا داغ بناؤ گی۔"

طاہرہ نے کرب کی شدت سے ایسے آنکھیں بند کر لیں جیسے ذبح کرنے کو کسی نے چھری گلے پہ رکھ دی ہو۔

"نہیں ردا بی! آپ نہیں سمجھ سکتیں۔ آپ جو مثالیں دے رہی ہیں نہ ان میں کوئی مماثلت نہیں۔ بہت فرق ہے، بہت فرق۔ بالکل ویسے ہی جیسے اک چھالے اور پوری طرح جل کر کوئلہ ہو جانے والے میں ہو۔ ویسا فرق جیسا اک چھوٹا سا زخم آ جانے اور کسی کو ذبح کر دینے میں ہو۔ ویسا فرق جیسا ایک گندگی کے چھینٹے اور کسی کے غلاظت بھرے گٹر میں گر جانے میں ہے۔ ویسا فرق جیسا حلال وحرام میں ہو۔ ویسا فرق جیسا نمکین و نمک کی کان میں نمک ہو جانے میں ہو۔ رِدا بی! میں آپ کو اور......"

یہ کہہ کر طاہرہ سے مزید بولا نہ گیا اور وہ پھر روتی چلی گئی۔ عجب لڑکی تھی...... بس روئے چلے جا رہی تھی۔

اب کے رِدا دُکھ، صدمے، رنجیدگی بھری خفگی سے بولی۔

"اور تم بھی نہیں سمجھ سکتی، جو زندگی میں نے گزاری تم بھی اُس کا تصور نہیں کر سکتی، تم تو ایک بار لمس کے اس جبر کے ہاتھوں مجروح ہوئی ہو اور میں تو ہر روز...... تمام عمر...... تم کیا جانو......!"

یہ کہہ کر رِدا کی آنکھوں سے دو آنسو ایسے ٹپکے جیسے پورا سمندر اِن دو اشکوں میں درد سمیت سمٹ آیا ہو۔ طاہرہ اپنا رونا بھول کر حیرت سے اُسے دیکھنے لگی۔

"کیا مطلب آپ کا رِدا بی! آپ یہ کیا کہہ رہی ہیں؟"

"ہاں سچ کہہ رہی ہوں میں۔" رِدا شکست خوردہ لہجے میں بولی۔

"بالکل سچ کہہ رہی ہوں میں، تم کیا جانو، میں نے زندگی کس دوزخ میں گزار دی۔ میں سوختہ

جاں تھی تو تم جیسے لوگوں کا درد سمجھ سکی، سمجھ کر کچھ کر سکی، کوئلے سے ہیرا بننا بھی بہت دشوار گزار عمل ہے۔ مگر پہلے کوئلہ ہونا بھی آسان نہیں، تم سے بہتر کون جان سکتا ہے!''

طاہرہ کے سارے آنسو حیرت سے منجمد ہو گئے۔

''تو کیا آپ بھی! کیا آپ کے ساتھ بھی! کیا کچھ ایسا......''

لفظ جیسے ٹوٹ ٹوٹ جاتے تھے اُس کے لبوں پہ......

''نہیں، وہ تو نہیں جو تم سمجھ رہی ہو۔ مگر کیا بدن تار تار صرف اک صورت میں ہوتا ہے۔ کیا لمس کے جبر کی صرف اک وہی صورت ہے جو تم نے سہہ لی اپنی جان پہ؟ نہیں طاہرہ! یہ جبر تو احساس کا نام ہے، یہی تو سمجھنا چاہ رہی ہوں میں تمھیں......!''

ایک خاموشی آن ٹھہری تھی بیچ میں......

''دیکھو میں نے تمام عمر اُس شخص کے ساتھ گزار دی جس کے ساتھ ایک دن بھی میرا روح کا رِشتہ نہیں بنا، اور اُس کے بستر میں سو کر بھی میری روح کنواری اور پیاسی ہی رہی۔ اس کے وجود میں ضم ہو کر اُس کے وجود کو اپنے جسم کا حصہ بنا کر نئی زندگیوں کو جنم دے کر بھی مجھے ہر روز لگا کہ میں نے اپنے آپ کو کھو دیا، میرے دل میں کبھی آمادگی نے جنم نہیں لیا...... لمسِ لطیف میرے لئے لمس کا جبر و جہنم بن گیا۔ زندگی خستہ و سوختہ ہوتی رہی۔ ایسے میں ایک دن اچانک پھر میرا ہاتھ اِسی سوئچ پہ جا پڑا۔ میں نے اسے آف کر دیا۔''

رِدا یہ کہہ کر ہانپنے لگی۔

''اور پھر زندگی مجھ پہ آسان ہو گئی۔ اب صرف میرا جسم ہوتا ہے، روح الگ کھڑی نظارہ دیکھتی ہے اور بدن ساری شکنیں جھاڑ کر پھر کھڑا ہو جاتا ہے...... بلکہ طاہرہ! ایک بات کہوں، بعض اوقات تو یوں لگتا ہے کہ سوئچ اتنی سختی سے بند ہو جاتا ہے کہ میری کنواری روح بدن کو بھی ساتھ لے جاتی ہے اور اُس کے نیچے صرف خاک کا ڈھیر پڑا ہوتا ہے۔''

◀◀ ● ▶▶

• علی مرزا

ذائقہ

جس قدر وہ غریب گھرانے میں پیدا ہوا تھا اتنا زیادہ ہی وہ حساس واقع ہوا تھا۔ چھوٹی سے چھوٹی چیز جس شکل میں بھی سامنے آتی اس کا وجود خود بخود اس کا اثر لینا شروع کر دیتا تھا کہیں آتے جاتے اٹھتے بیٹھتے درد سے کراہتے ہوئے کسی شخص کو اگر دیکھ لیتا تو وہی درد اسے اپنے اندر پوری شدت سے محسوس ہونے لگ جاتا تھا آج اسے شہر کے سرکاری ہسپتال میں ایڈمٹ اپنے آبائی گاؤں سے آئے ہوئے ایک شخص کی عیادت کرنے کے لئے جانا تھا اور وہ سوچ رہا تھا کہ خالی ہاتھ کیسے جا پائے گا۔ ہسپتال سے اسے ویسے بھی ہمیشہ اک عجیب سا خوف آتا تھا۔ وہاں پر مریضوں کی چیخ و پکار اور ادویات کی بو اس کے اعصاب کو شل کر دیتی تھی۔ دن کے دوسرے حصے میں تحصیل ہیڈ کوارٹر کا سائن بورڈ اس کے سامنے تھا۔ دل کڑا کر کے اور اپنا سر جھکا کر اس نے ہسپتال کے اندر قدم رکھ دیا۔ وارڈ بوائز سے پوچھتا پوچھتا وہ آخر اپنے مطلوبہ مریض کے بیڈ تک پہنچ گیا۔ مریض کی دیکھ بھال کے لئے مریض کی مفلوک الحال بیوی بھی وہاں موجود تھی جو اسے دیکھ کر خوشی سے کھل اٹھی۔ بیڈ کے ساتھ پڑے ہوئے لکڑی کے بنچ پر وہ بڑی آہستہ سے اور خاموشی کے ساتھ بیٹھ گیا۔ مریض کی ہسٹری شیٹ دیکھتے ہوئے اسے کچھ سمجھ تو نہ آئی مگر اتنا ضرور جان پایا کہ کوئی ایسی بیماری لاحق ہے کہ جسم پر ایک رسولی کا آپریشن ختم ہوتا ہے تو کچھ ہی دنوں بعد ایک اور نمودار ہونا شروع ہو جاتی ہے اور پچھلے دو سال سے یہی کیفیت ہے۔ مریض کی بیگم اس کے استفسار پر اپنے اوپر اور اپنے شوہر کے اوپر بیتے ہوئے ایک ایک پل کی نم آنکھوں کے ساتھ داستان سنانے لگی۔ آہ ...... غربت اور مجبوریوں کے ستائے ہوئے لوگ جائیں بھی تو آخر کہاں جائیں ...... وہ مریض کی عیادت کے لئے آ تو گیا تھا مگر سرہانے بیٹھے ہوئے اسے لگ رہا تھا کہ وہ بالکل تہی دامن ہے۔ اس کے پاس کہنے کے لئے حوصلہ دینے کے لئے کچھ بھی نہیں ہے۔ کچھ پل بیٹھے بیٹھے اور گزر گئے اسے اپنا وہاں بیٹھنا دشوار لگنے لگ گیا۔ اسے لگا اگر کچھ پل اور یہاں وہ رکا تو اس کی سانس رکنی شروع ہو جائے گی۔ سرکاری ہسپتال کے گھٹن زدہ ماحول میں ...... ایک روپئے کی پرچی پر ہونے والے علاج اور غریب مریض کی عیادت شاید اس کے لئے ممکن نہیں تھی۔ بس اب مجھے یہاں سے چلے جانا چاہیے۔ دل ہی دل میں اس نے اُٹھنے کا فیصلہ کیا اور اٹھ کھڑا ہوا۔ مریض کے اوپر

سفید چادر تھی۔ چہرہ تھوڑا سا ننگا تھا مگر وہ بھی سیاہی مائل ہو رہا تھا۔ اس نے دیکھا مریض جو اس کے آنے سے پہلے سو رہا تھا اب اپنی آنکھیں کھول کر اسے پہچاننے کی کوشش میں ہے......اس کی سمت دیکھ رہا ہے...... اس کی آنکھوں میں حسرت و یاس کے جانے کتنے دیئے جلنے بجھنے لگ گئے۔ وہ آہستہ سے مریض کے چہرے کے پاس ہوا اور اسے لگا اس کے ہونٹ خود بخود وا ہو گئے ہیں۔

''آپ جلد ٹھیک ہو جائیں گے۔ آپ فکر مت کیجیے۔'' ساتھ ہی اس کا ہاتھ بھی خود بخود مریض کے سر پر جھک گیا، جیسے حوصلہ دینا چاہتا ہو، تشفی دینا چاہتا ہو اور آہستہ آہستہ سے بال سہلانے لگ گیا۔

''مجھے کہیں ضروری کام سے جانا ہے۔ دیر ہو رہی ہے......آپ کی مجھے خبر ملی تھی ادھر سے گزر رہا تھا سوچا آپ سے ملتا چلوں ......مگر آپ خود کو تنہا مت سمجھئے گا۔ اب میں آپ کے پاس آتا جاتا رہوں گا۔'' آہستہ سے اس نے مریض کے کان میں پھر سرگوشی کی۔

''کیا اب مجھے جانے کی اجازت ہے؟'' اسے لگا اس کے مصنوعی اور کھوکھلے الفاظ نے بھی اپنا اثر کیا ہے۔ مریض کی آنکھوں میں چمک اور ہونٹوں پر ہلکی سی مسکراہٹ پھیل گئی اور اس نے آہستہ سے اپنا سر ہلا دیا جیسے کہہ رہا ہو......ہاں! آپ کو جانے کی اجازت ہے اور آپ کے آنے کا بہت بہت شکریہ!

''اللہ آپ کو صحت و سلامتی دے۔'' اس کے دل سے خود بخود دعا نکلی اور مریض کی پیشانی پر بوسہ لینے کے ہونٹ نجانے کیسے جھک گئے۔

''آ آ آ آ خ تھو......'' اسے اپنا تھوک روکنا محال ہو گیا۔ پورے حلق میں ناک میں بدبو ہی بدبو بھر گئی۔ دل جیسے اچھل کر حلق میں کہیں آ کر اٹک گیا۔ واش روم کی اسے خبر نہیں تھی کہ کس جانب ہے۔ بس منہ پر اپنے دونوں ہاتھ رکھے ہوئے کسی نہ کسی طرح اپنے آپ کو سنبھالے ہوئے ہسپتال سے نکلنے والے راستوں پر تقریباً وہ دوڑ پڑا تھا۔ ہسپتال کے اندر ہی ایک چھوٹے سے گراسی پلاٹ کو دیکھ کر اس کی ہمت جواب دے گئی ''آ آ آ آ خ تھو......آ آ آ خ تھو......'' قے پر قے اسے آئے چلی جا رہی تھی۔ آنکھوں سے آنسو اور کپکپاتے ہونٹوں سے مریض کی پیشانی کا کریہہ ترین ذائقہ اس کے پورے وجود میں اترتا چلا جا رہا تھا۔

◄◄ ● ►►

منتخب عصری افسانوں کا ایک اور مجموعہ

منتخب عصری افسانے:5

مرتبہ : اقبال حسن آزاد

بین الاقوامی ایڈیشن جلد منظر عام پر آرہا ہے